거꾸로 사는 엄마

거꾸로 사는 엄마

서형숙 지음

리즈앤북
ries & book

이제 한살림을 한 지 15년, 아이를 키운 지 20년이 되었다. 교육, 환경, 농업, 식량, 자원, 전자파, 환경 호르몬, 유전자 조작, 수돗물 불소화 문제 등 주변에서 일어나는 많은 일들, 주부들이 바로 알아야 할 것을 심도 있게 알고 있다. 생활 협동 운동, 도시 농촌 공동체 운동에 대해서도 잘 안다. 뿐만 아니라 이 모든 것들을 잘 풀기 위해 오랫동안 고민하고 내놓은 대안을 실천해서 얼마간은 열매를 맺고 있다.

이 문제는 알고 보니 무엇이든 하나다. 서로 그물코처럼 얽혀 있고 관계를 갖고 있다. 하나만 잘 풀면 다 따라 풀린다. 사실은 의식의 전환이 그 문제를 푸는 가장 좋은 열쇠다.

아이를 가지면서 세상 보는 눈이 달라졌다. 약이나 잘못된 음식은 태아에게 문제가 되는 것은 물론, 표가 나지 않을 뿐이지 우리 몸에도 축적되는 건 아닐까 하는 생각을 막연하게 했다.

내가 아이를 갖고 낳았을 때 소망은 큰 아이, 큰 사람으로 키우고 싶었다. 마음가짐은 임신했다는 티를 내지 않고 있는 듯 없는 듯 지냈다. 임신이 무슨 유세라고 앉아서 대접받는 것은 정신 건강에 좋지 않다고 생각했다.

특히 정말 바른 생각을 하려고 애썼다. 임신 중 예쁜 것만 먹어야 한다면 누구에게 못난 것을 줄 것인가? 오히려 내가 못난 것을 먹고 다른 사람에게 예쁜 것을 주는 것이 진정 임신한 사람이 가져야 할 마음 넓은 태도라고 생각했다. 큰 사람을 낳을 욕심에 더 노력하며 살았다. 태아에게보다는 주변 사람들에게. 그런 넓은 마음으로 지내니까 태교라고 유난스럽게 하는 것 자체가 이상해 보였다. 그 전보다 더 좋은 마음으로 지내면 되었다.

아이를 낳아서는 내 아기니까 당연히 내겐 한없이 예쁘고 사랑스럽다. 아이를 눈에 넣어도 아프지 않다는 말을 실감한다. 정말 잘 키운 아이라면 내가 보기에는 물론이고 누가 보기에도 아름다운 아이, 사랑스러운 아이일 것이다.

그러나 아무리 사랑스럽고 아름다운 아이라도 스스로 행복하지 않다면 무슨 의미가 있을까. 그래서 아이 입장에서 아이를 행복하게 해줄 생각뿐이었다. 또 그 행복을 나누지 않는다면 무슨 소용이 있을까. 이런 생각으로 아이를 대했으므로 아이 키우기가 아주 수월했다. 때로는 고비도 있었지만 어린 시절 욕구를 충족시켜 주고 몇 가지만 주지시키니 특별히 손 가지 않아도 별다른 어려움 없이 만족할 만하게 잘 자랐다.

임신 중에 갖고 있던 약이나 음식에 대한 의심은 계속되어서 뭐든 만들어 먹였고, 어쩔 수 없이 사 먹일 때는 방부제가 들어가지 않았다는 글귀를 확인하고 샀다. 모유로만 키웠고, 좀 자랄 때까지 아이 얼굴 맞댈까 봐 기초 화장도 않고 지냈다. 화장품이 화학 약품인지 다 안다. 화장품에는 5천 가지의 화학 약제가 쓰인단다. 몸에 좋을 리 없다. 특히 아기들에게. 골라 먹이고 만들어 먹이고 순면으로 해 입히며 정성을 쏟았지만, 원료가 화학 약품에 오염되어 있다는 사실을 안 것은 오랜 후였다. 근원이 흔들려 있었고, 그것을 살려내자면 나만 잘 먹고 잘살겠다는 이기심을 없애야 했다.

한살림을 알고 나서는 새 세상을 알게 되었고, 한살림뿐만이 아니라 온 살림을 살리는 데 힘썼다. 어떤 모임이라도 농업, 환경, 공동체에 관심을 보이면 어디든 달려가 강연을 했다. 주부들을 상대했는데, 그들의 관심은 온통 자녀교육에 있었다.

"엄마가 이렇게 나와 있으면 아이들은 어떻게 키웠냐?"

"또 잘 자랐냐?"

내 이야기에 귀를 기울이는 엄마들은 어떻게 먹고 사나가 우선이기도 하고, 우리 아이 어떻게 키울까가 앞서기도 한다. 그 둘을 가지고 관심 있어 하는 부분을 앞세워 내 하고 싶은 말을 한다.

우리 아이들은 한살림이란 울타리 안에서 비교적 잘 자랐다. 학교 선생님들이 사례 발표를 해 달라고 할 만큼, 주변에서 아이들을 보기만 하면 자녀교육 강의 요청을 할 만큼.

나는 도시와 농촌이 하나 되는 세상을 꿈꾼다. 모두가 하나인 세상, 서로 배려하고 살피는 살 만한 세상, 작은 벌레도 함부로 대하지 않는 세상, 그래서 모두가 행복한 천국 같은 세상에 살고 싶다. 내 대에서는 이루지 못하더라도 우리 아이들은 그런 세상에서 살 수 있기를 바란다. 내 아이뿐 아니라 모든 아이들이, 뭇 생명체가 언제 어디서나 손

닿는대로 먹어도 오래도록 탈이 없는 세상….

　지금 유행처럼 먹을거리에 대한 관심이 온 나라를 들끓게 하고 있다. 무얼 먹고 살까를 고민하다 보면 자칫 보신주의로 흘러 오류에 빠지기 쉽다. 과정도 모른 채 더 나은 것만 찾다 보면 그것을 생산하는 사람은 더욱 피폐해지고 더 나은 것을 생산하는 데만 골몰하게 된다. 먹는 이 역시 그런 욕심 가득한 마음으로는 건강한 삶을 살 수 없다. 건강한 사람이 건강한 마음으로 생산했나, 또 건강한 방식으로 건강한 유통을 거쳐 우리에게 왔나를 살피는 일에 관심을 갖는다면 얼마나 좋을까.

　남만 탓하는 사회, 현실을 도피하여 다른 나라에서 대안을 찾으려고 떠나는 교육 이민자들이 넘치는 나라, 문 밖만 나서면 남만 있는 나라. 안타까운 현실에서 그래도 바로 살고 근원을 살리려는 노력을 하는 사람들이 곳곳에 숨어 자신의 일을 묵묵히 하고 있다. 너와 내가 아닌 우리가 있고, 그 터전을 함께 살리고자 하는 사람들이 함께 있다는 걸 안다. 그 안에서 아이들은 절로 자란다.

　일일이 대답하는 대신 이제 글로 쓰기로 마음먹었다. 이 단순한 진리를 어떻게 글로 쓸까. 뭐든 뿌리를 건드리면 쉽다. 다 연결되어 있어 맥이 통하지 않을 게 없다. 아이를 키우는 것도, 남편과의 관계도, 이웃과의 사이도, 좋은 음식을 먹는 것까지도. 좋은 음식 먹으려면 그 뿌리를 알아야 한다. 그 터전을 찾고 가꾸어야 한다. 생산자를 알고 어떻게든 힘이 되려고 노력해야 한다. 사랑하는 사람에게 사랑 받으려면 먼저 사랑하는 것이 모든 것의 출발이다.

　　　　　　　　　　　　　　　直박구리가 놀러 오는 집에서

11

| 차례 |

책머리에 | 5

달팽이도 엄마처럼 심장이 뛴대요

달팽이도 엄마처럼 심장이 뛴대요 | 19

부채로 나는 여름 | 23   꽃이 '또' 피었어요 | 28

겉치레 선물문화에서 자유로워지기 | 32   나이 자랑 | 35

자전거 타고 다녀요 | 38   메뚜기 잡기 | 42

평화는 평화로울 때 지켜야 | 45   세상에 '쓰레기'는 없다 | 51

아파트를 벗어나야 아토피가 낫는다 | 54

왜 안 썩나, 과연 먹을 만한가 | 58   오늘도 무사히 | 61

다 함께, 간소하게, 남지 않게 | 65   '진짜 간장' | 68

소중하고 그리운 햇볕 | 71   밥이 보약 | 74

거꾸로 사는 엄마

거꾸로 사는 엄마 | 83   아우 타는 태경이 | 88

걸레를 갖고 노는 아이 | 92   바비 인형과 에티오피아 어린이 | 96

혼자 하면서 스스로 자란다 | 99   재미있게 노니 뭐든 다 된다 | 103

엄마는 협박범 | 111   내가 꼴찌하면 다른 아이가 편해 | 115

조기 교육보다는 적기 교육 | 119   스스로 책임지는 아이들 | 125

남을 배려하는 착한 아이 | 129   아이들이 '왕따' 당하느냐구요? | 132

내놓는 만큼 크는 아이들 | 136   청소년을 칭찬합시다 | 142

고3 소녀의 세계 잼버리 | 146

이렇게 살면 어때요

이렇게 살면 어때요 | 157

생백신의 후예 | 161

개울가 학교 | 165

내 소원은 현모양처 | 169

미스터 뽀수수 | 174

주부도 전문인이다 | 180

보석함과 탑 모으기 | 186

다른 나라에서 깨친 우리 것의 재미 | 190

어른 놀이방 | 195

비 오는 날 '비 흠뻑 맞기' | 200

나 죽거든 사과나무 아래 묻어주 | 203

도시 동물들의 저 세상 | 207

생각보다 쉬운 엄마 노릇 | 211

일편단심 서들레 | 219

엄마, 잘 키워줘서 고마워요 | 225

직박구리가 놀러 오는 집 | 229

울도 담도 없는 세상

울도 담도 없는 세상 | 235

공동체 하기 | 242

공부하기 | 249

나를 키워준 세 명의 여성 | 252

우리는 모두 한살림 한 식구 | 258

두 살림 아닌 한살림 | 261

내 마음의 잡초를 뽑아야지 | 264

지역모임 꾸리기 | 268

즐거운 고통, 이름 짓기 | 274

같이 목욕하는 생산자와 소비자 | 278

논두렁만 타더니 비행기도 타네 | 282

나락 한 알 속의 우주 | 287

한살림은 회원 모두의 것 | 295

바지락이 말하는 좋은 소금 | 298

한 개비의 성냥불 | 302

무늬만이 아닌 진짜 운동가 | 306

한살림, 피라미드 회사예요? | 310

유기농산물 먹고 금메달 땄어요 | 315

한살림 지향 | 319

달팽이도 엄마처럼

심장이 뛴대요

달팽이도 엄마처럼 심장이 뛴대요

아이들과 내가 사람이 아닌 다른 생명에 대한 새로운 안목이랄까 인식을 갖게 된 것은 유기농산물에 따라온 벌레를 접하면서였다.

한살림을 시작했을 무렵, 열무에 묻어온 무당벌레가 무섭다고 세 살, 다섯 살 아이들이 울어댔다.

"안 무서워. 무당벌레야."

달랜 다음 자연 관찰 책『무당벌레』를 같이 보았다. 우리가 흔히 보는 예쁘게 생긴 무당벌레는 칠성 무당벌레다. 그림책에는 칠성 무당벌레뿐 아니라 이파리를 먹는 무당벌레도 있었다. 색깔이 칙칙하고 점이 다닥다닥 많이 찍힌 것들은 잎을 갉아먹는다. 어미 무당벌레는 새끼들이 먹이를 쉽게 먹고 자라라고 진딧물이 많은 데다 알을 낳는다. 책을 본 다음 아이들에게 진딧물이 많은 나무에 무당벌레를 데려다 주자고 했더니 좋다고 따라나선다. 장미와 무궁화에 유난히 진딧물이 많았다. 아이들은 이제 무당벌레가 배불리 먹을 수 있다며 좋아했다.

얼마 뒤에는 배추를 소금에 절이는데 덜그덕했다. 보니까 달팽이가 따라왔다. 나는 먹을거리만 보다가 이렇게 같이 자란 자연이 따라온 것이 반가워 어쩔 줄 모르는데 아이들은 또 눈물을 보였다.

그래도 지난 번보다는 빨리 울음을 그치고 『달팽이』 책을 들고 왔다.

"달팽이는 이렇게 느려. 하루 종일 몇 뼘도 못 가. 채소를 먹고 살아."

"으응…, 무서운 게 아니구나."

당근을 주니 주황색 똥을 누고 시금치를 먹이면 초록 똥을 눈다. 참 신기하다. 잘 보이지는 않지만 치설이 있어 사각사각 잘도 잘라먹는다. 아이들은 이제 겁이 안 나는지 동네 아이들을 다 불러모았다. 금방 우리 집은 작은 곤충 동물원이 되었고 아이들은 내가 알려준 대로 다른 아이들에게 설명을 한다.

조그만 아이들이 작은 생명을 살핀다. 건조해지면 달팽이는 집 입구를 하얀 막으로 막아 몸을 보호했다. 마르지 말라고 가끔 분무기로 물을 뿜어주었다.

이때부터 다른 생명체에 대해 깊이 있게 생각해 보게 되었다. 그냥 살아 있는 것들이 신기하고 귀여운 것이 아니라 한 생명체로 진지하게 내게 다가왔다. 특히 홍원이가 심장이 뛰는 달팽이 모습을 방송으로 보다가 내 가슴에 귀를 대며 "달팽이도 엄마처럼 심장이 뛴대요"

할 때 내 심장은 멎을 뻔했다.

요 어린 것이 그걸 알다니. 맞다. 달팽이 심장도 내 심장처럼 뛴다. 그래 모두 똑같이 소중한 하나의 목숨이다. 어떻게 사람이 하루살이보다 개미보다 더 소중한가. 다 같은 하나의 생명일 뿐.

생산지에 드나들면서 차차 아이들은 아무 벌레나 잘 만지게 되었다. 얼마 후 이천에 있는 유정란 생산지에 갔을 때 어른 한 분이 도마뱀을 잡아주셨는데, 아이들이 그 동글동글 작고 예쁜 발을 살피고 까실까실한 등을 쓰다듬으며 뽀뽀까지 하는 것이었다. 들여다보고는 곧 가서 잘살라고 보내놓고는 멀어지는 뒷모습을 오래도록 보았다.

생산지에 가서 풀을 뽑는 일도 척척 해내는 아이들에게 흙은 좋은 놀잇감이다. 맨발로 흙 속에 들어가 그 폭신한 땅을 느낀다. 우선 밭에 다가가면 거미가 스르르 사라진다. 좋은 땅에는 지렁이가 득실거린다. 자연히 지렁이를 먹고 사는 두더지도 있다. 두더지는 지렁이만 먹는 것이 아니라 나무 뿌리를 갉아먹기도 한다. 그렇게 밭을 망치는데도 생산자들은 지렁이가 살아 있으니 땅이 살아났다며 좋아한다. 땅을 비옥하게 갈아내는 지렁이에 고마워하니 아이들도 덩달아 좋아한다. 아이들은 지렁이는 징그러운 것이 아니고 우리에게 소중한 존재라고 여긴다. 비온 후 길바닥으로 나온 지렁이를 조심스럽게 화단에 넣어주는 일을 해낸다.

태경이는 여덟 살 때 백화점에서 팔고 있는 집게가 가여워 일기장에 '사람들이 만지면 아플 수도 있고 귀찮을 텐데. 또 가족도 보고 싶고 고향 생각도 날 텐데. 어쩌나' 하는 글을 썼다.

홍원이도 그 나이 때에 "엄마, 보도 블록이 참 잘 생겨서 다행이야. 홈이 있어서. 개미는 홈으로 다니니까 사람들과 같이 다녀도 밟히지 않잖아" 했다.

아이들을 기르면서 눈을 뜨고 진짜 공부를 한다. 자연이 이토록 신비하고 아름다운지. 왜 미리 이런 것에 눈뜨지 못했는지 아쉬웠다. 학교 다닐 때 좀 알고 공부했으면 살아 있는 공부를 재미있게 잘 했을 것 같다.

부채로 나는 여름

처음부터 부채로 여름을 날 생각은 아니었다. 오래 전부터 그저 '부채로 여름을 나면 어떨까' 하고 생각만 해보았을 뿐이었다. 더위가 점점 더 기세를 더해가던 1995년 초여름이었다. 때마침 하나뿐인 선풍기가 고장이 났다. 처음 신접 살림을 할 때에 산 것이니 12년은 족히 쓴 셈이었다. 그러니 쓸 만큼 썼고 고장 날 때도 되었다. 고치려고 서비스 센터에 연락해 보니 부품이 없다며 오래 쓰셨으니 새로 하나 장만하라고 하였다.

이 참에 '부채로 한번 여름을 나보자'는 생각이 들었다. 낮고 큼지막한 백자 항아리에 선풍기와 나이가 엇비슷한 색동 부채 몇 개와 인사동에서 새로 사온 은은한 한지 색 부채를 꽂아두었다. 보기에는 그런 대로 시원해 보였다. 하지만 더위를 타는 남편과 아직은 어린 두 아이들이 '부채로 여름나기'를 이해해 줄지. 그러나 의외로 식구들 모두 흔쾌히 한번 해보자고 동의했다. 그렇게 해서 그해 여름은 부채로 나게 되었다.

식구들은 집에 오면 먼저 손을 씻고 물 두어 바가지를 몸에 뒤집어쓴다. 그리고는 헐렁한 옷으로 갈아입고 지내다 저녁을 먹는다. 다시 땀투성이가 되면 한 번 더 물을 끼얹고 저녁 일을 하다 잔다. 이 얘기를 들은 김종철 선생님께서는 감탄하시면서도 "물 값 당해 내겠어요?" 하신다.

'설마 물 두어 바가지가 에어컨 돌리는 데 비기려고.'

식구들이 잠들 때까지 곁에서 부채질을 해주곤 했다. 남편은 '옛날 임금님이 이런 대접을 받았을 거라' 며 즐거워했고, 가끔은 서로 역할을 바꾸어 내가 여왕이 되기도 했다. 이렇게 우리는 여름을 났다.

식탁도 계절에 맞춘다. 보리밥과 열무 김치, 오이나 수박과 같은 제철 음식을 먹어 날씨와 몸이 잘 조화를 이루도록 한다. 겨울을 서늘하게 났기 때문에 몸이 더운 여름을 잘 받아들인다.

그리 자주 부채를 찾은 것은 아니었다. 아무리 여름이 덥다고 해도 열대야가 기승을 부린다 해도 그 기간은 그리 길지 않다. 장마도 끼여 있고 바람 부는 날도 있어 손꼽아 세어보면 아주 더운 날은 고작 30여 일 정도다. 그러니까 부채로 난다고 해도 부채질을 하는 날 역시 며칠이 되지 않는다.

여름은 원래 더운 것이다. 더운 것을 더운 대로 받아들이니 그리 못참을 일은 아니다. 차라리 작열하는 태양 아래서 '더위야 어디 와봐라' 하니 더우면 더울수록 더 여름다워 보였다. 더워야 벼도 잘 익고 과일이 맛있으리란 것도 알고 있다. 이렇게 여름과 사귀고 즐기니 두렵고 짜증나기보다는 오히려 익숙한 친구 같아졌다. 또 금방 가을이 오리라는 것을 알기 때문에 한여름 더위를 즐겼다. 여름이 지나자 우리 식구들은 알 수 없는 쾌감을 느꼈으며 승리자가 된양 모두 기뻐했다. 우리가 견뎌냈고 이렇게 나야 겨울도 잘 날 수 있다.

에어컨이 있는 곳에 가면 줄줄 흐르던 땀이 금방 사라진다. 그 안이 쾌적한 건 사실이다. 하지만 더 더운 바람을 밖으로 내뿜는 것은 참을 수 없는 일이다. 건물 옆을 지나다 보면 여름 볕보다 더 덥고 불쾌한 바람이 에어컨 송풍구를 따라 내게 전해진다. 안에 있는 사람은 시원하겠지만 밖의 이웃에게는 더 더운 여름을 맞게 하는 것이다. 무슨 권리로 이웃을 덥게 한담. 그걸 알면서 최소한 다른 사람들에게 뜨거운 바람을 보태줄 수는 없다.

또한 에어컨이 선풍기의 30배 에너지를 쓴다 하니 전기를 얻기 위해 파괴되는 환경 또한 염려된다. 에어컨 만들면서 쓰이는 자원과 에너지는 또 얼마일까. 그리고 송풍구의 소음 또한 보통이 아니다. 거기다가 1년에 몇 달 쓰자고 장롱만한 덩치가 거실을 차지하고 있다. 우리 집에 오는 사람들은 한결같이 말한다. "집이 참 훤하네요." 아마 에어컨이 없어서 그렇게 보일 거다. 여름에 우리 집에 오는 이들은 황제 대접을 받는다. 손님이 샤워를 할 수 없으니 냉동실에 준비해 두었던 얼음 수건을 대령하고 곁에서 부채질을 해주기 때문이다.

그해 여름 내내 전기가 모자랐다. 갑작스런 전기 사용으로 정전 사태마저 빚어지자 한국 전력에서는 '여름철 실내 온도차는 5℃ 이하로, 에어컨은 약하게, 선풍기를 함께 사용하면 전기 소비량의 6% 절약, 냉방은 2시 이전에 충분히'라는 광고를 내기까지 했다. 다음해는 한 술 더 떠 4월 말부터 일간지에 '올 여름 전력 몸살' 기사가 실렸다. '경기 부진과 지속적인 에너지 절약 운동에도 불구하고 에어컨의 꾸준한 보급 증가로…'라고 시작되는 기사는 다가올 여름의 전력 소모에 대한 우려의 내용이었다.

그 당시 우리 동네에는 겨울부터 에어컨 광고 전단이 뿌려졌다. 지난 해에 너도 나도 에어컨을 사는 바람에 품귀 현상을 빚었으니 미리 준비하라는 거였고, 그래서 한 겨울에 윗집 옆집 모두 거실 한쪽에 농짝만한 에어컨을 마련했다. 결국 그 한 해에 무려 1백만 대의 에어컨이 팔렸다고 한다.

냉방병과 폐렴을 일으키는 레지오넬라균에 대한 두려움, 해마다 새나가는 프레온 가스에 대한 걱정을 하며 끝까지 에어컨을 거부할 것 같던 친구들이 하나 둘 더 이상 견디기 어려울 것 같다고 말한다. 4백 50만 대이던 에어컨이 서울 인구의 반만큼이나 늘어났을지도 모른다.

올 여름은 더 더울 것이라고 한다. 에어컨을 틀면 시원하겠지만 내 집 밖으로 뿜어낼 더운 공기를 생각하면 도무지 살 마음이 없어진다. 게다가 나까지 에어컨 구매 대열에 낀다면 얼마나 더 많은 에너지가 소모되며 얼마나 공기를 더럽힐까. 올 여름도 더위를 받아들이며 부채로 날 것이다. 모두가 같이 써도 오래도록 탈이 없는 방법이 가장 좋을 테니까.

꽃이 '또' 피었어요

어린 시절 우리 집에는 화초가 많아 한여름이면 좁은 뜰 가득 꽃이 만발했다. 마당 한쪽에는 할아버지께서 시골집에서 캐다 심으신 백합이 한꺼번에 피어 온 집 안이 향내로 가득했다. 아직도 그때 그 꽃 냄새가 향긋하다.

지금 우리 집엔 화분에 담겨 있긴 하지만 역시 화초가 많다. 태경이가 태어났을 때 작은 촉을 얻어 심은 관음죽, 홍원이가 첫돌이 됐을 때 새벽 시장에서 사온 벤자민이 연중 내내 푸르다. 아잘리아, 산다화가 추운 겨우내 꽃을 피웠고, 몇 년 전 생일 선물로 받은 아름드리 산철쭉이 꽃망울을 곧 터뜨리려 한다. 꽃 치자, 군자란, 심비디움, 신텁서스도 성성하다.

집에서 화초를 기르면 아름다움을 즐기는 것 외에 공기를 정화 시키는데 도움이 된다. 실내 식물은 공기 중의 먼지와 오염 물질을 빨아

들여 공기를 맑게 한다.

미 항공우주국 실험 결과에 따르면 거베라·데이지 같은 국화류 화초는 벤젠 냄새를 없애주고, 잎사귀가 넓은 식물은 일산화탄소를 흡수하고, 잎사귀가 늘어지는 식물은 다량의 프롬알데히드(방부제)를 흡수한다고 한다.

화초를 키우며 얻을 수 있는 것이 더 있다면 그것은 책임감이다. 네덜란드에 있을 때 아이들이 다니던 학교에서는 학생들이 화초를 하나씩 키웠다. 밤톨만큼 작은 선인장, 신발 모양 화분에 담긴 아이비, 화려한 향을 내는 히아신스, 가지각색 바이올렛 따위였는데 화분 모양도 화초 색상도 제 모습처럼 30여 명의 것이 모두 달랐다.

아침에 학교에 가면 우선 책상 위에 있는 화분이 밤새 잘 지냈는지 살피고는 창문 쪽으로 옮겨놓는다. 일과가 끝나면 다시 제 책상에 가져다놓는다.

우리 아이들은 실패율이 적은 선인장을 택해 잘 키워 친구에게 물려주고 우리나라로 돌아왔다. 그제야 초등학교 3학년이었던 태경이는 "엄마, 꽃 키우는 게 재미있는 줄만 알았는데 쉬운 게 아니었어요. 살아 있는 것을 보살펴줘야 하니까" 라며 그간의 어려움을 털어놓았다. 아이들은 이 일을 통해 자연의 신비로움을 즐기는 동시에 한 생명이 자신의 손에 달렸다는 것을 실감한다. 자연스레 책임감을 배우는 것이다.

이렇게 좋은 화초, 모두를 행복하게 해주는 화초. 하지만 잠깐 즐기고 마는 꽃은 너무 안타깝다. 잘려진 생화는 당장은 화사하지만 대부분은 며칠을 넘기지 못한다. 꽃을 피우자면 긴 시간을 기다리고 정성을 쏟아야 하는데 잠시 잠깐 보기에는 너무 아쉽다. 감수성 유난한 박경리 선생님께서는 행사장에서 화환을 보면 꼭 시체장에 와 있는 것 같다고까지 하신다.

나는 그것이 그냥 아깝다. 그래서 가능하면 분에 담긴 꽃을 고른다. 그 역시 제 있을 자리에 있지 못하고 좁은 틀 안에 갇혀 있는 게 안쓰러울 때가 있지만, 도시에 살면 자연스러운 것만을 택할 수는 없다. 새 집 단장거리를 찾을 때, 입학의 설렘을 함께 하고자 할 때, 생일을 축하할 때, 분화를 바구니 가득 담으면 꽤 좋다. 화려한 데다가 가벼워서 들고 가기에도 편하다.

이사한 이웃에게 새 집 단장하라고 큼지막한 바구니 하나 가득 아프리칸 바이올렛을 담아 보냈다. 1년이 지난 지금까지 몇 달에 한 번씩은 별 다른 용건 없이 "꽃이 또 피었어요"라는 전화를 한다. 꽃이 새로 필 때마다 보통 기뻐하는 게 아니어서 인사를 받는 입장에서도 한없이 즐겁다. 그 꽃 한 바구니가 계속 살아 숨쉬며 두 사람을 두고 두고 기쁘게 하고 있다.

바구니에 담는 작은 화분 꽃은 특히 요즈음 풍성하다. 아프리칸 바이올렛, 시네라리아…. 값도 싸고 시세에 따라 값이 들쭉날쭉 하지 않아 더더욱 좋다.

장미 한 송이가 한 다발 값으로 뛰는 졸업 · 입학 철에도 바이올렛은 한 분에 여전히 1천여 원이다. 바구니는 따로 살 필요 없이 아무 바구니에 리본만 다시 달아 쓰면 된다.

　버려진 것을 부지런히 주워 들였더니 우리 집에는 항상 바구니가 풍성하다. 여러 개 모였다 싶으면 꽃집에 가져다준다. 사례를 기대해서가 아니라 그 어느 나라에서건 바구니 제작용으로 잘리는 나무가 줄어들었으면 하는 기대 때문이다. 여러 번 써서 낡고 색이 바랜 바구니는 쓰고 남은 스프레이 락카를 뿌려 색다른 바구니를 만들어 되쓰면 된다. 그 또한 멋스럽다.

　화사한 봄, 정다운 이웃과 집 안팎을 꾸며봐야겠다. 작은 화분 하나가 우리에게 얼마나 큰 기쁨을 가져다주는지를 공감하면서. 물론 더 많은 노력이 뒤따라야 하겠지만.

겉치레 선물문화에서 자유로워지기

나는 책 선물하기를 즐긴다. 좋은 책이 있으면 여남은 권을 사다놓고 반가운 친구에게 주기도 하고 서로 돌려 읽기도 한다. 보통은 포장 없이 책을 선물한다.

한번은 아이들 선생님께 『소설 복합오염』이란 책을 선물하게 되었는데 예의상 포장을 하게 되었다. 평소에는 포장지를 차곡차곡 모았다가 다시 쓰고 있었으나 그도 없었기에 신문지로 싸서 선물했다. 처음 뵙는 선생님이 어떻게 생각하실지, 또 우리 현실에서 너무 심한 것은 아닌지 싶어 망설여졌지만 내용도 그렇고 해서 그냥 그렇게 했다. 다음 번부터는 아예 종이 노끈을 이용해 만든 리본으로 책을 묶어 선물했다. 내가 이처럼 겉치레에 연연해 하지 않게 된 데에는 사연이 있다.

몇 해 전 독일에 사는 종숙부로부터 온 막내동생 결혼 선물은 세 번은 족히 썼음직한 포장지로 싸여 있었다. 그간 어렴풋이 알고 있던 독일인의 검소함을 실감한 일이었다. 그 꽃무늬 포장지에는 이리저리 금이 가 있었고, 그래서 무늬가 사라진 곳도 여기저기 눈에 띄었다. 포장지를 보는 순간 불필요한 것에 돈을 들이지 않는 독일인의 생활과 우리의 현실을 비교하게 되었다.

네덜란드 사람들의 선물이나 포장 방법 역시 무척 간소했다. 선생님 생신에 학교에서 잔치를 하는데 10길더(약 4천5백 원) 내외의 선물과 꽃 한 송이를 선생님께 드린다. 그 선물은 아예 포장을 하지 않았거나 간결한 포장, 또 신문지 포장을 한 것들이었다. 이런 포장의 선물 내용 또한 서로에게 부담스러운 것이 아니었다. 그들의 선물 풍토가 부럽다.

5월을 '가정의 달'이라고 부른다. 어린이 날, 어버이 날, 스승의 날 등 기념일에 봄맞이 가족 행사가 많은 달인데 오가는 선물이 너무 엄청나서 5월을 선물의 달로 착각할 때가 있다. 그러나 큼지막한 선물 꾸러미에 과잉 포장이 난무하여도 내 나름대로 의미를 새기며 지내면 된다. 특히 스승의 날에는 학교 은사님 말고도 인생에 많은 것을 가르쳐주시고 일깨워주신 스승님들을 다시 한 번 생각하며 기쁘게 보낸다. 아이들에게도 지금의 담임 선생님 그리고 지난 해에 가르쳐주셨던 선생님들께 고마움을 표시하도록 일러준다. 감사의 편지나 스스로 준비할 수 있는 작은 선물을 준비하게 한다. 한번은 초등학교 2학년짜리 아들이 바느질하는 제 누나를 따라 레이스 향기 주머니를 만들어 선생님께 드린 적이 있었다. 그것을 받은 선생님께서는 두고 두고 감사 인사를 하셨다.

 개인적인 일과는 달리 남편의 학교 동문 모임인 봄맞이 행사는 나 혼자의 힘으로 바꿀 수 있는 것이 아니었다. 주로 대학교 운동장을 빌려 가족 모임을 갖는데, 따라온 아이들에게 무언가 하나라도 가져갈 수 있도록 으레 단상 옆에는 엄청난 선물 보따리가 있게 마련이다. 부러울 게 없는 어른과 아이들에게 선물을 안겨주고 또 준다. 달리기를 해도 주고 보물찾기를 해도 준다. 아이들은 경기에 져도 받고 이겨도 받는다. 이 많은 선물을 푸는 즉시 포장지는 다 쓰레기로 변한다.

 몇 해를 지켜보다가 도저히 안 되겠기에 조심스럽게 제안을 했다. 끊임없이 받기 때문에 늘 풍족하기 때문에 아쉽지도 고맙지도 않은 선물을 좀 줄여보자고. 얼마가 지나서야 모든 선물은 도서 상품권으로 대치되었다. 일단 선물 보따리가 없어져서 좋았고, 나뭉구는 포장지를 보지 않게 되어 좋았다. 아이들이 무척 기뻐했는데, 서점에 들락거릴 아이들을 떠올리며 어른들도 흐뭇해 했다.

 이 봄, 많은 모임에서 선물 사태가 벌어질 것이다. 문화란 뒤를 살펴보는 것이라든가. 따사로운 햇살 아래 풍성한 잔치를 정말 필요로 하고 소외된 사람들과 나눌 수는 없는지. 선물을 고르는 것에서부터 포장에 이르기까지, 주고받는 이뿐 아니라 우리 모두를 생각하는 발전된 사회의 모습은 우리에게는 아직 먼 일일까.

나이 자랑

　나는 우리 아이들이 다니던 초등학교에서 '환경보전반' 특별활동 시간에 3년 동안(1995~1997) 명예교사로 수업을 한 적이 있다. 수업이 끝날 때쯤 다음 시간 준비물이 무엇인지 알려준다. 수업 내용은 연속적으로 환경보전반에 머무는 아이들을 배려하여 변화를 주긴 하지만, 대부분은 학기 초에 미리 짜놓은 것에서 크게 벗어나지 않는다. 그러던 어느 날, 내 우산을 보고 갑자기 재미있는 생각이 떠올랐다.

　"다음 수업은 '나이 자랑' 시간이에요."

　아이들은 무슨 말인가 어리둥절해 했다.

　"이 우산은 13년 전 아버지께서 선물로 주신 거예요. 그런데 아직까지 잘 쓰고 있어요. 어때요? 멀쩡하지요? 앞으로 얼마나 더 쓸 수 있을까요? 여러분들도 집에 가서 자기가 갖고 있는 것 가운데 자주 쓰고 오래 된 것을 찾아보세요. 부모님께서 쓰시던 것 중에서도 살펴보고요. 다음 시간에 자기 것 세 가지, 부모님 것 세 가지씩 가져와서 자랑해 봅시다."

부모님께서 주실 리도 없지만 요즘 아이들이 종종 황당하기 때문에 혹시 대대로 내려오는 도자기나 보석을 들고 올까 봐 귀중품은 안 된다고 주의를 주었다.

집으로 오는 길에 찬찬히 우산을 살펴보았다. 손바닥에 쏙 들어오는 연분홍색 삼단 우산이다. 금속인 줄 알았던 손잡이는 금색 칠이 다 벗겨져 상아색 플라스틱 몸체를 드러냈고 접힌 부분은 나달나달 닳아 있었다. 그동안 이 우산 이외에는 다른 우산을 쓴 적이 없으니 그럴 만했다. 참 오래도 썼다. 새삼 정이 갔다. 아이들은 어떤 추억이 깃든 물건을 가져올까?

그러나 한껏 기대에 부풀었던 '나이 자랑' 수업은 무덤덤하게 끝났다. 아이들이 가져온 것은 그저 그런 2~3년 된 완구가 대부분이었다. 다만 할아버지께서 보셨다는 일제 시대의 빛 바랜 책 한 권이 눈에 뜨일 뿐이었다. 지우개 하나도 끝까지 쓸 줄 모르는 요즘 아이들, 잃어버리고도 찾아가지 않는 물건으로 가득한 학교에 어울리지 않게 너무 큰 기대를 했던 것이다.

내가 아이들에게 자랑하려고 가져갔던 것은 세 가지였다. 하나는 엄마가 새색시 때 수놓은 십자수 방석. 오랫동안 쓰지 않기에 얻어다가 가운데 수만 잘라내어 면 레이스를 달아 만든 쿠션이었다. 우리 집을 방문하는 사람들은 40년 만에 되살아난 쿠션을 부러워하며 예쁘다는 인사를 아끼지 않는다. 또 하나는 대학 시절 교양 강좌 시간에 만든 동양 매듭 가죽 허리띠였다. 빛 바랜 보라색과 분홍색 실이 청치마나 바지에 잘 어울려 아직도 즐겨 맨다. 손때가 고스란히 묻어 있다. 마지막으로 살점이 떨어진 펭귄 인형. 딸이 태어났을 때 선물 받은 온도에 따라 색이 변하는 이 폭신한 인형은 오래도록 아이 곁에 머물러 있었다. 아이는 철이 들면서 동갑내기 펭귄을 더 아끼게 되었고, 그래서였는지 다른 인형을 별로 탐내지 않았다.

이 수업을 통해 학생들에게 전하고 싶었던 것은 물자 절약 차원의 환경 교육만은 아니었다. 학년 말마다 하는 '아나바다 시장' 과는 또 다른 걸 느끼게 하고 싶었다. 어떤 물건이든지 처음 마주할 때는 그냥 단순한 물건이지만 함께 오래 지내다 보면 같이 호흡하는 존재가 된다. 아이들이 얼마나 느꼈는지 모르지만 '아, 이런 사람도 있구나. 이런 것도 소중하게 쓰이는구나' 라고 생각만 했다면 수업은 성공이다. 무얼 느끼던 그건 그들의 몫이다. 나는 다만 아이들이 이런 생각, 저런 생각을 하도록 분위기를 조성할 뿐이다.

우리 집에는 내가 태어났을 무렵 샀다는 스테인리스 스틸 밥 주걱이 하나 있다. 엄마는 그 밥 주걱을 최근까지도 쓰셨는데 어느 날 내게 주셨다. 그 주걱은 알고 있으리라. 내가 어떤 모습으로 기고 걷고 뛰며 오늘에 이르렀는지를….

자전거 타고 다녀요

　　1996년 봄, 한살림이 서울시로부터 사업비를 받아 폐유 재생 비누 운동을 벌이던 몇몇 회원들을 모아 1997년 환경위원회를 꾸렸다. 나는 초대 환경위원장이 되었다. 환경위원들과 대기 오염 공부를 하다 보니 '자동차 대신 자전거'가 떠올랐다. 그런데 의외로 자전거를 탈 줄 모르는 사람이 많았다. 광장만큼 자전거를 배우기 좋은 곳은 없다. 곧 여의도 광장이 사라진다는 보도가 나오자 더 이상 미룰 수 없었다. 나는 자전거를 배우자고 제안했다.

　　"무서워서 못 타요."

　　"자동차 운전은 해도 그건 안 돼요."

　　"몇 시간에 어떻게 배워요?"

　　의견이 많다.

　　"해보니까 딱 15분이면 돼요. 나 같은 사람도 36살에 배워 잘 타는

데 누가 못할라고."

높이가 낮은 어린이용 자전거로 배우면 아주 좋다. 발이 땅에 닿아 있으니 두렵지 않다. 다음 회의는 김밥을 싸들고 여의도에 가서 하기로 했다.

《녹색평론》에 「네덜란드의 자전거」라는 글을 쓰며 우리나라에 돌아가면 집에서 한살림 사무실까지 자전거로 가보겠다는 뜻을 밝혔는데, 목숨을 내놓지 않으면 갈 수 있는 길이 아니었다. 그래서 자전거를 타고 큰 길로 나가는 것은 엄두도 내지 못하고 지내다가 자전거 한 대 빌리는 비용을 줄이겠다는 계산에, 또 이왕 자전거로 다니는 세상을 꿈꾸며 하는 일이니 집에서부터 자전거를 타고 나섰다. 잠원동에서 여의도 한강 둔치까지는 좋았다. 아침 햇살 속 강 바람을 가르며 달리니 기분이 상쾌했다. 오랜만에 긴 거리를 자전거로 달렸다. 문제는 그 다음이었다. 한강 둔치에서 나와 길만 건너면 된다고 생각했는데 그게 아니었다. 도로가 왜 이리 넓은지 도무지 건너갈 용기가 나지 않는다. 좌회전 우회전 차량으로 홍수를 이룬 건널목에 자전거가 따를 신호는 없다.

'아이고, 오늘 환경위원회 잘하려다 큰코 다치겠다.'

할 수 없이 목숨 내놓고 커다란 버스를 따라 앞으로 나아간다. 저 차들이 내 눈에 보이는 것처럼 저 차 운전자도 내가 보여 조심하겠지 하는 믿음으로 나아갈 뿐이다. 그래도 굉음을 내는 큰 버스 곁에 붙으니 간이 오그라든다. 이처럼 우리나라 도로는 오로지 자동차만을 위해 만들어져 있다.

중앙우체국 앞에서 있었던 일이다. 외국인 한 명이 지도를 들고 갸웃거리고 있었다. 친절한 현지인을 만나면 그 나라 전체가 좋게 여겨지는 기분을 너무도 잘 알던 터라 서슴없이 그에게 다가갔다. 그는 시청을 찾고 있었다. 내가 손가락으로 가리킨 시청은 바로 앞에 보였으나 최소한 두 번은 지하도를 오르내려야 닿을 수 있었다. 코 앞에 있는 곳에 가는 것을 가르쳐주며 '차라리 택시를 타면 참 쉬운 길인데'라는 생각이 드니 씁쓸했다. 또 그가 서울은 걸어 다니기 매우 불편한 도시라고 기억할 거라는 아쉬움도 있었다.

서울에서 소공동 주변만큼 걷는 이에게 고약한 곳도 드물 것이다. 미도파 앞에서 남대문 시장을 가려면 두 번, 종로에 가려고 해도 두 번 지하도를 건너야 한다. 열 걸음 남짓이면 건널 한국은행 길마저 지하도를 통해야 갈 수 있다. 길눈이 어둡거나 방향 감각이 없는 이들은 땅 속에 들어가면 더 어두워져 엉뚱한 방향으로 나오게 된다. 지하도에서 무거운 짐을 들고 방향을 잃고 허둥대는 이들을 마주할 때 서울 길 걷기가 짜증스러워진다. 다른 어떤 선진국에도, 후진국에도 이런 길은 없다는 걸 생각하면 그 짜증은 더욱 증폭된다. 왜 우리 국민만 이런 길을 걷고 살아야 하나?

천신만고 끝에 도착하니 먼저 와 있던 위원들이 박수를 치며 반긴다. 마치 개선장군처럼 우아하게 자전거를 타고 한 바퀴를 돌았다. 배우고 보면 별 기술도 아닌데 모두 부러움으로 눈이 동그랗다.

그때까지는 광장이 평지인 줄 알았는데 자세히 보니 약간 경사가 있다. 처음 자전거를 배울 때는 그 경사도 언덕이라고 무섭다. 그 마음을 백번 헤아려 가장 평평한 데를 골라 한 사람씩 맡아서 뒤를 밀어 준다. 조금 잡고 가다 손을 놓으면 혼자서 잘 해낸다. 누구나 다 탈 수 있는데 두려움이 그걸 방해할 뿐이다. 잡고 있다고 하면 잘 가다가도 손 놓은 걸 알면 넘어지기 일쑤다.

"운전 면허 없는 나도 단번에 배웠어요. 누구나 탈 수 있어요. 멀리 보고 손잡이를 부드럽게 조정해서 균형을 잡아요."

말처럼 자전거 배우기는 정말 간단하다. 금방 학생이 선생이 된다. 처음엔 선생이 나와 최효숙 실무자, 둘이었는데 바로 넷이 되어 다른 학생을 가르친다. 아무리 오래 걸려도 30분이면 배운다. 신이 나서 어쩔 줄 모른다. 학생도 선생도 하나가 되어 함박웃음이다. 가르쳐 놓으니 재미 붙여서 저 멀리 진출하여 보이지도 않는다. 마치 걸음마 배우는 어린 아이처럼 예쁘다. 우리 환경위원들은 모두 자전거를 탄다. 이제 가까운 거리는 친환경적으로 다닐 수 있다.

메뚜기 잡기

가을이 되면 우리 아이들이 즐겨 기다리는 행사가 하나 있다. 바로 메뚜기 잡기이다. 도대체 마을이 있을 것 같지 않은 곳에 깊숙이 숨어 앉은 마을, 길이 좁아 버스에서 내려 걸어 들어가야 하는 마을이 보통 한살림 쌀 생산지이다.

우리는 가을마다 이런 곳으로 메뚜기를 잡으러 간다. 한 손으로 부지런히 메뚜기를 훑어내어 다른 손에 들고 있는 양파 망에 담는다. 벼 이삭을 해칠까 봐 논두렁에서만 잡게 하는데, 어린이보다는 메뚜기 잡기에 더 열중인 어른들이 고랑 사이로 들어가 다른 참가자들에게 저지를 당할 정도이다.

사람들이 움직일 때마다 메뚜기들이 후두둑 후두둑 벼 사이를 옮겨 다닌다. 암 메뚜기, 수 메뚜기 그리고 논두렁에는 섬서구 메뚜기, 풀무치, 방아깨비도 있다. 간혹 갈퀴 앞발로 메뚜기를 꼭 움켜쥔 채 식사 중인 사마귀도 보인다.

그런데 다른 논에는 없는 메뚜기가 유독 한살림 논에만 있다. 한살림 생산자는 가능한 한 농약과 화학 비료를 쓰지 않고 퇴비로 땅 힘을 키워 작물을 길러낸다.

처음 내가 농약의 유해성을 알았을 때는 그저 농민들이 야속했다. 수백 종이나 되는 농약 대부분이 독성이 강하고 발암 물질이라는 것이었다. 농민들은 농약을 곧게, 크게 자라라고, 빛 고우라고, 벌레 끼지 말라고, 열매 떨어지지 말라고, 시들지 말라고 살포한다.

농민들은 그 독성도 이미 알고 있을 터인데 어린이처럼 순진한 소비자를 우롱하는 것 같았다. 더구나 자신들이 먹을 것은 농약을 치지 않고 따로 재배한다는 이야기를 듣고부터는 더더욱 야속했다. 하지만 생산지 체험을 통해 농약 없이 농사 짓기가 얼마나 어려운지 알게 되었다. 그 뒤로 유기농 생산자들이 우러러 보였다.

아울러 도시 소비자들이 농산물을 공산품처럼 눈으로 골라서 사기 때문에 농약을 더 뿌리게 되는 것도 이해하게 되었다. 오이는 곧고 바른 것만 사고 사과는 흠집이 없어야 상품 가치가 있으니 농약을 칠 수밖에 없다고 생각되었다.

도시 소비자야 이 물건 싫으면 저 물건 사면 되고 이 가게가 마땅찮으면 저 가게 이용하면 그만이지만 농민은 그렇지 못하다. 농산물을 팔아야 생활하고 아이들 교육도 시키고 미래를 설계할 수 있는 것이다. 또 팔 것에만 약을 친다 해도 역시 농약의 직접적 피해자는 농약에 노출되어 있는 농민 자신이다.

이제는 내 건강뿐 아니라 우리의 농토도 살펴보아야 할 때이다. 생산 증대를 위해 과도한 농약과 화학비료를 사용한 결과 땅마저 병드는 지경에 이르렀다. 농약 뿌린 것보다는 안 뿌린 것이 더 안전할 것이다. 하지만 꼭 무농약 농산물을 먹겠다는 생각보다는 이 땅에 농약 치는 일을 멈추게 하겠다는 각오가 더 필요할 것이다.

내가 먹을 것과 남이 먹을 것을 똑같이 취급하는 풍토, 도시 소비자와 농촌 생산자가 함께 살아가야 할 존재임을 알게 되길 기대해 본다. 그래서 어느 논에 가도 메뚜기를 볼 수 있기를, 이런 메뚜기 잡기가 행사 아닌 일상의 일로 자리잡길 바란다.

평화는 평화로울 때 지켜야

1998년 후쿠오카 콘서트홀에서 가진 그린코프 10주년 기념행사에 초대 받아 인사말을 했다.

"처음 뵙겠습니다. 저는 서울에서 온 한살림 소비자 대표 서형숙입니다. 그린코프가 사람과 사람, 남자와 여자, 사람과 자연, 남과 북의 공생이념을 실천하듯 한살림도 밥상살림, 농업살림, 생명살림을 통한 공생운동을 하고 있습니다. 각자 다른 사람, 다른 곳에서 만들어내고 가꾸어왔지만 서로 같은 지향을 갖고 같은 일을 해낸 데 대해 깊은 동지애를 느낍니다. 여러 번의 교류를 통하여 그린코프 사업 연합의 많은 활동을 듣고 보아왔습니다. 그리고 감동하고 있었습니다.

어제, 일본 경제는 어렵지만 그린코프는 OK라는 말을 들었습니다. 환경 호르몬, 이상 기후 등 환경 파괴 현상 속에서 온 세계가 혼란을 겪고 있는데 그린코프가 군건하다는 것은 바로 회원 여러분이 계셨기 때문이라고 봅니다. 눈앞의 이익과 편리함만을 좇는 현대 개인주의 사회에서 먼 미래를 내다보고 공생운동을 펼쳐온 여러분의 예언자적 삶이 있었기 때문입니다. 여러분 모두가 예언자라고 생각됩니다. 오늘 제 눈으로 본 여러분의 몸짓은 기적과 같이 느껴집니다. 여러분 모두에게 박수를 보냅니다.

그리고 이 자리를 빌어 작년 그린코프 회원 모두가 북한 어린이 돕기 성금 모금에 한 마음으로 참여하심에 고개 숙여 감사 드립니다.

그린코프 사업 연합의 10주년을 다시 한 번 축하하며 아시아와의 교류를 이루어내신 많은 일들을 바탕으로 공생, 평화 운동이 온 세계로 뻗어나가길 기원합니다. 그래서 모든 생명체가 하나 되어 살 수 있는 세상이 오길 빕니다. 감사합니다."

어제 갑자기 이 행사 인사말을 해달라는 부탁을 받고 무슨 말을 할까 골똘히 생각했다. 신기한 것은 어떻게 '동지'라는 말이 나왔을까 하는 것이다.

그간의 일본에 대한 원망이나 미움이 모두 사라진 나 자신에게 놀랐다. 어렸을 때는 일본이 몸서리 나게 무섭고 싫어서 일본으로 출장 간 아버지가 고문이나 당하지 않을까 걱정까지 했었다. 일본이 행한 잔학한 영화를 많이 봐서 그랬던 것 같다. 그간 그린코프와의 교류를 통해 그런 감정은 완전히 씻겨졌다. 사람과 사람의 만남으로 평화를 소중하게 지켜야 한다는 다짐만 하게 되었다.

10주년 행사 가운데 야나가와에서 나가사끼 원폭 투하지까지 자전거로 가는 평화 대행진에 함께했다. 이틀간 '부전(不戰)'이라는 표지를 몸에 붙인 채 5세 어린이부터 70세 노인까지 2백여 킬로미터를 자전거로 달리는 행사였다. 처음에는 나도 자전거를 타고 가기로 했는데 손님이라 걱정스러웠던지 버스를 타고 따라가며 그들을 격려해 달라고 했다.

자전거로 있는 힘을 다해 언덕을 오르는 대열을 보면 정말 모두가 몸으로 말을 하는 것 같다. 평화에 대한 그들의 염원이 눈물겹다. 꽃을 바치고 시를 읊고 오랫동안 접은 종이학을 바친다. 원자폭탄이 투하되었던 그 시간 그 장소에서. 반면 우리는 평화에 대한 생각이 어느 정도일까.

참으로 신기한 것은 행사 중 쓰레기가 거의 나오지 않았다. 참가자들은 하나같이 몇 십 년 대 물린듯한 보온병을 목에 걸고 다녔다. 어린이들도 아침에 숙소에서 제 키만한 보온병에 물을 채워 하루 종일 들고 다니며 마신다.

행사 집행부가 준비한 음료수를 이용하는 사람은 많지 않았다. 간혹 물이 모자라 음료수를 받아올 때도 꼭 자기 컵을 들고 다니니까 1회용 종이컵이 필요 없었다. 평화 행진은 전쟁과 더불어 환경에 대한 경각심을 일깨워주는 행사였다.

그린코프는 일본 큐슈에 있는 생활협동운동 연합조직으로 회원은

32만 명 정도이다. 1996년 여름, 그린코프 교류단이 우리 한살림을 방문했는데 그날 내가 안주인이 되어 그들을 맞았다. 영문도 모르고 그간 우리를 찾아오던 일본 사람쯤으로 여겼다.

그런데 이들은 좀 달랐다. 수행원 한 명과 통역 한 분을 빼면 여남은 명 모두 여성이었다. 알고 보니 야마구찌 생협의 전 이사장 정길자 선생님이 중심이 되어 그린코프에서 '평화의 다리'라는 한국 이름으로 한·일 간의 평화 운동을 펼치고 있는 모임이었다. 미리 한일 역사를 공부하고 우리에게 온 남다른 사람들이었다.

그들은 큐슈 지역에서 사는 순박한 사람들이어서 태어나 처음으로 남의 나라에 온 사람도 있었다. 그런데 우리나라에 와서는 조상들의 만행을 볼 수 있는 3.1공원과 독립기념관에 들르고 우리 한살림과 교류회만 갖고 돌아갔다. 여행이라고 와서 가슴 아픈 내용만 보고 죄의식을 갖고 가는 것이 안타깝다. 그들 자신이 저지른 과오도 아닌데, 그리고 여행이란 즐겁기도 해야 하는데…. 만남이 거듭 되자 일본 친구들이 생겨 만날 날을 손꼽아 기다리게 되었다. 그렇더라도 그들에게 꼭 해야 할 말이 있었다.

'과거라며 사죄하는데 과거로 끝난 일이 아니다. 우리는 지금도 전쟁을 치르고 있다. 위안부 할머니들은 오늘도 날마다 악몽에 시달리고 있다. 캄보디아에 사는 훈 할머니는 살아남기 위해 모국어마저 잊고 산다. 일제가 얼마나 잔학한 일을 했는지. 저지른 사람에게는 과거

의 일이지만 당한 사람에게는 현재까지 지속되고 있는 일이다.'

이 말을 하는 나도 듣는 모든 이들도 아주 당황했다. 그리고도 그린코프와의 교류는 매년 계속되었다. 그러나 그들은 위안부 문제에 대해서는 말을 하지 않았다. 나 역시 더는 언급하지 않았고.

몇 년 뒤 2000년 초, 그린코프에서 어떻게 그 할머니들과 접촉할 수 있냐고 물어왔다. 우리 한살림도 그때서야 수요 시위에 참여하고 나눔의 집을 찾는 등 위안부 문제에 관심을 갖게 되었다.

그동안 우리 한살림이 백화점 식으로 모든 것을 다 할 수는 없었기에 그 일을 하지 못했던 것이다. 하지만 항상 그 문제만큼은 우리가 관심을 가져야 한다고 생각해 왔다.

2001년 1월 17일 한살림 소비자 활동가들이 444차 수요 시위를 진행하며 그동안 밀린 숙제를 하는 기분이었다. 처음에는 우리가 그린코프에게 길을 보여주었는데 이제는 그들이 우리에게 길을 알려준다. 생협이 서로 키우고 살리는 운동이라는 것을 명쾌히 보여준 사건이었다.

우리는 시위도 평화롭게 하며 주위에 있는 사람들이 이 문제에 관심을 가지고 지켜보게 하는 데 중점을 두었다. 곁에서 서 있는 사람들이 이해 못하는 운동을 어떻게 멀리 있는 누구를 동참시킬 것인가. 또 할머니들의 한을 풀어드리는데도, 아이들에게 평화는 평화 시 지켜야 한다는 다짐을 심어주는 데도 집중했다.

몇 년 전 〈반딧불의 묘〉라는 일본 만화 영화를 보았다. 유복하게 살던 아이들이 전쟁 고아가 되어 방황하다 병 들고 굶어 죽는 내용이다. 전쟁이란 승자에게나 패자에게나 엄청난 상처를 주고 여성, 아이들 그리고 전쟁에 참여했던 많은 남성들에게도 육체적 정신적 고통을 준다. 전쟁을 일으킨 일본의 참상을 그 아이들을 통해 보았다. 참 가없구나. 절대 전쟁은 안 된다. 그건 어떻게든 막아야 한다는 각오를 새로이 다졌다.

그린코프 '평화의 다리'는 올해도 계속 된다. 2000년부터 나눔의 집을 방문하더니 얼마 전부터는 서대문 형무소에도 들른다. 그들이 앞섰다. 우리 한살림과 교류회를 가질 때에는 서로 즐겁게 노래하기도 하고 정동극장의 전통 공연을 같이 관람하기도 한다.

보는 것보다 더 좋은 것은 함께하는 뒤풀이다. 잡은 손마다 평화의 소중함을 새긴다. 이런 우리가 어떻게 총부리를 서로 겨눌 것인가. 아니다. 내가 더 먹자고 남의 것을 빼앗을 수는 없을 것이다.

세상에 '쓰레기'는 없다

얼마 전 한 일간지에 '여름 휴가는 한적한 농촌에서'라는 기사가 실렸다. 조사에 따르면 수도권 주민 절반 이상이 복잡한 해수욕장 등을 꺼리고 맑은 공기와 물을 마실 수 있고 자녀 교육에 도움이 되는 농촌을 휴가지로 선택한다고 했다. 그러나 사람에 치이고 차에 치이고 바가지 요금과 쓰레기에 묻히기 십상인 명승지를 피해 한적한 농촌으로 간다고 해도 그곳 또한 만만할까?

특별히 외진 몇 곳을 제외하면 요즘의 우리 농촌에는 공장 한두 개쯤은 들어가 있다. 또 논밭의 재배 작목을 빼면 주변의 풀이 제초제의 남용으로 죽어 있는 모습을 볼 수 있다. 그 주위에는 사용 후 버린 농약병, 깨진 유리 조각 등이 농촌의 환경을 파괴하고 있다. 비닐하우스에 이용했거나 잡초 방지를 위해 밭에 깔았던 비닐마저 대책 없이 버려져 있다. 이쯤 되면 농촌으로 피서를 가는 것도 뾰족한 수는 아니리라.

우리 가족은 지난 휴가를 경주에서 보냈다. 한 미술사가의 말대로 우리나라에서 가장 아름다운 길 가운데 하나라는 감포가도를 따라 감은사를 지나 대왕암에 이르는 길을 달렸다. 몇 해 전까지 간간이 다녀본 길이라 익숙한 데다가 나 역시 그 길의 아름다움을 익히 알던 터라 아이들에게 자세히 설명하며 그곳으로 향했다. 더 재미있으라고 입담 좋은 그 미술사가의 책에서 그 부분을 읽어주며 보문단지를 지나 덕동호에 올랐다.

하지만 덕동호는 아름답지 않았다. 깊고 푸르던 호수는 바닥을 드러낸 채 황폐한 몰골로 거기 있었다. 호수를 낀 산길을 내려가며 내내 마음이 편치 않았다. 물 마른 덕동호의 모습이 마치 뼈만 앙상하게 남은 농촌의 할머니 같았다. 이제 그 길은 더 이상 아름다운 길이 아니었다.

산길이 끝날 무렵에 펼쳐진 들녘 역시 볼품 없기는 마찬가지였다. 논두렁에는 농촌 쓰레기에 폐형광등이며 고무 장갑 따위가 나뒹굴었고, 비닐이 나뭇가지에서 너울거렸다. 시골의 작은 정류장 주변에는 병 조각과 캔 등이 더 이상 쌓을 수 없도록 모아져 있었다. 도랑에도 쓰레기가 가득하여 도대체 어느 곳으로 눈을 돌려야 할지 망설여졌다.

아이들에겐 오염된 환경 사진과 함께 아름다운 환경을 찍어 가는 과제가 있었다. 불행하게도 더럽고 파괴된 환경은 카메라에 담아도 담아도 끝이 없었지만 깨끗한 모습은 만날 수가 없었다. 어디를 가든 마주치는 썩은 물, 마른 강과 호수, 발에 차이는 쓰레기들. 모두 우리가 만든 환경이다.

20여 년 전까지만 해도 쓰레기는 별로 없었다. 집에서 간혹 나오는 음식 찌꺼기는 새벽이면 돼지 먹이로 모아 갔으며 모든 병, 쇠 조각, 고무신까지 고물상 아저씨가 사 갔다. 흔치 않은 신문지는 가게에서 포장지로 다시 썼다. 신문으로 만든 고깔 봉투에 담은 콩나물, 신문지에 싸주는 생선을 샀었다. 온갖 풍요로움과 편리함을 영위하는 요즘 그때를 그리워함은 사치일까?

쓰레기는 대부분 다시 쓸 수 있는 소중한 자원이다. 비닐, 병, 캔, 종이, 스티로폼, 옷가지, 음식 찌꺼기까지 모두 훌륭한 재활용품이 될 수 있다. 근간에 분리 수거키로 한 스티로폼은 각종 문구 용품, 비디오 테이프와 오디오 테이프를 만드는 데 쓰인다. 제대로 모으면 자원이 될 텐데 마구 버려져 주변 환경과 사람 마음마저 더럽힌다.

쓰레기가 자원이라는 인식보다 더욱 소중한 것은, 우리의 강산이 함께 써야 할 우리의 몸이며 집이라는 생각을 하는 것이다. 쓰레기는 내 눈 너머로, 내 차 밖으로 던져버린다고 해서 없어지는 것이 아니다. 그저 집 한편으로 쓰레기를 미는 꼴일 뿐이다.

당장 깨끗한 환경을 바랄 수는 없지만, 그래도 이번 휴가에는 쓰레기 때문에 얼굴 찌푸리는 일은 없길 바란다. 우리 모두가 적게 준비하고 적게 먹고 일회용품만 쓰지 않는다면 그리 어려울 일도 아니다.

아파트를 벗어나야 아토피가 낫는다

길을 가다 보면 광고판 보기가 겁난다. 어느 나라 말인지도 모를 것이 난무한다. 맞춤법이 틀린 것, 이상한 재조합으로 크기와 색깔이 엉망으로 뒤엉킨 것들을 보다 보면 그것이 폭력으로 다가온다. 눈을 가리고 거리를 걷고 싶을 때가 한두 번이 아니다. 방송을 볼 때도 그렇다. 어느 나라 말인지. 말미에는 꼭 외래어를 하나씩 붙인다. 공중파 방송에 나오는 교육받은 아나운스도 그렇다.

과장 광고도 끔찍하다. 소, 중형 연립주택을 저렴하게 지어 팔면서 최고급이라 한다. 무엇이 최고급인지. 말뿐이다. 아파트를 짓겠다면서 '호텔을 짓는 마음으로 짓겠습니다'라고 한다. 아파트는 아파트다워야 하고 호텔은 호텔다워야 하는 것 아닌가. 잠시 잠깐 들르는 곳하고 생활을 해야 하는 집과는 근원이 다른데, 호텔을 짓겠다는 각오로 집을 짓는다면 제대로 지어지지 않을 것은 불을 보듯 뻔하다. 초점을 못 맞춘 광고다. 과대 포장인지, 서로 쓰임이 다른 것을 함께 붙여 새로운 것을 만들겠다는 건지. 뒤죽박죽 카멜레온을 만들 모양이다.

가장 참을 수 없는 것은 농촌 한복판에 세워진 고층 아파트이다. 제멋대로 세워진 도시 건물더미도 기가 막힌데 농촌 아파트를 보노라면 건축가인 남편이 갑자기 가여워진다. 내가 바라보기가 이렇게 볼썽 사나운데 그의 눈에는 얼마나 가관일까. 해서 물으면 "뭘, 돈 공화국인걸"이라고 답한다.

그렇게 넓은 들판에 고층을 짓는 것은 오로지 경제 가치를 잣대로 하기 때문이다. 싸게 짓는 것이다. 싼 땅에 촘촘하게 고층 건물을 지으니 아래 층은 1년 내내 해를 보지 못하는 절대 음지이다. 그곳에서 하루 종일 불을 켜고 살아가야 하는 사람들이 떠오른다. 저 넓은 대자연을 두고 컴컴한 공간에 갇혀 자라는 생기 잃은 아이들이 안쓰럽다. 아무리 돈 공화국이라 해도 주변 모두가 낮은 동네에서 무슨 일을 벌이는 건지. 길을 떠나도 그런 것들이 가슴을 짓누른다.

고층 건물은 건강을 해친다. 내장재 역시 인공 화합물의 총집합에다 문을 꼭꼭 닫고 사니 오염 속에서 사는 꼴이다. 고추장이 익지 않고 화초가 잘 안 된다. 남향이라고 해서 꽃들이 좀 잘 자란다 해도 밖에 내놓아 키운 것하고는 천양지차다. 겨우내 실내에서 비실거리는 화분을 밖에 내놓으면 땅의 기를 받아 가을에는 다시 살아난다. 화분에서 꺼내 땅에 심으면 더욱더 싱싱하다.

같은 수선화라고 해도 밖에 심어놓은 것과 집 안에서 기른 것은 확연히 다르다. 발코니에서 키운 것은 어쩌다가 싹을 내긴 하지만 절대 꽃을 피우는 법이 없다. 꽃 몽우리가 나오다가 그대로 곧 시들어버린다. 밖에서 재배하여 화분에 넣어 집 안에서 키우는 것 역시 곧 꽃대가 길게 삐쭉이 나오다가 빨리 꽃을 피우고는 이내 시들어버린다. 환기가 안 되는 목욕탕에 놓은 것은 초록 줄기보다 흰 줄기가 더 길다. 제대로 피지도 못하고 시든다.

반면에 꽃망울을 맺은 것을 사다 밖에 심었는데 어찌나 탐스런 꽃을 오래 피우는지. 한 달이 훨씬 지나도록 몇 송이의 꽃이 달려 있다. 게다가 통실한 열매까지 맺었다. 비교가 되지 않을 정도다. 땅의 기운이 이렇게 세다니…. 밖에서 겨울을 나고 혼자 싹을 내서 꽃샘 추위를 견딘 수선화는 뒤늦게 꽃망울을 틔우고 있다. 남보다 늦고 낮은 키지만 다부진 모습이다. 천천히 지기를 몸으로 받아 여유 있게 자기 생을 누린다.

생산자의 이야기를 들으면 닭도 그렇단다. 산란 촉진제를 먹고 아파트 같은 공장식 계사에서 자라 오래 전에 알 낳기를 그친 닭을 흙에 풀어놓고 키우니 한 달 만에 다시 알을 낳게 되었다고 한다. 빠진 털도 새로 나오고. 그런 내용은 『소설 복합오염』에도 나온다. 생명이 다한 것 같던 닭이 다시 다른 생명을 낳는다.

요즈음은 어지간한 사람들은 다 아토피를 알고 있으며 많은 아이들이 아토피 질환을 앓고 있다. 어른들께서는 태열은 어려서 백일 지나면 또는 흙을 밟으면 낫는다고 하셨다. 그런데 요즘 아이들은 다 자라서도 태열이 이어진 아토피를 갖고 산다. 아이뿐만 아니라 어른도 그렇다.

흙에서 살지 않아 그런 것 같다. 지기가 닿지 않는 밀폐된 공간에서 각종 전자기기, 벽지, 도료, 장판지 등 내부 마감재에서 나오는 갖은 오염 공기를 마시며 산다. 땅은 숨통 트일 만한 뜰을 제하고는 온통 아스팔트, 콘크리트로 덮여 있다. 먹는 것만 제대로 바꿔도 달라지기는 하겠지만 근본적인 치료는 아니다.

아파트를 벗어나 땅을 딛고 살아야 한다.

이런 환경에서 어떻게 건강하게 살까? 이만큼 살아남는 것도 기적이다. 이건 현란한 과장 광고나 얼토당토 않은 현수막에 비할 바가 아니다. 나를 정말로 무섭게 하는 것들이다.

왜 안 썩나, 과연 먹을 만한가

얼마 전 인기리에 상영된 영화 〈집으로〉에 보면 상우가 튀긴 닭 사달라고 조르는 장면이 있다. 그러자 외할머니는 장에 가서 살아 있는 닭 한 마리를 사들고 와서 고아준다. 상우는 '물에 들어간 닭은 안 먹겠다'고 버티다가 배가 고프니 밤중에 그 닭이라도 먹는다. 국물까지 남김없이. 아마 맛이 달랐을 거다. 기른 과정이 다르니까.

닭고기는 싸고 육질이 부드러워 맛있고 영양가 높은 식품으로 알려져 있지만, 보통 팔리고 있는 닭고기는 좁은 공간에서 먹고 자기만 하는 식육용이다. 물론 방부제, 항생제, 성장 촉진제가 더해진 수입 배합사료를 먹인다. 자연 상태라면 석 달 자랄 크기가 이 사료를 먹이면 27일 만에 자라 시장에 나온다. 무슨 맛이며 영양분이 있을까? 당장 눈 앞 이익만 생각해 얼른 약으로 키워내지만 속은 독으로 차 있다. 우선 맛이 없으니 튀기거나 강한 양념으로 맛을 내야만 먹을 수 있는 음식이 되어버린 거다. 배합 사료의 화학 물질은 고기에 고스란히 남아 있으며 그것을 먹는 우리에게 영향을 미친다. 호르몬 작용으로 남자아이가 가슴이 나오고, 여자아이가 조기 생리를 하고, 키만 크지 속은 차지 않은 아이로 자란다.

달걀도 마찬가지다. 양계 공장의 닭은 오로지 알을 낳기 위해 산란촉진제가 포함된 수입 배합사료를 먹고, 통풍이 되지 않고 햇볕이 들지 않는 좁은 공간에서 무정란을 낳는다. 온갖 병과 스트레스에 시달리다 얼마 가지 않아 폐계가 된다. 이런 달걀이 과연 얼마나 건강할까? 우리 아이들에게 양분으로 남을까? 달걀은 항생제로 인해 열 달이 지나도 썩지 않는다. 한여름 상가 앞에 산처럼 쌓여 있는 달걀을 보면 무섭다.

'왜 안 썩나, 과연 먹을 만한가'

살아 있는 것은 썩기도 하고 죽기도 한다. 그런데 살아 있지 않으니 죽지도 않고 썩지도 않는다. 1년이 다 되도록 상하지도 못하는 달걀을 영양가 운운하며 먹는 것은 비극이다.

닭털 색이 다갈색이면 달걀도 다갈색으로, 흰색이면 알도 희게 나올 뿐이다. 노른자 역시 옥수수 사료를 많이 먹으면 노랗게, 밀이나 쌀 또는 풀을 많이 먹으면 덜 노란 것뿐이다. 한 번은 노른자라고 부를 수 없을 만큼 빨간 달걀이 공급되었다. 가을에 고춧가루를 빻으면서 빼낸 씨를 닭에게 먹였더니 붉은 색소가 많은 빨간자 달걀이 되었다는 거였다.

이렇게 닭도 먹는 대로 달걀을 낳는데 아이들은 말할 필요도 없다. 먹는 대로 생각하고 먹는 대로 자란다. 이제 겉모습이 아니라 속을 들여다보고 골라야겠다.

어떤 곳에서는 학교 급식 부산물을 가져다가 닭 5백 마리를 뜰에 풀어 키우고 있었다. 다른 곳과 경계만 세워놓았을 뿐 별다른 시설도 없었다. 음식 찌꺼기를 활용하여 환경을 보존하고 아이들과 비슷한 음식을 먹은 건강한 닭고기와 달걀을 다시 그 아이들이 먹을 수 있는 방식이다.

하지만 이 역시 달걀과 닭고기를 일상적으로 먹겠다고 한다면 가능한 사육 방식은 아니다. 함께 오래 살려면 많이 먹겠다는 생각과 행동을 바꾸는 수밖에 없다. 고기는 배불리 먹는 음식이 아니라 특별한 날에 먹는 음식으로 여겨야 한다.

오늘도 무사히

조용하던 밤 기차 안이 갑작스런 전화 신호음에 휩싸였다. 소리도 경박하다. 뒷좌석에 앉아 있던 사람이 부산하게 객실 밖으로 뛰어나가며 휴대전화를 받는다. 나는 막 들려던 잠이 깼다.

몸이 들썩거릴 정도의 요란한 소리가 또 난다. 이번엔 뒷자리 옆 사람 거다. 한술 더 떠서 그 아저씨는 태연하게 앉아서 전화를 받는다. 기차가 출발하자 "휴대전화는 진동으로 바꾸시고 조금 불편하시더라도 다른 승객들을 위해 객실 밖에서 통화해 주시기 바랍니다"라는 안내방송도 있었지만. 말소리가 하도 크기에 일부러 말끄러미 쳐다보았다. 끄떡도 않는다. 순 강심장이다. 도대체 무슨 권리로 자정이 넘은 시각에 남의 잠을 설치게 하는가.

얼마 전에는 버스에서 휴대전화로 갖은 수다를 떠는 아가씨 때문에 궁금하지도 않은 그녀의 취미, 친구 관계는 물론 속 좁은 성질까지 죄

알게 되었다. 어디 그뿐이랴. 휴대전화는 의사 소통이 전혀 안 되는 현대 사회의 병폐를 극적으로 보여주는 도구라며 열변을 통하던 한 대학 강사마저도 강연이 끝나자마자 휴대전화에 매달렸다. 그 바람에 같이 밥을 먹기로 했던 우리 일행은 통화가 끝날 때까지 주문을 미루어야만 했다.

얼마 전까지 택시 유리창엔 두 손을 모으고 '오늘도 무사히'라고 기도하는 그림이 매달려 있었다. 내가 이제 그 그림의 주인공처럼 '오늘도 무사히'를 외는 신세가 되었다. 언제나 대중 교통을 이용하는 나는 집을 나설 때면 저절로 '오늘도 무사히'를 되뇌게 된다. 순전히 휴대전화 폭력으로부터의 안전이다. 대중 교통은 말할 것도 없고 강연회, 공연장, 모임 장소에서 불쑥불쑥 터지는 휴대전화 신호음이 때론 두렵다. 이젠 당할 대로 당해서 익숙해질 때도 되었건만….

나는 아직도 줄 달린 원시형 전화기만 고집하며 살고 있다. 무선 전화기는 군용 무전기에서 고안해 냈다고 한다. 한때 통신병 3개월이면 미친다는 소문이 있었다는데, 그건 전자파가 몹시 해롭기 때문이라는 것이었다. 그런 위험 때문에 일반 전화기를 고집하는 것만은 아니다. 문명의 이기를 이용하되 '꼭 필요한가?'를 꼼꼼히 따져보고 결정하는 습관 때문에 그러는 것이다.

그런데 요즈음 사회는 내가 내 식대로 사는 것을 용납하지 않는 것 같다. 여기 저기에서 휴대전화 사라고 성화고, 휴대전화 가진 사람들과 통화해야 하니 휴대전화 쓰지 않는 나도 비싼 통화료를 부담해야 된다.

뿐만 아니다. 휴대전화를 가진 사람 등쌀에 힘이 든다. 이들은 듣고 메모하는 법이 없다. 그래서 우리 집을 가르쳐주면 꼭 몇 번씩 다시 전화한다. 묻고 또 묻는다. "댁이 어디입니까?"라는 질문에 "압구정역입니다" 하면 "알겠습니다" 하며 바로 끊는다. 우리 집은 전철역에서 걸어서 2분 거리에 있다. 그것도 바로 보이는 유명한 건물 뒤에 있어 메모를 하지 않더라도 쉬이 찾을 수 있는데 역에 내려서 다시 전화한다. 그러고 보면 휴대전화는 현대 사회의 병폐를 극적으로 보여주는 도구가 아니라 그들의 생명줄이 아닌가 싶다. 그러나 나도 절대 포기하지 않고 내 주소를 또박또박 알린다. 주의 깊게 듣고 찾아오라고.

사실 휴대전화가 꼭 필요한 사람이 얼마나 될까? 나에게 연락하려고 아주 애먹었다는 말을 들으면 미안해지기도 한다. 남들이 그렇게 원한다면 휴대전화를 사볼까 하는 마음을 가져본 적이 없는 것도 아니다. 그래도 생명을 다루는 급박한 일을 하게 된다거나 매일 수십 명이 전화를 걸어온다면 모를까 아직까지는 마련할 생각이 없다.

5년 만에 한국에 온 외국 친구가 '처음 한국에 왔을 때는 사람들이 무표정해서 놀랐는데 이제는 모두 한 손을 귀에 대고 걸어가는 모습에 놀랐다'고 한다. 그 말을 듣고 보니 정말 그렇다. 우리 사회는 휴대전화를 권하는 사회다.

빨리빨리 뭐든 당장 해결해야 시원할지 모르지만, 이러다가 우리 사회가 어떻게 될까 걱정이다. 전철에서 휴대전화를 만지작거리며 거기에만 골똘한 학생들도 걱정이고, 휴대전화에 수반되는 어마어마한 장신구 시장도 두렵다. 휴대전화가 필요하다면 그 기능만으로 족해도 다행이겠다.

다 함께, 간소하게, 남지 않게

로마에서 피자를 먹었다. 이탈리아 피자는 얇고 넓은 빵 위에 각종 재료를 얹어준다. 얇아서 그런지 누구나 1인당 한 판씩 시켜 먹는다. 3천원으로 값도 저렴하다. 우리는 이름만 보고 취향에 따라 한 판씩 주문했다가 혼이 났다. 채소를 좋아하는 나는 채소 피자를, 아이들은 햄 피자를 시켰다. 햄 피자는 날 햄이 피자 위에 그득하게 얹어져 있었고, 채소 피자는 피자 위에 생 바실리코를 수북히 올려놓았다. 쑥보다 진한 바실리코를 약 삼아 엄청 먹었다. 먹어도 먹어도 줄지 않았다.

음식의 내용을 알고 있었다면 그런 일은 없었을 거다. 무엇이 어떻게 들어가 있는지 알 테니까. 또 개인의 취향에 따라 적당히 만들어 먹었을 테니까. 알맞게 익히고 필요한 만큼 넣었을 테니까.

우리나라 음식은 대부분 손이 많이 가고 복잡해서 만드는 데 시간이 오래 걸린다. '만드는 사람'과 '먹는 사람'이 다르기 때문이 아닐까?

반면에 서양 음식은 꽤 간단하다. 쓱싹 만들면 쉽게 요리가 된다. 대부분 남자들이 같이 만들고 함께 먹기 때문에 이렇게 간편해진 것 같다.

오래 전부터 알던 한 캐나다 사람은 요리가 취미라며 퇴근만 하면 오후 내내 부엌에 있었다. 몇 년 전 이탈리아나 영국인 친구들 집에 머물 때 보면 음식을 만드는 데에 여자 남자 구분이 없었다. 음식을 먹을 사람들이 같이 만드니까 재미도 있고 간 맞추기도 쉽다. 음식 만들기는 일이 아니고 놀이다. 또 직접 만들었으니 남김없이 먹는다. 음식 쓰레기가 거의 나오지 않는다. 우리의 특별 음식은 다르겠지만 일반적으로 먹는 것은 좀 간소해졌으면 좋겠다. 함께 모여서 음식을 만드는 풍토도 절실하다.

영국 친구 집에 며칠 묵은 적이 있다. 음식은 간단했다. 재료를 준비해서 먹을 사람들이 모여 다 같이 만든다. 채소 껍질을 벗겨서 다지고 빵가루를 만들고 고기를 양념해서 주무르고 불을 피운다. 어린이든 어른이든 누구나 역할이 있고 함께한다.

이탈리아 세르지오 집에 있을 때도 마찬가지였다. 같이 간단한 요리를 한다. 스파게티 하나면 식사 준비가 끝이다. 세르지오 친구의 친구까지 우리를 환영하러 왔지만 그게 다였다. 만나는 것이 이렇게 간편하니까 누가 와도 가도 부담이 없다. 그곳에 있던 우리도 한 끼를 그들에게 대접한다. 우리나라 음식 재료를 내가 사고 준비한다. 만들기는 같이 하고.

사실 우리 현실에서 남자를 부엌으로 끌어들인다는 것은 어려운 일이다. 이런 풍토를, 그것도 자기 친구들의 이런 모습을 1년간 충분히 지켜본 남편은 그래도 같이 만들어 먹는 것을 가장 못 견뎌했다. 어느 날 남편은 나한테 자기 친구 집을 떠나서 호텔로 가자고 했다. 부엌에서 함께 하는 그 일이 싫어서.

좀 부족하게 준비하면 낭비를 줄일 수 있지 않을까 하고 생각은 해 보지만 친한 사이가 아니고는 어려운 일이다. 상을 차릴 때 '이쯤은 차려야지', 손님을 맞을 때는 '이 정도는 되어야지' 하는 생각에서 벗어나기만 한다면 훨씬 자유로울 텐데 그게 쉬운 일이 아니다.

요즘은 못 먹어서 탈이 나는 것보다 너무 먹어서 문제가 되는 시대이다. 많이 먹은 것을 빼주는 다이어트 산업이 온 세계의 큰 사업으로 등장한 지 오래다. 지구 저편에서, 우리 북녘에서 지금 당장 바로 주변에서 결식으로 고통받는 이들이 있는데…. 눈을 돌려 이웃을 살피고 생각을 넓게 한다면 꼭 체면치레나 명분에 얽매이지 않게 될 것이다. 아는 이들끼리 꼭 그렇게 잘 차려 먹을 일은 아닌데. 때마다 조금씩 간소하게 하려고 한다. 한 걸음 뗄 때마다 약간은 나아지겠지.

'진짜 간장'

지하철에 이런 광고가 붙었다.

'3일 만에 만든 일반 간장이 아닙니다. 180일 동안 숙성시킨 진짜 간장입니다.'

이 간장만 진짜라면 시중에 나와 있는 간장, 그리고 그동안 계속 먹어온 간장은 모두 가짜라는 말이다. 어떻게 먹는 것에 진짜와 가짜가 있을 수 있나. 간장을 사 먹는 일반 소비자만 모를 뿐 식견 있는 전문가는 다 알고 있는 사실이다.

양조 간장도 알고 보면 양조 앞에 화학이라는 글자가 빠져 있어 소비자를 현혹하는 것뿐이다. 많은 사람들이 양조간장이라면 무조건 콩을 삶아 메주를 띄워 장을 담아 떠내는 간장, 광고대로 180일 동안 발효시켜 만든 자연(곡자균) 발효 간장이라고 생각한다. 전통적으로 해오던 장 담그는 방식이라고 믿는다.

하지만 그것은 오해다. 대부분의 간장은 오랜 시간과 돈과 노력을 들이는 자연 양조 대신 염산을 이용하는 화학 양조법으로 만들어진다. 콩에 염산을 부으면 부글부글 끓어오른다. 산도가 높으니 중화 시키려고 가성 소다를 넣는다. 이렇게 해서 나온 것이 산분해 간장, 즉 화학 양조 간장이다. 광고 문구대로 3일이면 발효가 끝난다.

사실 화학 양조냐 자연 양조냐의 문제만이 아니다. 무사카린, 무방부제, 자연 양조를 내세우며 안전하다고 광고하는 간장이라고 해도 원료는 그렇지 않다. 주원료는 탈지대두인데 미국산이다. 수입 농산물에는 엄청난 농약과 방부제가 혼입되어 있다. 뿐만 아니라 탈지대두란 기름을 짜낸 콩 찌꺼기이다. 과거처럼 눌러 짠 것이 아니라 약품으로 녹여낸 찌꺼기이다. 무슨 맛이나 양분이 있을까? 오히려 해롭기나 하지.

양분은 차제하더라도 맛이 없으니 화학조미료 글루타민산 나트륨으로 맛이 있는 것처럼 만든다. 합성 감미료 사카린 나트륨으로 단맛도 낸다. 사카린은 설탕의 3백 배에 달하는 단맛을 내는데 1977년 미국에서 눈의 기형, 콩팥 장애, 위암을 유발시킨다는 이유로 사용 금지된 화학 물질이다.

화학 조미료는 천식·구토·두통을 유발하고, 뼈의 성장을 멈추게 하고, 어린이의 뇌신경을 파괴한다. 아이 머리 좋게 하려고 갖은 애를 쓰는 어머니가 아이에게 뇌신경 파괴하는 화학 조미료가 듬뿍 들어간 먹을거리를 주다니 어이가 없다. 화학 조미료는 아이들이 먹는 과자, 음료에도 들어간다. 화학 조미료 쓰지 않는 식당이 생겨났다. 세계보건기구(WTO)는 1일 최대 섭취량을 정해 놓았으며 1986년부터 10월 16일을 화학 조미료를 먹지 않는 날을 정할 정도로 불안한 화학 첨가물이다. 내용을 잘 모르더라도 무사카린 소주, 무사카린, 무방부제 간장, 무화학 조미료 식당 따위의 광고가 무엇을 말하는지 의문을 가져봄직하다.

아무도 우리를 속이지 않았는데 우리는 속았다는 느낌이 들고 그래서 분하다. 기업들은 진실을 말할 의지는 없었지만 광고를 통하여 늘 정보를 주었고, 물품마다 내용 첨가물 표를 만들어 사실을 알렸는데 글자가 너무 깨알 같아서 놓치고 너무 전문적인 어휘라 지나치다 보니 이 지경에 이른 것이다.

생산자는 소비자가 원하는 것을 만들어낸다나? 까다롭지 않아도 까탈스럽다는 소리를 듣는 소비자들이 한번 힘을 모아 맛을 보여야 할까 보다. 뭐든 꼼꼼히 따져봐야겠다. 그래서 온 세상이 진짜 가짜 운운할 필요도 없이 안전하고 안심이 되는 식품이 가득 찰 때까지 우리 모두 힘을 모아야겠다.

'소비자가 왕'이라는데 왕에게 왕 다운 권위가 없으니 이리저리 휘둘린다. 옷을 살 때 옷감의 혼용율을 자세히 살피는 만큼만 가공식품의 내용물표를 들여다본다면 달라질 거다. 잘 찾아보면 우리 콩으로 만든 간장이 없는 것도 아니다. 제대로 선택하는 소비자의 힘이 모아지면 못할 일이 아니다. 소비자 주권은 소비자 스스로 찾아야 한다.

소중하고 그리운 햇볕

햇볕이 내리쬐는 요즘 자꾸만 네덜란드 생각이 난다. 우리 가족이 잠시 살았던 그곳은 늘 친절한 사람들이 조용히 사는 나라, 아이들을 살아 있는 천사로 대하는 나라였다. 그들이 가장 그리워하는 것은 햇볕이었다.

귀국 준비로 한창 바쁘던 1994년 여름은 엘니뇨 때문에 온 유럽이 찜통 더위로 몸살을 앓았다. 네덜란드에는 차량의 5% 정도만 에어컨이 장착되어 있고 건물에도 거의 냉방 장치가 되어 있지 않다. 공공기관 역시 냉방 장치가 없다. 그래도 직원들은 더위에 헉헉거리면서도 한편으로는 싱글벙글이다. 내가 만난 우체국 직원들은 푹푹 찌는 더위 때문에 옷을 풀어헤치고도 "이렇게 햇볕이 좋다면 구태여 휴가를 떠날 필요가 없는데…"라며 좋아했다.

햇볕이 쨍쨍 내리쬐는 날이면 온 도시는 볕 맞으러 나온 사람들로

뒤덮인다. 건물 옥상마다 발코니마다 창 밖까지 팔 걸고 다리 걸고 내놓을 수 있는 곳은 다 내놓은 채 햇빛을 받고 있다. 운하를 타고 암스테르담 시내 관광을 할 때 우리네 동양 사람에겐 명소 관광보다 사람 관광이 더 재미있을 정도다. 저마다 손가락 발가락까지 쫙쫙 벌린 채 일광욕을 즐기는 모습이 신기했다. 사무실이나 가정집 할 것 없이 조금만 넓은 장소에는 어김없이 사람들이 나와 의자에 앉아 있다.

사실 네덜란드는 은근히 추운 나라다. 5월 말까지 몸이 으스스하도록 춥고, 9월 초만 되면 긴팔 옷을 껴입어야 한다. 뿐만 아니라 가로수 둥치에도, 우리가 살던 3층 아파트 발코니 쇠 난간에도 이끼가 낄 정도로 습하다. 게다가 늘 침침하고 비가 잦다.

그러니까 해만 나면 사람들이 해를 따라다니기 마련이다. 휴일 아무리 늦게 공원에 나가더라도 나무 그늘 명당자리는 언제나 우리 차지이다. 해가 기울 때마다 그들은 해를 따라 움직이므로 그늘 자리는 남고 남는다.

한번은 보스반 잔디 공원에 갔는데 두 쌍의 부부가 해를 맞고 있었다. 중년의 그들은 아랫도리만 겨우 가린 채 모두 옷을 벗고 있었다. 멀리서 보는 내가 부끄러웠다. 수영장에서나 물가에서 벗은 젊은이들의 모습은 그런대로 보는 것이 적응이 되었는데, 살집이 풍성한 아줌마 몸을 대낮에 보는 것은 낯선 일이었다. 그러나 내막을 알고 나면 그들이 측은하다.

그들이 햇볕만 나면 일광욕을 하는 것은 생명 유지를 위해서다. 네덜란드 사람들은 일조량이 부족하니까 뼈가 신통치 않다. 그래서 아이들에겐 비타민D 정제를 먹이고, 휴가 여행은 햇볕 많은 곳을 찾아 떠난다. 네덜란드 수영장에는 선탠 기계가 우리나라 공중 전화기처럼 설치되어 있다. 햇볕이 그리운 사람들이니까 동전을 넣고 누구나 사용할 수 있도록 한 것이다. 그러나 그들은 그것이 자연스럽지 않다고 별로 이용하지 않는다고 한다.

그런데 햇볕이 풍족한 우리나라에서는 '갈색 미인'을 외치며 '선탠 10회 대할인'이라는 전단을 나누어준다. 햇볕을 피하고 가리고 다니면서도 기계 속에 들어가 살을 태우다니. 어디 선탠만 그럴까. 있는 것 두고 주변의 넘치는 것 외면한 채 기계를 택하는 것이 어디 이것뿐인가. 운동의 기본은 걷기라고 한다. 그런데 사람들은 유리상자 같은 큰 빌딩 안에 갇힌 채 기계 위를 달리기 위해 차를 몰고 간다. 전에는 몇몇 사람들이 하던 헬스가 요즘은 일반화되어 걱정이다. 정부에서 골프까지 대중화했으니 우리의 환경은 어떻게 될까.

네덜란드처럼 우리도 햇볕이 소중하고 그립다는 것을 깨달아야 하는 건 아닐까?

밥이 보약

　작년 정농회 부회장인 부안의 정경식 생산자가 중심이 되어 진도부터 서울까지 걷는 '우리 쌀 지키기, 100인 100일 걷기' 고행을 했다. 하루 평균 20킬로미터씩 1백5일을 걸어 여의도에 도착했다. 아스팔트 거친 길을 걸으며 뙤약볕을 이겨내고, 장맛비를 맞아가며 외치는 소리는 오직 이 땅의 쌀 농업의 회생이었다.

　나는 아산~천안 구간에 참여했는데, 천안역 앞에 서서 꺼져가는 불꽃 같은 우리 농업의 현주소를 토로하는 정경식 생산자를 보는 심정은 정말 착잡했다. 야월 대로 야윈 얼굴엔 유기농을 할 때보다 더욱 절실한 다짐이 있었다. 마치 흑백 사진 속 독립운동가의 모습 같았다. 그래서 일경에게 핍박받는 우리 선조들의 모습 같기도 했다. 오래 전 멀리서 생산자들을 보며 눈물 짓던 습관이 없어진 지금 다시 그 마음이 살아났다. 어느 누구라도 그 처절한 몸부림을 보면 다 이런 마음이들 거다.

벼랑 끝에 와 있는 우리 농업. 누가 이들을 핍박하는가? 그건 농업에 관심이 없는 정부와 소비자들이 아닐까? 부끄러워 고개를 들 수 없었다. 우리 농업은 사그라져 농민 스스로 일으켜보려고 안간힘을 쓰는데, 막상 그 농산물로 밥상을 차리는 소비자는 무관심하여 만사태평이다. 누가 누구를 위해 이 험난한 걷기 행진을 하는 것인지.

현재 우리 농산물은 75% 이상 외국산에 의지하고 있다. 주곡인 쌀을 빼면 식량 자급률이 5%밖에 되지 않는다고 한다. 쌀마저 수입된다면 두 수저 뜨면 밥상에 우리 농산물은 없는 것이다. 만일 외국에서 농산물 판매를 중지하기라도 한다면 돈이 있어도 우리나라 사람의 75%에 해당하는 약 3천만 명은 굶어 죽어야 할 운명이다. 북한의 식량 자급률이 우리보다 높은 35%라고 하는데도 식량 기근으로 굶어 죽어가고 있다. 식량은 어느 정도 자급률이 확보되지 않으면 돈이 있든 없든 거지로 전락하여 구걸하는 신세가 된다. 내 밥상을 남에게 내어준다면 어떻게 안전하고 안심이 되는 밥상을 기대할 수 있겠는가.

우리가 밥 대신, 떡 대신 먹는 빵은 99% 이상 수입 밀가루로 만들어진다. 수년 전 MBC에서 밀가루 실험을 한 적이 있다. 우리 밀가루와 우리가 일상적으로 접하는 수입 밀가루를 각각 비커에 담고 바구미를 한 숟가락씩 넣어 무명 보자기를 덮고 열흘쯤 뒤에 열어보았다.

두 개의 비커에서는 판이하게 다른 일이 일어나고 있었다. 우리 밀가루에 넣은 바구미는 한 마리도 보이지 않은 반면 수입 밀가루의 바구미는 넣은 그대로 밀가루 위에 소복이 쌓여 있었다. 살펴보니 우리 밀 바구미는 밀 속에 들어가 식사 중이라 보이지 않는 것이었고, 수입 밀 바구미는 내가 죽으면 죽었지 이 농약 덩어리 밀가루는 싫다며 단식 투쟁 중이었다. 이런 걸 우리가 먹는다니.

수입 밀은 재배 과정은 물론 수송 과정에서도 농약이 뿌려진다. 수출하는 밀은 세계보건기구가 정한 양의 수십 배까지도 농약을 뿌려 재배한다. 창고나 컨테이너 같은 밀봉 용기 안에서도 살충제 등으로 훈증되며 엘리베이터 컨베이어에서는 분무 처리된다. 재배 후에까지 농약을 치는 이유는 몇 주마다 부화되는 바구미와 다른 유충을 죽여야 하기 때문이다. 밀폐된 용기 안에 실려 긴긴 날 고온 다습한 바다를 건너와야 하니 당연하다. 잔류성 강한 맹독성 농약을 뿌릴 수밖에 없다.

이런 말을 들은 사람들은 어떻게 그런 밀이 버젓이 판매될 수 있느냐며 전혀 처음 듣는다는 반응을 보이기 일쑤다. 농약이나 살충제, 방부제 등 화학 물질이 남아 있다 해도 사람 몸에 해로울 정도는 아니지 않겠느냐고도 한다. 그런데 훈증 처리에 사용되는 취화 메칠, 취화 에틸렌 등은 강한 발암 물질로 미국에서는 1984년 이후 사용이 금지된 농약이다. 이런 사실은 이미 오래 전부터 신문에까지 보도되었다. 1992년 1월에는 거의 모든 신문에서 수입식품의 사후 농약 처리 문제를 들고 나왔다.

시판되는 밀가루의 대부분이 수입 밀인 현 상황에서 밀가루의 소비를 줄이는 것이 중요하다. 설탕, 우유, 달걀, 버터 등이 꼭 들어가야 하는 빵 문화보다 첨가물이 거의 없는 떡 문화로 간식 생활을 바꾸는 것도 좋은 방법이다. 그러면 우리 농업도 살고 내 생명도 산다.

국수를 먹더라도 쌀 국수로 하면 어떨까. 『지구를 살리는 7가지 불가사의한 물건들』에 보면 그 불가사의 중 하나가 타이 쌀 국수다. 타이 국수는 쌀 국수에 마늘과 달고 시고 짜고 향긋한 양념을 적당히 섞어서 튀겨내고 거기에 양념을 얹고 채소와 취향에 따라 닭고기나 새우, 두부를 보태 먹는 음식이다. 타이 국수는 쌀과 채소로 만들기 때문에 지방질이 적고 영양 면에서 우수하다고 한다.

동의보감에 의하면, 쌀은 기를 늘리며 속을 덥게 하고 위장의 기능을 좋게 하여 살찌게 하며 내장을 보하고, 근육과 뼈를 튼튼하게 하며, 장과 위에 이익이 되고 귀가 밝아지고 눈이 맑아지며 혈맥을 통하게 하고, 오장 기운을 고르게 하여 안색이 좋아지게 하는 약효를 가지고 있다고 한다.

국내 농업은 국민의 먹을거리를 적절하게 생산 공급하므로 국민 경제의 안정적인 성장에 기여하는 식량 안보 기능을 갖고 있다. 또 농업은 국민에게 녹색 공간을 제공해 주는 동시에 환경 정화 기능이 있으며 자연생태계의 균형을 유지해 주는 사업이다.

특히 벼농사는 홍수 조절 기능이 있다. 논 농사 외의 유효 저수량은 홍수 조절용 댐의 총 조절양의 1.5배나 된다고 한다. 저수 기능, 흙이 유실되지 않게 보존하는 기능과 더불어 식물의 탄산가스를 흡수하고 산소를 배출하는 대기 정화 기능, 도시 과밀 억제 기능, 아름다운 휴양 공간 창출 기능, 철새들의 안식처까지, 벼농사의 혜택은 다양하고 풍부하다. 이 모든 기능을 합해 보면, 쌀의 경제 가치는 9조 원인데 비하여 부대가치는 25조 원이라고도 하고 90조 원이라고도 한다. 어느 쪽이든지 쌀의 중요성은 오직 경제 가치로만 따질 것은 아니다.

1998년 여름에 일본 야나가와에 간 적이 있다. 야나가와는 마을 대부분이 논으로 되어 있다. 그 논 사이에 좁은 수로가 있고, 그 수로 사이로 사공이 조각배를 저어 다닌다. 관광객들이 타는 배다. 농촌도 충분히 관광지가 될 수 있었다.

아마 농촌에 뭐 볼 것이 있어 관광지가 될까 생각할 것이다. 그러나 푸른 벼가 자라는 논 사이 수로를 느리게 배를 타고 지나다니는 모습은 장관이다. 동네 전체가 벼 냄새로 가득하여 향기롭다. 벼가 패는 때는 꽃 냄새가 진동을 한다는데, 내가 갔을 때는 8월 초라 꽃 냄새는 아닐 테고 풀 냄새인데도 마치 밥이 될 때 나는 냄새처럼 깊고 구수했다.

야나가와가 사람들에게 알려진 것은 한 시인이 벼꽃의 아름다움을 읊으면서부터라고 한다. 그래서 그 유려한 농촌 풍광이 또 다른 옷을 입고 다시 태어난 것이다. 여행객들은 그 시를 읊조리며 야나가와 구석구석을 작은 배로 다니는 것이다. 떠들썩한 관광이 아니다. 내 생명줄인 밥의 근원을 보며 느끼는 것이리라. 물론 쌀 사랑은 절로 되겠지.

벼꽃 냄새는 어떨까? 오래도록 그게 궁금했다. 생산자께 여쭤보니 아침에 잠깐 짧게 피기 때문에 농민들도 그때를 잘 모른다고 한다. 어지간한 관심으로는 그 냄새를 맡을 수 있을 정도로 특별한 것이 아니라고 한다. 다만 꽃은 추수하기 딱 40일 전에 핀단다. 꽃이 필 때를 아는 것은 벌이다. 생산자는 일에 치여 모르는 그 순간을 벌은 놓치지 않는다고 한다. 벌만이 그 잠깐을 알고 찾아와 그것을 즐기고 간다.

홍성, 아산, 홍천 등에 드넓은 무농약 쌀 생산지가 있다. 작년 초여름 홍성 풀무학교에 갔다가 끝없이 이어진 140만 평 푸른 들을 보았다. 일본 같은 수로는 없었지만 그 자체로도 누구에게나 볼거리가 되겠다고 생각했다. 아산, 홍천 역시 풍성하다.

나는 그곳에서 그 꽃 냄새를 맡고 싶다. 농민들도 그때만큼은 잠시 일손을 놓고 여유롭게 꽃 냄새를 감상하며 농사를 지을 수 있다면 얼마나 좋을까? 그때는 그 쌀로 밥을 지어먹는 도시민들이 같이 하고. 논의 살랑거리는 물 속에 발을 넣고 피를 뽑을 때의 분주함만 피상적으로 느끼던 소비자가 함께 일을 하며 벼꽃 잔치도 같이 즐긴다면 또 다른 쌀 사랑을 하게 될 수도 있겠다.

밥을 즐기며 사랑하기, 논에서부터 시작해야 하나 보다. 생산자와 소비자가 손을 꼭 잡고.

거꾸로 사는 엄마

거꾸로 사는 엄마

누구나 내 아이가 이렇게 자랐으면 하고 소망한다. 착한 아이, 건강한 아이, 행복한 아이, 쓸모 있는 아이로. 하지만 이런 것을 다 갖춘 아이를 찾기는 쉽지 않다.

내 딸 태경이와 아들 홍원이는 이 모든 것을 비슷하게 갖춘 아이라고 할 만하다. 스스로 행복해서 그 기운을 친구들과 나누는 아이, 유행 따위는 아랑곳하지 않고 연예인을 우상으로 섬기지 않지만 즐기는 아이, 불과 1년 전까지만 해도 휴대전화가 없이 잘 지내던 아이, 자신감과 자기만의 빛깔을 갖고 있는 아이.

별다른 사교육 없이 무슨 과목이든 재미있어 하며 잘 해내고 옆에 있는 아이들까지 잘 가르치는 아이, 교내 활동뿐 아니라 대외 활동도 잘하는 아이, 온 집안 식구는 물론 주변의 많은 사람들에게 칭찬의 비를 맞는 아이, 그 칭찬 속에서도 으스대지 않고 겸손한 아이다.

큰아이 태경이는 예비 고3으로 일생에서 가장 중요하다는 겨울 방학에 태국에서 열린 제20회 세계잼버리 대회에 가서 IST(international service team) 즉, 운영 요원으로 17일간 봉사하고 왔다. 세계 최연소 요원이었다. 모두 이 중요한 시기에 아이가 그런 데를 간다고 기막혀했다. 하지만 태경이 친구들은 부러워했고 아이는 아이대로 이렇게 놀기도 하고 공부도 하며 잘살 수 있는데 왜 모두 먼 미래만 쳐다보며 오늘을 각박하게 사는지 안타까워했다.

스카우트 최고 영예인 범 대원이며 고교생 스카우트 대표로 한국 청소년 협의회 청소년 위원, 문화관광부 청소년 위원으로도 활동했다. 성당에서 피정과 크리스마스 잔치는 한두 달씩 준비하고 매주 학생 미사에 기타 반주를 한다. 중고등부 부회장 일도 맡았다. 초등학생 때나 고교생이 된 지금이나 변함없이 일상을 즐긴다.

큰아이는 어렸을 때부터 '아이를 어떻게 키웠냐?' 는 질문을 참 많이 받았다. 초등학교 1학년 담임 선생님께서도 "이런 아이 처음 봤어요" 했었다. 많은 선생님들께서 거꾸로 나를 찾아와서는 '선생님이 학생하고 태경이가 선생님 해야 한다' 고 하기도 했다. 전근을 가시는 선생님들께서는 헤어지는 아쉬움을 표하셨다. 특히 한 선생님께서는 떠나시던 날 '태경이 같이 훌륭한 학생을 교직 생활에 다시 만나게 될지…' 라며 편지와 선물을 보내셨다. 다른 학교로 간 중학교 2학년 담임 선생님께서는 그 다음해 문제집을 한 보따리 안고 우리 집을 찾으셨다. 유명한 한 영화 감독은 7년 전 태경이와 연극을 하는 아이를 친구라고 부른다. 고3인 지금까지 여러 선생님께서는 '이런 아이가 없다'고 하신다.

친구들과의 관계도 아주 좋아서 어디에서든 다같이 어울려 지낸다. 친구들이 "태경이 너무 좋아요"라고 하더니 어느 날에는 서초구 편지쓰기 대회에서 금상을 받은 편지가 날아왔다. '천사가 이 땅에 내려와도 태경이만큼 착하진 않을 거에요. 그런 태경이를 낳아 제게 친구로 주신 어머님께 감사 드립니다'란 내용이었다.

무엇보다 감사한 것은 어느 곳에서도 기쁘게 무슨 일이든 할 수 있는 아이로 자란 것이다. 무엇이든 이해하려 노력하고, 매일 마주 하는 엄마나 다른 사람, 사물에 감사하고 기꺼워하며 대한다. 보잘 것 없는 식탁에서 감사하고 길에 있는 작은 생명체도 배려하는 아이다.

얼마 전에는 아이 책상에서 편지 한 통을 발견했다. 멀리 경남에 사는 아이한테 쓴 것인데 봉해져 있지 않아 열어보니 '잘 지내냐? 서울에 오면 언니한테 연락해라', '헌혈증이 이것밖에 없어 친구들 것을 모았다'는 내용의 편지와 헌혈증이 몇 개 있었다. 가끔 헌혈을 하는 줄은 알았지만 입시가 코 앞인 아이가 헌혈까지 하며 관심을 갖는 그 아이는 누굴까? 보노라면 너무 감사해 마치 내가 잘 키워 그런 것 같은 착각을 할 때가 있다.

작은아이 홍원이는 고등학교 1학년이다. 초등학교 때 소년체전에서 금메달을 땄으며 서울체전대회 신기록을 보유하고 있다. 육상 부문에서 유일하게 따온 서울시의 금메달이다. 초등학교, 중학교에서는 전교 학생회장을 했다. 고등학교에서도 1학년 학년회장이 되었다. 운동장에서 잘 놀더니 운동은 뭐든 아주 잘한다. 무대에서 노래를 하고 춤도 춘다. 과학, 미술 작품은 전시가 되기도 한다. 졸업앨범 행사란을 다 채울 만큼.

중학교 때 생물 시간에 오징어 실험을 할 때 다른 조는 장난을 쳐서 오징어 눈을 찔러 파내 던지고 내장을 터뜨리는데, 홍원이는 조원들에게 "우리는 오징어 실험을 하는 것이니 필요한 부분만 잘라보자"고 제안했고 조원 모두가 경건하고 깨끗하게 실험을 했다고 했다. 나날이 생명의 존엄함을 느끼는 아이가 사랑스럽다.

아직도 어린 시절부터 지난 학년 선생님들까지 남다르게 아름다운 아이를 생각하며 쓴 편지가 오고 있다. 중학생이 되었다고 고등학생이 되었다고 초등학교 은사님이 축하 전화를 하신다.

어떤 아이들과도 잘 어울리며 친구들을 낮 내게 하는 홍원이는 특히 지난 가을 학교 축제에서 그 빛을 더욱 발했다. 개교 21년 만에 처음으로 학생이 주관하고 기획한 축제였는데, 교실에서 기를 펴지 못하는 친구들 모두와 흥겨운 무대를 만들어냈다. 또 자기가 정성 들여 만들고 가르친 사물놀이패는 자기 이름을 달지 않은 채 '누구누구 외 6명'으로 기입하였다.

홍원이는 돌아오는 2학기에 중학교 교장 선생님 정년 퇴임식에 제자 대표로 선다. 정말 용하게 잘도 자랐다.

이 두 아이는 사이도 무척 좋아 서로 의지하고 가르치고 용기를 북돋우며 잘 지낸다. 나는 태경이에게 "너는 네 인생 살아라" 하면서 동생 돌보는 것에 힘쓰지 않도록 배려했었다. 그런데도 자연스럽게 동생을 챙겼다. 또 두 아이 모두 너무 칭찬을 받으니 혹시라도 남을 의식하여 자유롭지 못할까 봐 "남에게 해가 되지 않는다면 너 편한 게 최고다" 라고 말하기도 했다.

나는 아이를 정말 쉽고 편하게 키웠다. 다른 엄마들의 수고에 비하면 공짜로 아이를 키운 것 같다. 시험 때라고 같이 밤샌 적도 공부하라고 매달려본 적도 없다.

이 아이들을 기른 것은 곁에서 늘 지켜주는 아빠와 엄마겠지만, 조상님들과 주변의 많은 선생님과 이웃들 친지들 그리고 자연이 없었다면 불가능한 일이었다. 사실 아이들은 누가 키우는 것이 아니다. 부모는 그저 음식을 준비해 줄 뿐이고 그것을 아이가 먹고 스스로 자란다. 생각을 키우는 것도 마찬가지다. 그냥 아이와 함께 기뻐하고 즐기고 궁금한 것은 같이 찾아보면서 아이와 함께 엄마도 큰다.

구태여 엄마가 곁에서 도와준 것을 정리하라면 몇 가지를 꼽을 수 있다. 언제나 듬뿍 사랑한 것, 생산지에 다니며 생산자의 고마움을 알게 하고 유기농산물을 먹인 것, 종교를 갖게 한 것, 스카우트 활동을 할 수 있게 해준 것, 그리고 또 있다면 원없이 놀게 한 것이다.

두 아이 다 아직 완성된 것이 아니어서 앞으로 어려울 때도 있을 것이다. 하지만 남을 배려하고 어울려 살 줄 아는 올바른 시민이 될 것이란 것만은 확신할 수 있다.

아우 타는 태경이

세상의 사랑은 혼자 다 받은 듯하던 태경이가 동생을 보자 계속 열병이었다. 우리 부부가 껴안고 춤을 추면, "셋이, 셋이"하며 함께 붙어 춤을 추던 아이다. 그 곱던 속이 아파 아무 말 없이 있다가 밤이 되면 열이 40도를 오르내렸다. 아이를 업고 응급실로 뛰어가보면 다시 정상으로 열이 내려있을 때도 있고, 뇌막염일지도 모르니 다음날 아침에 정밀 검사하자고 할 때도 있었다. 아침에 일어나 보면 언제 그랬냐는 듯이 아무렇지도 않았다.

두 돌 되던 달 태어난 동생이 처음 집에 왔을 때는 별 반응이 없더니 점점 더 힘들어했다. 어찌할까 고민하다 뒤적이는 것이 책이다. 대가족 제도였던 옛날에는 동생이 태어나도 할아버지 할머니는 제 차지가 되어 문제가 덜했으나 현재 핵가족 구조에서는 어린 동생에게 엄마를 빼앗긴 듯하여 어려움이 많다. 그래도 할 수 있는 것은 아빠가 절대적으로 큰아이 편이 되든지 엄마가 좀더 신경을 쓰라고 쓰여 있다. 그러나 현실적으로는 매일 밤 늦게 오는 아빠에 의지할 수도 없고, 멀리 계신 할머니께 기대할 수도 없었다.

그래서 홍원이가 잠들기만 하면 태경이를 데리고 밖으로 나갔다. 같이 아이스크림을 먹으러 가고 놀이 기구 아저씨가 오면 말 타러 나가기도 했다. 그 새 작은아이가 깨어나 울기라도 하면 그 아이는 아이대로 먹은 것을 다 토해낸다.

노력은 하는데도 태경이는 점점 심술 얼굴이 되어갔다. 눈꼬리가 밑으로 처지고 입술 끝도 그렇다. 아기 보러온 이웃 아주머니들 눈에도 띄는지 자기 입술에 손가락을 대며 눈짓을 준다. 그렇다. 뭔가 성에 안 차고 그래서 속이 상한 모양이다. 아기를 때리거나 화내지 않고 제가 아프니 더 걱정이다. 속으로 삭이려니 어린 것이 얼마나 큰 곤욕을 치르는가.

어른들은 크면 차차 괜찮아진다고 하는데 그런 것만도 아닌 것 같다. 그 서운했던 감정이 청소년기까지, 혹은 그 이상 계속 남아 있는 것을 수없이 보아왔다. 그래서 설사 시간이 흐른 후에 좋아진다 해도 더 이상은 단 하루라도 아이를 지옥에서 사는 마음으로 있게 할 수는 없었다.

작은 마음에 얼마나 상처가 클까, 마음이 아팠다. 자기의 온 우주이던 엄마 곁을 웬 아기가 독차지하고 온갖 보살핌을 다 받는다. 수긍이 안 된다. 얼마나 야속하고 미울까. 충분히 이해가 된다.

동생을 데려왔을 때 제 이불에 뉘이니 "내 거야" 하며 이불을 어깨에 메고 끌고 간다. 그동안 제 사촌이며 길 가는 아이까지 예쁘다며 엄마에게 업어주라던 아이가 의외다. 미처 이불을 준비하지 못한 홍원이는 할 수 없이 커다란 어른 이불을 깔고 덮고 지냈다. 별 표정 없이 제 이불만 가져가기에 그러는가 했더니 몸으로만 말을 한다. 갖은 방법으로 아이를 품고 노력해도 허사였다. 더 이상 참고 미룰 수 없어 꾀를 내었다. 6개월 된 홍원이가 울면 30개월 된 태경이에게,

"이 바보는 말도 못하네. 누나는 말도 잘하는데."

젖은 기저귀를 갈아주면서는,

"아이고 누나는 화장실에서 잘 누는데 이 아기는 그것도 못하네. 더럽게 누워서 싸다니. 누나 반만큼만 해도 좋으련만."

옷을 갈아 입히면서도,

"얘는 옷도 못 입네. 누나는 혼자 척척 입고 벗는데."

보통 때는 작은아이에게 눈 맞추고 사랑 표현을 다했지만 누나가 곁에 있을 때는 의도적으로 작은아이를 모자라는 애 취급을 했다. 몇 번 그렇게 하자 누나가 그런다.

"얘가 아기라서 그래요."

태경이에게 『내 동생』이란 책도 읽어주었다. 그후로 누나는 동생을 돌보기 시작했다. 이유식도 제가 주고. 좀 어질러서 그렇지 누나에게 일감을 주고 칭찬해 주니 아주 사이가 좋아졌다. 아이는 제 동생이고 아직 어리고 그래서 보살펴야 한다는 것을 누구보다 잘 인식하고 있

었다. 나는 다만 서툴게 돌보는 누나 때문에 작은아이가 불편하지 않게 돕는 일을 하면 되었다. 홍원이 옷 입히겠다고 덤비면 동생도 누나도 불편하지 않게 바짝 긴장하여 옷을 입힌다. 시간도 더 걸리고 번거롭기 짝이 없지만 그렇게 하고 나면 누나는 흡족해 한다. 자기가 해줬다고. 누나가 많이 도와줘서 옷을 잘 입혔다고 박수도 치고 잘했다고 칭찬하면 아주 좋아한다.

아이를 보는 게 쉬운 일이 아니어서 누나도 제풀에 동생 돌보는 일에 흥미를 잃었다. 그 다음부터는 내가 동생 곁에 붙어서 무슨 일을 해도 관심이 없다. 그냥 혼자서는 아무것도 못하는 아이니까 엄마가 보살피고 있구나, 라고 생각하는지 가끔 생각난 듯이 칭찬 받으러 와서 잠깐 아이를 돌보는 듯 참견하고 갔다.

'이 아이는 내가 돌봐야 할 아이. 내 경쟁 상대가 아냐.'

마음 깊이 이 생각을 하고 있는 것 같다. 그렇게 해서 태경이는 원래 자신의 일상으로 돌아가고, 홍원이는 홍원이대로 엄마의 보살핌을 잘 받을 수 있었다.

8년이 지난 후 한 번 위기는 있었지만 두 아이는 연인처럼 그림처럼 사이가 좋다. 지켜보지 않고 생각만 해도 기분이 좋을 만큼.

걸레를 갖고 노는 아이

아이가 궁금해 하는 것은 다 해보고 만져보게 한다. 찬장이나 개수
대 아랫장에 있는 것들을 열고 꺼내려 하면 원없이 꺼내놓고 놀게 했
다. 그릇을 다 꺼내 탑처럼 쌓아 올리기도 하고 성처럼 길게 늘어놓기
도 했다. 아이들은 그릇을 다 밖으로 내놓고 빈 찬장에 들어가 놀았
다. 아이는 꼭 포장상자에 들어 있는 인형같이 귀여웠다.

찬장에 있는 물건은 유리 그릇만 따로 치워놓으면 별로 위험하지
않아 아주 좋은 장난감이다. 다양한 모양과 크기, 색깔과 재질의 그릇
종류들을 늘어놓고 노는 것을 얼마나 좋아했는지. 나는 가끔 다가가
젓가락으로 그릇을 두드려 소리를 내준다. 그릇마다 다른 소리가 난
다. 그릇에 물을 담으면 또 다르다. 쇠 젓가락일 때와 나무 젓가락일
때 또 다른 소리가 난다. 신기하게도. 아기는 귀를 쫑긋한다.

화장품도 마찬가지였다. 보통의 경우, 아이들은 계속 궁금해 하고

화장품은 아이들 손이 닿지 않는 높은 곳으로 자꾸 올라가고 아이의 욕구는 충족되지 않는다. 우리는 궁금해 하는 것을 살펴보기로 했다. 입술 연지도 함께 그려보고 볼 연지도 눈 화장품도 같이 칠해보며 로션도 발라보았다.

이렇게 몇 번 하고 나면 아이는 더 이상 화장품에 대해 흥미를 느끼지 않는다. 아이는 이미 색색가지 화장품 색깔을 살폈으며 제 각각 다른 냄새를 맡았으며 많은 종류의 화장품 용기를 충분히 더듬어보고 빨아봤으므로. 화장품은 피난 갈 필요 없이 앉은뱅이 화장대에서도 점잖게 제 자리를 지킬 수 있었다.

아이들은 이불장에 들어가 노는 것도 좋아한다. 좁은 공간을 좋아해서 그런 모양이다. 아침저녁 이불을 넣고 펼 때 아이들 눈에 띄면 그날은 온 이불이 다 밖으로 나와 텐트가 되고 장막이 된다. 나는 이불 썰매를 만들어 태우기도 하고, 흥이 더하면 얇은 홑이불로 망태기를 만들어 그 안에 아이를 담고 산타 할아버지처럼 메고 다닌다. 아이들은 어떨 때는 이불을 다 꺼내놓고 안에 들어가 잠을 자겠다고 했다. 목숨 걸 일 아니니 무엇이든 다 하게 해주었다. 놀이가 끝나면 깔끔하게 치우는 것을 돕게 하고.

아이들은 주위에 있는 대부분의 것을 만져보고 빨아보고 살펴보면서 많은 것을 경험하게 된다. 그 호기심은 계속 이동하여 새로운 것을 알아보고 싶어한다. 아이들에게는 모든 것이 호기심 가득한 놀이감이며 궁금증을 유발하는 대상이다. 그것을 살피는 것이 바로 공부다.

공부를 열심히 하겠다는데 막을 이유는 없다.

물론 그 호기심이 지나쳐서 걱정을 한 적도 있다. 작은아이는 서너 살까지 축축한 것을 좋아해서 걸레를 잘 들고 다녔다. 여기저기 닦기도 잘했지만 걸레를 머리에 쓰기도 하고 입에 대기도 했다.

"걸레는 청소할 때 쓰는 거야"라고 가르쳐 주었지만 계속 즐기니 방법이 없다. 그래서 "안 돼" 하기보다는 늘 깨끗이 삶아서 입에 대고 있어도 문제가 없도록 해주었다.

한번은 태경이가 오뉴월에 털옷과 털신을 신고 나가겠다고 했다. 처음에는 내가 남에게 어떻게 보일까가 우선 걱정되었다. 곰곰이 생각하니 저런 아이 데리고 다닌다고 우스운 엄마라고 놀림을 받는 것보다 아이의 욕구가 우선이었다. 아이는 찌도록 더운 맛을 본 다음 다시는 집에서 다른 계절 용품에 유혹 당하지 않는다. 그 다음부터는 옷을 입을 때 엄마 말에 귀를 기울인다.

홍원이도 대여섯 살쯤, 한 겨울인데 엄마처럼 반바지를 입고 나서겠다고 하며 남자는 스타킹 신는 것 아니니 맨 다리로 갈 것을 고집했다. 아이 앞에서는 냉수도 못 마신다는 어른들의 말씀이 떠올랐다. 괜히 멋 부린다고 반바지를 입어서. 이미 일은 시작되었으니 춥다는 것을 충분히 설명하고는 두꺼운 옷을 싸들고 반바지 차림으로 데리고 나갔다. 어려도 고집은 있어서 얼굴이 새파랗게 되어 떨면서도 두꺼운 바지 달라는 말을 안 한다. 눈치를 보며 기다릴 뿐이다.

홍원이는 특히 인형을 돌보고 누나 옷을 가끔씩 입었다. 남자 아이는 시간이 지나면 자연히 남성적이 되므로 저런 면도 좋다 싶어 두었더니 어느 날은 누나의 긴 원피스를 입겠다고 했다. 잠시 입다가 벗겠지 했는데 기어이 입고 할머니 댁 제사 참석까지 했다. 좋을 일도 아니지만 꼭 나쁠 일도 아니어서 하고 싶은 대로 하게 두었다. 옷이라고 하는 것이 껍질인 것을. 어차피 서양 것이고, 서양 아기들이야 태어나면 누구나 원피스를 입고 사진 찍는다. 우리나라 식으로 해도 남자가 긴 두루마기를 입으니 뭐 어떠랴 했는데, 어른들은 아들을 그렇게 키운다고 한마디씩 하신다. 설마 커서까지 저러려고.

바비 인형과 에티오피아 어린이

태경이는 유아 시절 바비 인형을 정말 좋아했다. 내가 보기엔 다 똑같이 생긴 인형인데 아이의 눈에는 다 다른지 계속 사야만 했다. 아주 작은 차이를 찾아내는 아이의 능력이 기특했지만 아이의 요구를 다 들어줄 수는 없는 일이었다. 그렇다고 무조건 안 된다고 한다면 아이의 입장에서 말도 아니니 같이 의논한 끝에 한 달에 한 개씩만 사기로 했다. 여섯 살짜리 태경이는 약속을 잘 지켰다. 가끔 "엄마 한 달 됐어요?" 할 때, "달력을 보자. 15일에 사기로 했는데 아직 안 되었구나. 그렇지? 오늘은 10일이지?" 그러면 수긍을 한다. 대신 나도 철저히 약속을 지킨다. 아이는 어떠한 유혹이 있어도 한 달이 되기 전에 인형 사달라는 말을 안 했다. 꾹 참았다가 사는 기쁨은 더 큰 것이리라.

그러던 어느 날 선진국에서 살 빼는데 드는 돈의 일부만 있으면 세계 여러 나라의 굶주린 아이들을 먹일 수 있다는 내용의 글을 쓰기 위해서 모아놓은 자료 가운데서 뼈만 앙상한 에티오피아 아이를 발견한 어린 딸이 물었다.

"엄마, 이게 뭐예요?"

"어린애잖아."

"사람인데 왜 이래요?"

"밥이 없어 못 먹어서 그래."

"그러면 빵 먹지요."

"빵도 없어. 바비 인형 한 개 값이면 한 달 동안 밥이든 빵이든 먹을 수 있대."

"그러면 나 이제 인형 안 살게 그 돈 얘 줘요, 엄마."

그후로 태경이는, 네덜란드에서 인형을 하나 샀던 것 외에는, 10여 년이 지난 지금까지 인형을 산 적이 없다. 거꾸로 꼭 필요한 것만 사다보니 아이에겐 꽤 귀한 게 많다. 태어났을 때 이모가 사준 첫 인형, 봉제 펭귄. 이제는 낡아 너덜이가 되었으나 그 사랑을 아직도 간직하고 있다. 엄마 친구들이 사준 백일 선물 치치코, 고모가 첫 월급으로 사준 코알라 한 쌍 등등. 모두 의미를 갖는 것들이다. 단순한 물건이 아니라 특별한 무엇이다.

작은아이는 자라면서 자동차, 변신 로봇 등 원하는 것이 많아졌다. 일일이 다 못 사주니 얼마 만에 하나씩 살지 어떻게 살지를 같이 의논하였다. 장난감 가게 가득한 장난감을 보면 얼마나 갖고 싶을까. 사고 싶은 아이의 마음은 충분히 이해하면서 내 생각도 말한다. 우리가 한 달에 홍원이 장난감 사는데 얼마나 써야 할지를 말하는 거다. 아이가 이해 못할 것 같지만 어려도 나름대로 알아듣는다. 엄마도 매일 꽃을 사고 싶지만 꾹 참는다고 알려준다. 날마다 다른 꽃을 사오면 어제 사 왔던 꽃이 슬퍼할 거라고 한다.

홍원이도 매일 장난감을 사면 그 장난감이 슬퍼할 거라고, 우리 집 에 장난감을 가져와서 하루만 놀고 또 다른 것 사와서 놀면 먼저 온 장난감이 얼마나 슬프겠냐고. 그래서 합의한 것이 누나의 바비 인형 처럼 한 달에 한 개. 잘 따라주었다.

그런데 얼마 뒤에는 〈후레시맨〉 같은 싸우는 비디오를 보고 싶어했 다. 그것도 아이와 흥정을 했다. 일주일에 한 개. 그런데 재미있게 놀다 보면 어떤 주일은 그냥 넘어갈 때도 있었다. 나는 모르는 척하고 넘겼다.

그 무렵 아이들에게 용돈을 주었는데 태경이는 아빠 구두를 솔로 닦 으면 백원, 홍원이는 신발 정리하면 아침마다 백원씩을 주었다. 그 돈 은 제 마음대로 쓰게 했다. 태경이는 저금을 했고 홍원이는 총을 샀다.

처음에는 제가 번 돈이 아까워 비디오도 못 빌리고 그냥 모으기만 하더니 하루는 모아 두었던 몇 천원을 다 들고 나가서는 친구 것과 제 것으로 총을 한 자루씩 사가지고 왔다. 아무리 장난감이라도 무기인 총은 사주지 않았다. 어떻게 장난감으로 무기 흉내낸 것을 만들 수 있 는지. 그래도 그 아까운 돈으로 제 친구 것까지 사준 아이 마음이 대견 하여 사람은 절대 겨누지 말라는 주의를 주고는 더 말하지 않았다.

혼자 하면서 스스로 자란다

아이들이 할 일을 엄마가 해주면 얼마나 깨끗하고 빠르고 쉬운지 누구나 안다. 그러나 태아가 세상에 나와 아이가 되면 숨 쉬는 것부터 혼자 해내야 한다. 느리고 어설프지만 혼자 하도록 둔다. 혼자 해야 하는 많은 일들을 하나씩 천천히 풀어가면 아이는 성취감을 느낄 것이고 엄마는 아이가 자라는 기쁨을 맛볼 것이다.

아이에게 신발 끈 묶기를 가르치면 참 재미있다. 집에 있을 때 가끔 리본으로 묶기를 시키는데 그 연습이 좀 되면 때가 된 것이다. 우리 아이는 세 돌 무렵이었던 것 같다. 혼자 신발 끈을 묶게 하면 기다림의 진수가 뭔지 알게 된다. 얼마나 오래 걸리는지… 나가려다 말고 현관에 앉아 작정을 하고 기다려야 한다. 아이를 키우다 보니 참고 기다리는 것에 이력이 나서 성인군자가 되어가는 듯하다. 엄마도 아이도 끈기를 가져야 한다. 아이가 정 짜증내거나 힘들어하면 "엄마가 좀 도와줄까?" 혹은 "다음에 하자"며 미루면 된다.

아이도 처음 하는 것이고 엄마도 처음 지켜보는 것이다. 그러니 모두 서툴다. 용기 주는 말밖에 할 일이 없다. 요만큼 한 것을 많이 칭찬하고 잘했다고 용기를 북돋우면 이번에는 포기했어도 다음 번에 또 할 수 있다. 그렇게 했을 때 성취감이란! 어떤 일도 잘할 수 있는 자신감이 생기는 것이다.

학교에서 하는 것들도 스스로 하게 해야 한다. 잘못하다 보면 아이가 초등학교 1학년이면 엄마도 초등학교 1학년, 아이가 중2면 엄마도 중2인 경우가 종종 있다. 미리 스스로 하게 해야 엄마가 아이 대신 살지 않아도 된다. 유치원부터 그렇게 하는 게 좋다. 정 안 되면 학교에 들어갔을 때 어떻게든 해야 한다.

한 친구가 "책가방 어떻게 싸냐?"고 전화를 걸어왔다. 초등학교 1학년 아이 가방 싸느라고 교수 남편과 골머리를 싸맨단다.

"태경이 혼자 알아서 해."

그제서 들여다보니 국어 과목이 몇 종류나 된다. 좀 복잡하겠구나 싶었는데 이제 겨우 학생이 된 태경이는 선생님이 시키는 대로 하면 된다며 일도 아니라고 한다. 설사 좀 잘 못하더라도 혼자서 하다 보면 요령이 붙는다. 엄마가 끈기가 있는 만큼 아이가 크는 것 같다.

한마디만 거들면 혼자서 할 수 있는 일은 무엇이든 하게 했다. 전화를 거는 어린 홍원이에게 '안녕하세요. 저 홍원인데요. 누구누구 바꿔주세요'를 시켰다. 다른 아이에게도 마찬가지다. 초등학교 입학했을 때부터 아이 친구들에게 전화가 오면 '안녕? 나 홍원이 엄만데 누구니? 그래 우리 홍원이 바꿔줄게' 같은 식으로 자기 소개와 인사를 하게 했다. 인사 안 하고 끊으려하면 내가 먼저 '안녕히 계세요'를 했다. 아이 친구들 중에 예의 없이 전화하는 아이는 없다. 모두 나와 전화 공부를 한 아이들이다. 내가 자식 대하듯 하니 그 아이들도 내 아이처럼 나를 대한다.

홍원이는 4학년이 되자 게임기 사기에 열을 올렸다. 용돈이 모이면 필요한 것을 하나씩 샀는데 하루는 조이스틱을 사고 싶어했다. 돈이 얼추 모였다며 사러 가자기에 이제 단순한 것 살 때는 친구들과 가거나 혼자 가라고 권했다. 전자상가 앞에 내려주고 올 때는 지하철로 오게 했다.

물건을 살 때 엄마는 우선 매장에 들어서서는 두세 곳에서 값을 물어보고 기능을 살핀 뒤 결정을 하여 산다고 일러주었다. 아이는 자신 없어 하다가도 사고 싶은 마음에 용기를 내어 상가로 들어선다. 아이는 마음 좋아 보이는 아저씨를 택하고 들어가 물건을 보고 값은 그 다음에 봤다. 모양과 성능을 살폈다. 세 군데를 돌고 꼭 맞는 곳에서 알맞은 값으로 사고 선물과 명함을 얻어갖고 영웅처럼 돌아왔다.

아이는 하나씩 혼자 하며 자신감을 키워 나갔다. 안목도 키워 나가고 사람 관계도 잘 해냈다. 그건 나서부터 누구에게나 했던 먼저 인사하기가 도움이 많이 되었다. 택시를 타면 아기일 때부터 '안녕하세

요?' 를 해서 어쩌다가 아이들이 혼자 타도 대접 받고 내린다. 가게에
갈 때에도 '안녕하세요?' 하며 들어간 어린 손님을 함부로 대하지는
않을 거다.

1년 내내 모은 용돈으로 비싼 것들을 살 때는 그래도 내게 함께 가
자며 도움을 청했다. 다 큰 아들이 내게 기대는 것도 큰 기쁨이었다.
같이 가주기는 해도 자기가 흥정하는 것을 옆에서 지켜주기만 하면
된다.

아무리 주변의 찬사를 받고 능력이 있어도 행복하지 않으면 무슨
의미가 있을까. 아이들은 행복한 하루를 엮어 날마다 천국에 살고 있
다. 학교 수업은 재미있으며 일상은 신비롭고 흥미진진하다. 착하고
정직하며 더불어 살 줄 아는 아이들은 미래에도 어떤 난관이나 어려
움을 극복하고 잘 살아갈 것이다.

하루가 일주일이 되고 한 달이 되고 1년이 되며 인생이 되는 것이
다. 엄마가 믿어주니 아이들도 믿는 만큼 행동한다. 어려서야 이것저
것 관심을 갖고 지켜보다 주의를 줄 일이 있지, 고학년이 되면서는 별
로 참견할 일이 없다. 둘 다 6학년이 되어서는 한살림 어린이 생명학
교에서 대학생 교사들과 같이 동등한 보조교사로 활동하기 충분했
다. 스스로 해내니 그냥 지켜보는 것으로 충분하다.

재미있게 노니 뭐든 다 된다

아이를 원없이 놀게 하는 것만큼 아이를 크게 하는 것은 없다. 어렸을 땐 노는 게 공부다. 태경이는 1년, 홍원이는 단 3개월만 유치원에 다녔다. 그것을 본 이웃들은 내 걱정이었다. 아이를 그렇게 놀려서 어떻게 하냐고. 얼마 지나서는 아이들이 잘 자라자 내게 방법을 배우러 왔다. 우리 아이의 어린 시절을 모르는 사람들은 아이가 공부를 잘하니까 놀린다는 큰소리 할 수 있는 것 아니냐고 한다.

나는 글자를 기호라고 생각하여 일찍 깨칠수록 창조력이 없어진다고 여겨 따로 가르치지 않았으나, 태경이는 여섯 살이 되자 원고 쓰는 나를 따라다니며 한 자씩 받아가더니 혼자 깨쳤다. 홍원이는 늦도록 제 이름자 '홍'을 보고도 "'ㅎ'이 두 개네" 하니 '야, 너 그런 것도 찾아내네' 하며 감탄하고는 그냥 두었다. 입학이 가까워서야 이름을 쓰게 하고 책 읽기를 시켰다.

홍원이는 5학년이 될 때까지 눈에 띄지 않는 그냥 그런 아이였다. 1학년 때는 자기 반에서 저 혼자만 받아쓰기 50점을 맞았다. 다른 아이들은 모두 100점이고. 나는 아이가 스트레스 받을까 봐 틀린 문제나 다시 한 번 받아쓰게 하였다.

사실 나는 홍원이가 반이라도 맞는 것을 용하게 생각했다. 누나는 원래 공부하는 것을 좋아했고 이 아이는 노는 걸 더 좋아하는데 그래도 반은 맞아오니 장하다고 여겼다. 받아쓰기야 몇 번만 미리 연습시켜 보내면 잘하지만 그게 엄마가 매달려 할 일은 아니라고 생각했다.

홍원이는 엄마에게서 잘 떨어지지 않아 학교 오가는 것을 보살펴야하는 탯줄 덜 떨어진 아이였다. 의젓하다가도 엄마가 보이지 않으면 울었다. 축구를 싫어해 누가 운동장에라도 세우면 또 울었다. 초등학생이 되어서도 얼마간은 그랬다. 그래서 나는 학교를 좋아하고 선생님을 잘 따르고 친구들과 잘 놀면 된다고 생각했다. 다만 자신감을 잃는 것은 경계했다. 노는 것에 이력이 붙자 오히려 머리 회전이 빨라져 뭐든 잘 해냈다. 그것도 아주 창조적으로. 아이들이 논다고 눈 감고 귀 닫고 생각 멈추고 있는 것이 아니다. 홍원이는 학원에 다니는 친구들이 잠깐 나오면 그 아이와 놀이의 맥을 유지하며 새로 나온 아이와도 이어 재미있게 놀았다. 머리가 쌩쌩 돌아간다.

그리고 머리도 좀 쉴 때가 있어야 좋은 것이 아닌가. 하긴 요즘 세태 속에서, 서울의 강남 사교육 폭풍의 한 가운데서, '노는 것이 최고'라는 의지를 갖고 사는 게 그리 쉽지만도 않았다. 소위 '태교 과외'는 차치하고서라도 두 돌만 되면 글 읽기 과외와 영어 과외를 시작하는 열풍 속에서, 그래도 굳건한 내 믿음은 아이를 사육하지 않겠다는 거였다. 설사 성적을 잘 못 내게 키웠다고 평가되더라도. 딱딱한 의자에서 몇 시간씩 앉아서 지내는 학교 공부가 끝나면 또 많은 시간을 학원에서 보내야 하는 아이들이 가여웠다. 돈 대느라 허리 휘는 아빠도 불쌍하고 아이들 교육 정보 구하러 동분서주하는 엄마들도 측은했다. 우리 가족은 어느 누구도 그 대열에 끼고 싶지 않았다. 날마다 행복하고 평화로운 생활을 하길 바랐다.

대신 아이가 관심 갖는 것은 언제 어디서나 하게 하고 호기심을 자극할 만한 일을 많이 펼쳐주었다. '뭐 전업 주부니까 가능했겠지'라고 생각한다면 그건 오해다. 나 역시 많은 시간을 밖에서 지내야 하는 전문 활동가다. 긴 시간을 함께 보내지는 못했다. 아이와의 관계는 양보다 질이다. 하지만 만 세 살이 될 때까지는 육아에만 전념했다.

요리할 때는 아이들 세상이다. 찹쌀 경단 빚을 때, 수제비 만들 때 아이들은 당연히 내 차지라며 자리를 잡고 앉는다. 김치 담글 때도 옆에 앉혀 놓고 재료와 써는 법을 일러주고 고춧가루 넣기 전에 주무르게 했더니 김치 담는 날은 아이들이 미리 자리 잡고 앉는다. 아직 초등학생 어린 아이일 때 우리는 셋이서 김장을 하기도 했다.

요리를 하면 식품에 대해, 생산지에 대해 배우게 된다. 시간은 오래 걸리고 내가 조심을 시키고 또 아이들이 아주 조심을 하여도 수십 년 익은 사람 손 같지 않아 주방은 엉망이 된다. 하지만 재미있게 놀았고 머리를 좋게 한다는 소근육 운동은 엄청나게 많이 했다.

아이들과 함께 식혜를 만들어 먹었는데 참 좋다. 아이들이 "단술(경상도 방언)해 줘" 하면 엿기름을 양푼에 넉넉히 넣고 물을 부어 놀이 삼아 함께 주무른다. 그 물을 가라앉혀 고두밥에 부어 삭힌 다음 끓이며 기다린다. 뭐든 시간이 지나야 만들어지니 여유를 배운다. 냉장고에 식혀 먹으려면 꼬박 하루가 걸리고 뜨거운 단술을 그대로 먹는다 해도 반나절은 걸린다. 주물러 놓은 엿기름물은 빨리 가라앉으라고 아무리 소리 질러도 난리를 친다고 빨리 되지 않는다. 그저 기다리는 수밖에. 아이들은 그걸 안다.

밖에 사러 가는 것도 재미있다. 고물고물 예쁜 두 아이 손 잡고 나서면 어디에서 엿기름을 사나 아이들이 살핀다.

"떡만 파는 줄 알았는데 방앗간에서 엿기름도 팔아요. 밥에 넣어 먹던 보리에 싹을 낸 거래요."

한두 번만 이런 놀이를 하면 아이들이 뭐든 잘 기다린다. 세상 원리를 다 아는 것처럼. 편리하고 신속한, 그렇지만 재미없는 그리고 대가는 엄청나게 치러야 하는 패스트푸드에 비할 바가 아니다. 가게에서 그냥 산 깡통 음료와도 다르다.

뜨개질과 바느질도 재미있는 놀이다. 엄마가 뭘 하기만 하면 아이들도 옆에 자리를 잡는다. 내가 하는 일은 당연히 자기네도 하는 것으로 안다. 엉성하지만 뜨개 바늘과 실을 주어 놀게 하고 손 찔리지 않는 두꺼운 바늘로 그림도 그리고 숫자도 쓰게 한다. 홍원이는 지금도 바느질 솜씨가 여간 꼼꼼하지 않다. 태경이는 십수 년 전에 뜬 털실 목걸이를 아직도 간직하고 있다.

두 아이가 초등학교 5학년, 3학년일 때에는 사과 궤짝으로 강아지 집을 만든 적이 있다. 뾰족 지붕이 걱정이었는지 프랑스식 경사 지붕으로 만들어 멋도 더하고 작업도 수월하게 해내었다.

박물관에 가면 손으로 쓰기보다 눈으로 보고 마음 속으로 즐기다 오게 한다. 아이들이 적는데 열중하다 보면 다른 것을 마음에 담을 수 없다. 박물관 전체를 보기보다는 관심 있는 방을 들여다보고 즐기게 한다. 해서 아이들은 어디를 가든 양으로 승부하지 않고 '오늘은 어떤 재미있는 것을 볼까' 하는 기대에 차 있다. 그러니까 얻을 건 다 얻으면서 부담이 없다.

네덜란드에 가느라고 두 아이가 일곱 살, 아홉 살 때 처음으로 점보기를 탔다. 책에서 본 대로라면 비행기에 2층도 있고 피아노도 있다. 우리는 이륙하고 고도가 안정되면 승무원에게 비행기 안을 구경시켜 달라고 하자며 아이들과 미리 의논했다. 들뜬 마음으로 아이들은 언제가 좋을까 살핀다.

승무원들이 바쁘지 않은 때는 도대체 언제인가. 사실 비행기의 내부를 봐도 좋고 안 봐도 그만이다. 아이들이 이런 목적을 갖게 되면 언제 어느 때가 좋을까 살피며 비행기 내의 분위기를 관심 깊게 관찰하게 된다. 승무원들이 얼마나 바삐 움직이며 일하는지도 알게 된다. 그냥 왔다 갔다 하며 심부름하는 사람들이 아니라 우리를 안전하고 안락하게 이동할 수 있도록 도와주는 사람이란 걸 알게 된다. 승무원들은 승객을 반가이 맞고 좌석 찾는 것을 도와주고 짐칸이 잘 잠겼나 확인도 한다.

고도가 안정되어 사람들이 안전띠를 풀고 차를 한바퀴 돌리고 난 시간이 적당할 것 같아 한 남자 승무원에게 부탁했다.

"아이들이 이렇게 큰 비행기는 처음 타서 위층 구경을 좀 하고 싶어 하는데 가능합니까?"

그는 기다리라더니 10분쯤 뒤에 흔쾌히 아이들을 데리고 가서 비행기 구석구석을 다 둘러보게 해주었다. 아이들은 조종석에 가서 기장까지 만났고 엄청나게 복잡한 계기판도 봤다고 자랑이 대단했다. 기장님은 아이들에게 악수를 하며 반겨주었다. 태경이와 홍원이는 12시간이나 되는 긴 비행 시간 동안 호기심 탐구로 지루할 겨를이 없었다. 창문은 몇 겹으로 되어 있는지 비행기의 비치 물품은 어떤 게 있는지 알아봤다. 책에서 본 것을 실제로 확인한 아이들은 그 다음부터는 책을 입체적으로 읽게 되었다.

자주 타고 다니는 기차도 혹 역에 일찍 도착하게 되면 담당자를 찾아 기관실을 구경할 수 있도록 부탁했다.

"실례합니다만 아이들에게 선생님들의 어떤 수고와 노력으로 기차가 어떻게 가는지 보여주고 싶은데 가능하겠습니까?"

보통 기관실이 어디에 있는지는 안다. 그런데 거기가 얼마나 높은 줄은 모른다. 아이들은 반겨주는 기관사 아저씨의 도움으로 기관실에 들어 올려진다. 얼마나 신나는 일인가. 구경도 하고 설명도 듣고 칭찬까지 잔뜩 받고 온다.

아이들은 기차가 그냥 가는 줄 안다. 하지만 기차 맨 앞 꼭대기에 있는 기관실을 보고 나면 우리 눈 앞에 있는 것만이 전부가 아니라는 것, 우리가 편하게 지낼 때 누군가 뒤에서 애써 도와주고 있다는 것, 여러 곳에 많은 전문가가 있다는 것을 알게 되고 감탄한다. 아이들이 예의를 지켜 공손하게 인사하며 잘 살펴보니 그분들이 오히려 우리에게 고마워하신다. 아무도 알려 하지 않는 구석을 찾아주었다며.

기관실 내부를 보는 것이 목적은 아니다. 아이들에게 기관사들이 노력해서 이 거대한 기차가 움직인다는 것을 알게 하는 것, 바른 인사법을 보이는 것이다. 기관실 좀 보여 달라는 인사 안에 내가 하고자 하는 말을 다 담는다. 그간 내가 갖고 있던 그분들에 대한 감사의 마음이다. '실례합니다만', '선생님들의', '어떤 수고와 노력으로' 등등. 이 인사를 받는 순간 그분들은 행복해 한다. 나의 노고를 알아주는 사람이 있다는 것만으로도. 호기심을 한껏 충족시킨 아이들 역시 엄마의 말을 들으며 아저씨들이 우리에게 어떤 도움을 주시는지 다시 확인하게 된다.

기관실 구경을 하고 나면 내가 편히 잘 때 우리를 지켜주는 경비 아저씨께도 깨끗한 계단실을 유지하는 청소 아줌마께도 감사한 마음이 더욱 새롭다. 큰아이는 아주 어렸을 때 고사리 같은 손으로 엘리베이터에서 만난 청소 아주머니 등을 주물러 드리려고 앉으라고 성화였었는데, 크면서는 어색해 못하지만 아줌마에 대한 인사는 각별하다.
작은아이는 초등학교 4학년 때 사회를 위해 애쓰는 사람에 대해 조사
할 때 경비 아저씨를 택했다.

'그래 잘 보아라. 좋은 경비 아저씨가 되려면 얼마나 많은 노력을
해야 하는지를.'

엄마는 협박범

"자면 두고 내릴 거야."

전철에서 잠들려는 어린 아이에게 엄마는 이런 말을 던진다. 잠 잔다고 두고 내린다니, 협박범이 따로 없다. 저 아이에게 엄마는 온 우주일 텐데. 이 세상에서 가장 무거운 것이 눈꺼풀이라던데. 지금 저 아이의 잠은 얼마나 달고 맛있을까? 아이의 잠을 기어이 방해하는 엄마도 그렇고 그런 엄마 밑에 달려 지내는 아이도 그렇고, 둘 다 참 측은하다.

조금만 생각을 바꾸면 내 아이를 천국에 살 수 있게 하고 나 또한 그 안에서 행복을 누릴 수 있는데…. 지금 아이에게 천국은 잠을 자는 것이다. 엄마의 천국은 내 아이를 천국에 있게 하고 그걸 보는 것이다. 천국 만들기는 어렵지 않다.

특별히 급한 약속이 없다면 아이가 단잠을 자는 동안 천사같이 예뿐 아기를 보며 몇 정거장 더 갔다가 되돌아와도 될 것이다. 꼭 깨워야 한다면 자리에서 함께 일어나 전철 안을 돌아다니며 잠을 달아나게 할 수도 있다. 목적지까지의 역 이름을 읽어줘도 되고, 전철역 수를 같이 세는 방법도 있고, 지하철 한 량에는 몇 개의 문이 있는지 알아봐도 좋다. 한 량에 아이가 몇 명 있는지 어른이 몇 명 있는지를 세어보는 것도 좋은 방법이다. 안경 쓴 사람과 그렇지 않은 사람 수를 세거나 아이가 좋아하는 파란색 옷을 입은 사람을 찾아보는 것도 괜찮은 방법이다.

아이와 나란히 서서 균형 잡고 서 있기 내기를 해도 된다. 균형 감각을 익히는 아주 좋은 방법이다. 사람이 많지 않다면 머리 위에서 흔들리고 있는 둥근 손잡이에 아이를 매달려 있게 하면 좋아한다. 아이들은 손에 닿지 않는 그걸 언제나 잡아보고 싶어한다. "이 안에서 네가 제일 크네" 하면서 아이를 부축해 주면 잠은 저만큼 달아나버린다. 물론 전철 안이 아이 놀이터가 아니므로 소란스럽지 않고 조용하게 아이와 이런 놀이를 한다면 주변 사람들도 이해하고 구경하며 즐거워한다.

간혹 엄마가 도대체 뭘 하는 사람인지 모를 때가 있는 것 같다. 얼마 전 한 모임에서는 이보다 더 한심한 말을 들은 적이 있다. 말썽을 피우는 아이에게 '너, 말 안 들으면 엄마 집 나갈 거야' 하는 것이다.

아이가 '별 말 아니야. 엄마는 항상 거짓말하니까' 하고 엄마 말을 빈말로 여겨도 걱정이지만, 엄마를 믿는다면 더더욱 걱정이다. 늘 엄마가 집 나갈까 전전긍긍 두려워하며 살아가야 할 테니까.

길에서 만나는 많은 엄마들이 아이와 동갑나기 수준이다. 어른스럽게 하지 못하고 아이에게 함부로 한다. 아이가 떼 쓸 때는 다 이유가 있다. 그것만 찾아내 잘 풀어주면 되는데 무시하고 만다. 그런 엄마와 아이의 어이없는 싸움을 보면 마음이 아프다. 어디서든 자기 아이를 저렇게 대할 걸 생각하니 걱정이다. 이 엄마 역시 이 세상 누구보다 자기 아이를 사랑할 텐데. 그래서 위급한 상황이 오면 분명 제 목숨 내놓고 아이를 건질 거다. 그 사랑을 일상적으로 하면 얼마나 좋을까?

야단 칠 일이 있으면 아이가 알아듣게 설명해야 하는데, 때론 어떤 엄마들은 멀리 있는 저 아저씨가 혼내준다든지 의사 선생님이 주사 준다든지 해서 공포 분위기를 한껏 조성한다. 왜 애꿎은 남을 나쁜 사람을 만드는지. 그리고 그게 뭐 무서운가. 늘 함께 있는 엄마가 무섭지 않은데 멀리 있는, 조금 있으면 지나칠 이름 모를 누가 무서울까. 저 아저씨는 참 좋고 바른 아저씨라는 긍정적 사고를 갖게 해야지 그렇게 부정적으로 생각하게 하면 뭐가 좋을까. 그렇게 키우면 아이들이 다른 사람을 적대감을 갖고 대한다.

의사가 병을 고치려고 어쩔 수 없이 주는 것이 주사다. 운다고 떼쓴다고 함부로 주사 놓는 의사는 없다. 사실 알고 보면 그 말도 틀린 말이다. 엄밀하게 말하면 주사는 간호사가 놓는다. 아이는 엉터리 정보만 가득 듣게 된다.

똑같이 못된 일을 반복하면 아이 눈을 바로 보고 따끔하게 이른다. 엄마가 왜 하면 안 되는지를 가르쳐 주고 계속되면 엄마가 무섭게 혼내겠다고 한다. 보통 때는 한없이 좋은 엄마지만 안 되는 일을 했을 때 호되게 혼난다는 걸 안다면 아이는 안심하고 잘 자란다. 잘못 되었을 때만 꾸짖어주는 엄마가 옆에 있으므로.

길에서 마주치는 엄마들은 아이들에게 '안 돼, 하지마'를 연발한다. 아이들도 보는 게 있고 궁금한 게 있고 작은 머리지만 생각하는 게 있으니 하고 싶은 것도 있을 게 아닌가. 그런데 어른 생각으로 위험하고 더럽고 보기 싫다고 안 된다고 한다. 혹은 옷 버릴까 봐 못 놀게 한다. 아이의 오감이 발달되는 일은 모두 차단한 채 게다가 협박까지 하면서 어떻게 행복한 아이, 쓸모 있는 사람으로 성장하길 기대할 수 있을까?

사실 아이란 잘나도 예쁘고 못나도 예쁘다. 무조건 반갑고 좋은 것이 자식이다. 그냥 아이들을 너무 쉽게 대하다 보니 함부로 말하게 되는 것은 아닌지…. 무심코 던진 말이지만 아이에겐 비수가 될 수도 있다. 그러니까 이제 마음에 없는 말은 하지 말자. 대신 속마음을 전하는 미더운 얘기, 사랑 얘기만 넘치도록 하자. 아침마다 웃으며 눈 뜨는 아이, 건강하게 내 곁에 있는 아이, 그것만으로도 고맙고 행복하지 않은가.

부르기만 해도 듣기만 해도, 아니 생각만 해도 가슴 뭉클한 이름 '엄마'. 엄마가 제자리를 찾는다면 세상은 훨씬 따뜻해질 것이다.

내가 꼴찌하면 다른 아이가 편해

태경이는 엄마를 닮아서인지 운동 신경이 덜 발달된 것 같다. 아니, 보고 있노라면 발달시키지 않으려고 노력하는 것 같다. 느릿느릿 급한 게 없다. 걷는 것은 잘한다. 하지만 그 이외에 몸을 움직이는 데는 별 관심이 없다. 꼭 해야 하는 것은 하지만 운동 자체에 관심이 없으니 잘 못한다. 그래도 개의치 않는다. 그러니 자연히 더 못한다. 나도 어지간한데 나를 능가하는 딸을 낳았다. 그래도 나는 약빠르기라도 한데 이 아이는 그것도 아닌 것 같다.

5학년 때부터 스카우트 활동을 하면서 바깥 생활이 잦아지니 자연히 많이 움직이게 되었다. 산에 오르고 체육대회도 했다. 점점 즐기며 익숙해지는 듯하던 여름방학 때, 한강 뚝섬으로 윈드서핑을 배우러 갔다. 아이도 자신을 아는 터라 걱정을 한다.

"엄마 나 못하면 어떻게 해?"

"선생님들께서 세세하게 가르쳐주시고 대장님들께서 도와주실 테니 잘할 수 있을 거야."

"그래도 나 혼자만 앞으로 나가지 못하면 어떡해?"

느긋한 아이답지 않게 걱정을 하는 모습이 오히려 안심이 된다. 남들은 다 잘하는데 나만 못하면 싫겠지. 못하는 것도 그렇지만 혼자만 뒤에서 허우적거리고 있으면 그 꼴이 부끄럽기도 할 거고. 또 뒤처진 자기 때문에 진도를 못 나가면 다른 아이들한테 폐가 될까 하는 걱정도 있을 거다. 그 마음은 알지만 아이에게는,

"잘할 수 있을 거야. 정 안 되면 꼴찌 하는 거지 뭐."

"…"

"네가 꼴찌를 하면 딴 아이들이 '아휴, 내가 꼴찌는 아니구나. 태경이가 꼴찌니까' 하며 안심하고 좋아하겠지 뭐."

아이는 이 말에 용기를 얻고 가벼운 마음으로 뚝섬으로 갔다. 수영도 못하고, 엄마만큼은 아니라 해도 엇비슷하게 물을 무서워하는 아이는 의외로 잘하고 돌아왔다.

"엄마, 교관님 말씀이 구명 조끼만 입으면 물에 빠져 죽으려고 발버둥을 쳐도 못 죽는대요. 물에 몇 번 빠졌는데 그 말이 정말이대요."

신이 나서 눈을 반짝이며 떠든다.

"또 저 저엉말 잘했어요."

태경이는 꼴찌를 하겠다고 마음을 비우고 가서 그런지 아이들 가운데 제일 잘 탔다고 했다. 칭찬을 한몸에 받고. 교관은 아이에게 자주

놀러 오라며 명함까지 따로 주셨다. 기구에 몸을 맡기고 바람을 타고 물을 가르는 게 그렇게 재미있을 수가 없다고 했다.

아이는 윈드서핑을 '바람과 나와의 대화' 라더니 사흘째는 멀리 진출을 했단다. 의기양양해서 무슨 국제 대회에라도 다녀온 듯 좋아했다. 점점 재미를 붙이고 운동에 대한 자신감을 갖게 되었다.

물론 자신감으로 뭐든 다 되는 건 아니었다. 그 다음에 배운 종목들은 다 어려워했다. 한 번은 수상스키를 배웠는데 번번이 물에 빠져 한 번도 제대로 해보지 못한 채 물만 실컷 마시고 돌아왔다. 패러 글라이딩 역시 노력만 하고 애쓴 만큼 보람이 없었다. 무거운 장비를 끌고 달리기만 했지 시원한 바람 한 번 타보지 못했단다.

대원들의 체력 향상 훈련을 시키던 대장님들은 몇 년에 한 번씩은 이런 특별 훈련을 하여 대원들의 흥미를 돋우었다. 자신들이 갖고 있는 기능은 모두 아이들에게 전수시키고 자신이 할 수 없는 것은 전문가를 모셔다가 헌신적으로 가르쳤다. 어떠한 극한 상황에서도 살아남는 지구촌의 청소년을 지향하며.

그래서 아이들은 다양한 운동을 체험하고 체력을 기르며 자신감도 함께 길렀다. 내게 잘 맞는 종목도 있고 잘 맞지 않는 종목도 있다는 걸 알게도 된다. 다 잘하지는 못하지만 그래도 누구에게나 한 종목 정도는 잘하는 것이 있다. 용기를 잃어갈 즈음 시작한 스킨 스쿠버는 태경이에게 잘 맞았다. 적당한 불안감과 자신감으로 태경이는 운동에 소질을 보인다. 중3 때 남매가 나란히 월계관을 쓸 수 없다며 교내 단

축 마라톤을 뛰지 않아서 그렇지 기본 체력이 있어서 매우 빠르다. 고등학생이 되어서는 교내 마라톤은 1등이다.

놀기 박사, 홍원이는 거의 모든 종목을 석권했다. 완벽한 자신감이 그리 만드는 걸까. 그래도 못하는 것이 있을걸?

조기 교육보다는 적기 교육

조기 교육은 내게 항상 근심이었다. 모두 다 하는데 나만 안 시키는 것이 잘하는 건지 실수를 하는 건지. 결혼할 때도 단 한마디의 주의를 주지 않으시던 친정 아버지께서는 태경이를 낳자 "남처럼 키워라. 천재라 생각해 유난하게 말고"라고 하셨다.

그러나 나는 남처럼 키울 수가 없었다. 아이가 너무 귀해 보통 사람처럼 키우면 망칠 것 같았다. 반포에서 보통 사람이라고 하는 것은 조기 교육 덩어리다. 난 그럴 수는 없었다. 백지 같은 아이들 화판에 엉터리 그림을 그리느니 그냥 두는 게 낫다고 생각했다. 차라리 내가 조금 거들어주고. 그리고 무조건 아이가 행복해지는 쪽을 택하기로 했다. 절대 사육할 생각은 없었다. 그 고집을 밀고 나갔다. 확신이 있었음에도 미래는 알 수 없는 것이어서 밤잠을 설친 날도 부지기수다.

'이거 내가 정말 잘못 키우는 것은 아닌가? 세상에 일조를 할 천재를 내가 방치하는 것은 아닌가? 저 아이를 위해 세상을 위해 쓰임이 많은 아이를 못 챙기는 게 아닐까? 하는 걱정을 하기도 했다.

부모가 고등학교 졸업 정도의 교육 수준, 생활 수준이 된다면 그냥 일상에서 배우고 습득하게 하는 게 더 나은 것 같다. 음악회며 미술관에도 가고 여행도 함께 하면 자연히 익히는 부분이 많으므로. 그렇더라도 꼭 필요하다고 생각되는 것 한 가지를 선택해서 시키고, 나머지 분야는 늘 칭찬으로 흥미를 갖게만 하면 된다. 많은 일은 자신감이 하는 것이다. 보통 한 가지 잘하는 아이는 다른 분야에도 흥미를 갖게 마련이고 골고루 잘한다.

내가 음감이 없기 때문에 악기 하나를 꼭 가르쳐야지 하고 생각했다. 아이가 한글을 깨친 여섯 살이 되어서 피아노를 전공한 새언니의 권유로 피아노를 가르쳤다. 피아노, 소근육 운동 하나는 참 잘하겠다 싶었다. 선생님은 심덕이 좋은 분을 골랐다. 예술한다고 날카로운 분들이 많은데 아직 어린 아이에겐 적당하지 않다. 기술보다는 마음이 중요하다. 생각대로 피아노를 배운 지 얼마 되지 않아 아이는 작곡을 하는 등 아주 즐거워했다. 거의 3년 간 피아노를 배우고 나서 네덜란드에 갔다. 그게 잊혀질까 봐 피아노를 빌리겠다고 마음 먹었는데 비용이 만만치가 않았다. 뿐만 아니라 한 달에 반은 여행을 하던 시기였고, 잠시 잠깐 있는 동안 보고 배울 게 산처럼 쌓여 있다 싶어 피아노는 포기했다.

만 1년 만에 돌아와보니 아이는 피아노 치는 것을 잊은 것 같았다.

3학년 가을에 다시 처음부터 시작했는데 3년 배운 걸 단 몇 달에 끝냈다. 다 일장일단이 있다. 그동안은 소근육 운동을 하고 즐겼을 뿐이었다. 너무 빨리하려고 아등바등할 필요도 없다. 나이가 어느 정도 들었을 때 잠깐이면 할 것을 어린 나이에 배우느라 긴 시간과 많은 돈을 투자할 필요가 있나 싶다.

태경이가 피아노를 배우니 텔레비전에서 나오는 음악을 듣고 치는 게 정말 신기했다. 음감을 갖게 된 것은 큰 수확이다. 피아노 대회에 나가 상을 타니 전공을 하라고 심사 위원장이 독려해도 "평생 건반 보고 살 마음 없어요. 세상에 재미있는 게 얼마나 많은데요" 하더니 중학생이 되어서는 배우는 것을 그만두었다. 배우는 것은 그만두었지만 음악을 즐기는 것은 여전해서 요즘, 시험 치는 날 아침에는 한 곡 치고 나서 학교에 간다.

홍원이도 악기를 가르쳐야지 싶어 피아노를 하겠냐고 물으니 배우는 게 싫어서 그러는지 "난 바이올린 할 거야" 한다. 옳다 싶어서 얼른 바이올린 선생님을 찾았다. 팔이 긴 아이는 바이올린에 잘 어울렸다.

훗날 보니까 스카우트에서나 성당에서 자연스럽게 악기를 대한다. 며칠 동안 길어야 몇 달 배운 북, 장구, 기타, 가야금 등 어떤 악기든 닥치는 대로 연주한다. 홍원이는 학교 단소반에서 얼마간 배웠는데 얼마나 좋아했던지 자다가 눈 뜨면 단소를 불었다.

수학은 재미있는 학문인데 아이를 셈 기계를 만드는 것 같아서 어떤 것도 배우게 하지 않았다. 너무 논다고 이웃에서 성화라 수학 학습지를 신청했는데 밀리기에 얼마 안 했다. 그래도 네덜란드에 갈 때 산수 문제지를 가져갔었는데 노느라 하나도 못 했다. 우리나라로 돌아올 때가 되자 그제야 나는 마음이 급해져 스위스에서 이태리로 가는 기차에서 문제지를 풀게 했다. 아이들은 그 좋은 경치도 못 보고 문제를 풀고 있다. 이런 코미디가 없다. 우리나라에서도 한 번 안 하던 일을 여기서 하려 하다니. 다 그만두고 다시 한 달을 잘 놀고 돌아왔다.

태경이는 5학년이 되자 셈이 느려서 산수를 짜증스러워했다. 홍원이와 함께 기초 셈하기 학습지를 받았다. 몇 달 하니까 익숙해져 아이가 산수에 재미를 붙였다. 잘하는데 관건은 빨리해야 하는 거다. 전에 한 학습지는 답을 맞춰주지 않아서 아이가 어디에 약한지 몰랐다. 다시 찾은 구몬 학습지는 아이가 계속 틀리는 곳을 꼭 집어준다. 한 1년을 하니 아이가 이제는 필요 없다고 한다.

제일 하고 싶어할 때가 제 때이다. 아이들이 안 하려고 하면 가끔 동기 유발은 시키지만 너무 연연해 할 필요는 없다. 태경이는 유치원 대신 체육시설에 가려고 했다가 그곳 수영 코치가 빨리 물에 들어가라고 들어올려 던진다고 해서 겁을 먹어 다시는 수영장에 가지 않았다. 중학교 2학년 때까지 그렇게 살았다. 물에서는 놀지만 코 박는 것은 아주 두려워했다.

그런데 스카우트에서 바다 캠프를 하는데 수영이 필수다 싶었는지 가기 전에 배우고 간다고 했다. 수영 못해 생활이 안 되는 것도 아니어서 성화를 안 했는데 제가 가겠다니 다행이다. 개인 선생님을 붙여 일주일에 세 번씩 한 달을 하니까 평영까지 했다. 꼬마들을 놀이 삼아 운동 삼아 수영장에 보낸다면 몰라도 어린 나이에 빨리 수영을 가르치겠다고 보내는 것은 의미가 없는 것 같다. 수영장엔 꼬마들과 그 어린 동생과 엄마들이 바글바글하다. 1년을 넘기고도 그냥 그렇다는 엄마들의 불만, 눈병, 귓병 타령도 만만찮다.

영어 과외 수업을 받지 않고 그냥 중학교에 진학했다. 다행히 원어민 선생님이 계셔서 영어에 흥미있어 했는데, 2학기가 되어 선생님은 떠나고 아이는 중학교 2학년에야 영어학원에 다니기 시작했다.

학원에 다닐 때 교재는 미국의 8학년 교과서였는데 그 내용 중에 우리나라의 공용어가 한국어와 영어라고 되어 있는 것에 놀라 아이는 당장 그 출판사로 메일을 보냈다. '그 책에서 중요한 오류를 발견했는데 알고 싶다면 연락하시오.'

바로 답장이 왔다. 태경이는 '우리의 공용어는 한국어 하나뿐이다. 우리는 관광지나 교통 안내판 정도에 영어와 한자어를 쓸 뿐이지 어떤 문서에도 영어를 쓰지 않는다. 네덜란드에서 보니까 어디서나 영어를 써도 그 나라 공용어가 영어는 아니다. 왜 이런 오류가 났는지 궁금하다. 앞으로 이것을 어떻게 처리할 것인지 그것도 알고 싶다' 며 조목조목 항목을 나눠 물었고 그쪽에서 오래잖아 결과를 알려왔다. 미안하다는 말과 함께.

외국어로 말하기를 배우는 것은 필요할 때 하면 된다. 그러나 말을 채울 내용은 미리 배워두어야 한다. 그것은 하루 아침에 되지 않는다.

정작 필요한 것은 회화가 아니라 그 내용인 것이다.

고등학생이 되자 고교 시절 영어학원은 필요없다며 곧 그만두었다. 오히려 예비 고3인 지난 겨울, 세계 잼버리에 참가하며 아이는 내게 영어회화를 요구했다. 전단지를 모으고 뒤져 두 달 동안 원어민과 개인회화를 했다. 주 2회 한 시간씩, 다 해서 16시간 가량 회화 연습을 했다.

태국에 간 아이는 사타힙 잼버리장에서 태국말까지 배워 자기네 영역인 사포 46에 있는 태국 해군 요원과 미국 요원들 사이에서 통역을 해냈으며, 다친 우리나라 대원의 통증을 태국 의사들에게 전해 진료를 도왔다. 또 다른 외국 운영 요원들을 깊이 있게 사귀고 돌아왔다.

따로 영어 공부한 것을 계산해 보면 노래로 놀며 하는 다국 언어 배우기 라보 1년과 중 2부터 2년 반 정도 회화 학원에 다닌 것이 전부다. 영어를 적재적소에 잘 쓰고 흥미로워하기에 아이한테 미리 집중했으면 어땠을까 물으니 다시 태어나도 그 방법으로 한다나. 누구나 자기처럼 하면 좋겠다고 할 정도로.

홍원이가 고 1이 되더니 수학문제 풀기에 재미를 붙여 급기야는 취미란에도 수학 문제 풀기라고 쓴다.

"너 일찍 엄마가 발굴해 줬으면 수학 왕 됐겠다."

"아니 그랬으면 수학이 이렇게 재미있지 않았을걸."

이 세상 만물에는 저마다 때가 있는 모양이다. 저절로 되는 때. 조기 교육보다는 적기 교육이 낫다.

스스로 책임지는 아이들

홍원이가 초등학교 2학년쯤, 매번 밤 늦게까지 놀고 학교 숙제를 밤중에야 하기에 "30분이면 할 숙제를 얼른 해놓고 놀지 왜 밤 늦도록 마음 쓰며 지내니?" 하고 걱정했더니 "엄마, 이건 선생님과 나와의 문제예요. 내가 알아 푸니까 신경 쓰지 마세요"라고 한다. "오냐. 그래라" 하고 믿었더니 잘 해낸다.

사실 처음 아이의 제안을 들으며 얼마간은 내가 아이 쳐다보며 참아내느라 애를 먹었다. 게으른 녀석이 숙제를 안 하고 밤이 깊도록 논다. 아이의 행동이 한눈에 들어오니 답답하여 잔소리를 하고 싶지만 약속을 했으니 책임을 지라고 꾹 참고 지냈다. 어떨 때 보면 새벽 4시에 일어나 불을 켜고 숙제를 하고 있다. 그래도 모른 체했다.

왜 일찍 못하고 저러나, 학교에 가서 졸지는 않을까, 피곤할 텐데…. 그래도 맡겼으니 믿는 수밖에. 또 지금 못 가르치면 평생 간다.

언제까지 날마다 따라다니며 아이 숙제 챙기러 다닐 것인가. 새벽이든 밤중이든 알아서 하게 두었다.

내가 숙제 도움은 9시까지만 주기로 했기 때문에 좀 부담이 되는 것은 미리 가져와 내게 도와달라고 한다. 아무리 애원해도 9시 이후에는 나는 없는 사람이었다. 그때부터 대부분의 일은 스스로 알아서 한다. 처음엔 좀 못해도 혼자 한다. 시간이 지나자 아이의 일상은 자리를 잡아갔다. 아무리 어려도 이제 학생인데 어떻게 하는 것이 가장 이상적인지 아이도 안다.

네덜란드에서 살 때 일곱, 아홉 살 두 아이가 내게 물었다.

"엄마, 우리 가난해졌어요? 연필도 한 자루씩만 사고. 너무 뭘 안 사는 게 가난한 것 같아요."

우리나라에서도 꼭 필요한 것이 아니면 사지 않았지만 물가 비싼 남의 나라에서 긴축 재정을 하니 아이들 눈에 그리 보였던 모양이다.

"가난해진 게 아니야. 우리나라에서 돈을 쓰면 그 안에서 돌아다니지만 여기서 돈을 쓰면 이 나라에서 돌아다닐 텐데…."

아이들은 잘 알아들었는지 유럽에서 있는 동안 합심하여 알뜰하게 잘 지낼 수 있었다. 연필을 두 자루 이상 가져본 적이 없다.

아이가 결정할 수 없는 것은 내가 했지만, 그래도 아이 의견을 존중하다 보니 제 마음에 들지 않는 선택을 하는데 아주 오랜 시간이 걸렸다. 이해될 때까지 시간을 두고 논의하여 스스로 결정할 때까지 기다렸다.

태경이는 중학교 2학년 때까지 외국어 학원조차 다니지 않았다. 학원을 다니자고 해도, 아이는 교육은 학교에서 하는 것이라며 고집을 피웠다. 몇 달을 미루어 시험만 보자며 갔다가 의견이 맞아 공부를 하게 되었고, 그것이 아이에게 큰 힘이 되었다.

중학생이 되어서 수학은 다른 과목에 비해 성적이 나지 않았다. 수학 시험은 팔 힘으로 보는 것이라 많이 풀어봐야 좋은 성적을 낼 수 있다. 그걸 알고 나서는 아이에게 수학 과외를 하자고 했지만 듣지 않았다. 유명한 사람들의 책을 내게 들이밀며,

"엄마가 사주신 책에 있네요. 수학은 혼자서 하는 거래요."

이렇게 태경이는 과외를 하지 않은 채 중학교를 마쳤다. 그러나 고등학생이 되자 얘기가 달라졌다. 고 1이 되어서 수학 공부를 시작하니 과외 선생님께서 뛰어난 아이라고 들었는데 "어떻게 지금까지 『공통수학』 한 번 풀어보지 않았느냐"며 은근히 나를 핀잔 주는 것이었다. 다른 공부할 시간에 수학만 붙잡고 앉아 있는 걸 보고 내가 안타까워하면 그래도 아이는 후회 없단다. 원 없이 놀았고 하고 싶은 것을 하고 싶을 때 했기 때문에. 수학에 집중한 태경이는 1년 후에는 성적도 아주 잘 내었다.

홍원이는 중1 때 여수에서 서울까지 걷는 행사에 스카우트 서울 남부 연맹 대표로 추천되었다. 나는 아이가 가길 바랐으나 아이는 그런

쓸 데 없는 일을 왜 하냐는 입장이었다. 아이가 이해할 때까지 거의 한 달간 대화를 했다.

"네가 많이 자라서 올 거야. 조국의 모습을 볼 거고, 내 땅을 내 발로 내 힘으로 걷는 기분, 어루만지는 그 기분 느끼고 오렴. 『소설 동의 보감』에서 허준처럼."

아들은 떠났고, 12일 뒤에 환희에 차서 돌아왔다. 내 땅의 아름다움을 몸으로 샅샅이 더듬으며 왔다고. 걷는 기분이 좋았고, 각 곳의 사람들이 다 정겨웠다며.

남을 배려하는 착한 아이

아이들에게 뭐든지 할 수 있게 해 주되, 동시에 절대로 안 되는 것도 있다는 것을 알게 한다.

돌 무렵 친구를 꼬집어 남을 아프게 하면 바로 똑같이 아프게 해주고는 "아프니까 싫지? 그러니까 남에게 그렇게 하면 안 돼"라고 몇 번 일러주니 잘 따른다.

아주 어려서부터 여럿이 모이면 나부터 소근소근 말하며 다른 사람이 시끄러울까 봐 조용히 얘기한다니까 그것도 따라한다. 영화관에 가든 음악회를 가든 조용하다.

태경이가 7개월 때 추석을 지내러 고속버스를 탔는데 길이 막혀 13시간을 차에 갇혀 있었다. 새벽 3시에 부산에 도착했는데 앞자리에 앉았던 젊은 부부가 인사를 하며 내렸다.

"아기가 어쩜 그렇게 예쁘게 잘 놀아요. 그 긴 시간 한 번도 보채지 않고."

내 보기에 예쁜 내 아이가 다른 눈에도 곱다니 기분이 좋다. 우리 아이들은 어디를 다녀도 보채지 않고 잘 다녔다. 온 세상이 구경거리이니 그럴 만했다.

돌 무렵엔 칼의 날카로움, 전기밥솥과 다리미의 뜨거움을 살짝 닿아 알게 하면 칼이 옆에 있어도 '위험해' 라는 듯 고개를 가로저으며 만지지 않는다. 그러니까 어린 아이 있다고 칼 치우고 숨기고 하는 일에 별로 신경 쓰지 않아도 되었다. 과일 깎아 먹은 과도가 옆에 있어도 "아파" 하며 머리를 흔들고는 만지지 않는다.

10살 가량이 되면 오히려 칼 쓰기와 성냥 켜기를 가르친다. 좀 무딘 칼로 아이에게 과일을 깎게 하면 처음에는 형편이 없다. 시간이 오래 걸리니 꼬질꼬질 사과색이 변해 입맛을 돋우는 과일 같지 않아 도저히 먹을 생각이 없어지기도 한다. 그래도 포기하지 않고 기다리니까 오래지 않아 아이들 손에 과일 얻어먹을 수 있게 되었다.

불을 무서워하면 오히려 위험할 것 같아 요즘은 거의 쓰지는 않지만 성냥 켜기, 라이터 켜기를 가르쳤다. 처음엔 엉성했지만 곧 자신감을 갖고 할 수 있게 되었다. 이런 것들로 인해 아이들은 훗날 어떤 것을 하더라도 잘할 수 있는 자신감을 갖게 하였다.

보통은 일상에서 보고 배우게 하는데 꼭 말로 가르친 게 하나 있다. 거짓말하지 말라는 것이다. 거짓말은 나를 속이는 일이다. 거짓말로 남을 속일 수는 있어도 나는 알고 있으므로 속일 수가 없다. '나' 라는 존재가 얼마나 귀한데 어떻게 거짓말로 내 존재를 볼품없이 만들 수 있겠는가.

나를 볼품 없고 가치 없이 만드는 것의 하나가 잔돈을 더 받고 모르는 척하는 것이다. 아이들이 어렸을 때 알아듣기 쉽도록 이렇게 설명했다. 거스름 돈으로 3천원을 받아야 되는데 주인이 착각을 해서 5천원짜리를 넣어 7천원을 주었다면 더 받았다고 기뻐할 게 아니다. 그 4천원으로 나를 속인다면 내가 그 가치밖에 안 되는 것이라고.

고맙게도 아이들은 그 말을 이해했다. 그래서 별다른 주의가 없어도 자기를 보호하기 위한 비밀은 없고 거짓말은 들어본 적이 없다. 누구나 자기 입장에서 말을 하긴 하지만 특히 아이니까 더 제 입장에서 말을 하지만 거짓말은 하지 않는다. 또 무조건 믿고 아이 입장에서 들어주니 별 문제가 없다.

아이들이 '왕따' 당하느냐구요?

자연식을 하는 가정 엄마들은 먹을거리 강연을 듣고 나면 꼭 하는 질문이 있다.

"아이들 밖에서 무얼 먹어요? 너무 별난 것 먹는다고 왕따 당하진 않나요?"

우리 아이들은 집에서는 밥 먹고 밖에 나가면 각자 알아서 먹는다. 학교에서 모임도 잦고 학원에 가는 일도 있으니 음식을 사 먹는다. 그간의 살던 모습과는 사뭇 다르다. 걱정스러워서 간식도 싸주고 꼭 집에 들러 밥 먹고 가라고 말하지만 쉬운 일이 아니다. 밖에서 먹게 될 때마다 아이들에게 가능하면 밥을 사 먹으라고 이른다.

밥을 먹어왔기 때문에 아이들에게는 밥이 익숙하고 그것이 더 좋다. 하지만 친구들과 어울리다 보면 꼭 저 좋아하는 것만 먹을 수는 없다고 한다. 그럴 것이다. 보통 밖에서 먹는 것은 아이에게 일임한다. 아이도 아이대로 또래 음식 문화가 있다. 나는 엄마로서 내 상을 차릴 때만 엄격하지 그 이외에는 아이의 마음을 옥죄진 않는다. 그래도 아이들은 한살림이라는 우리 안에서 자랐기 때문에 인스턴트를 그다지 즐기지는 않는다.

큰아이는 급식 대신 도시락을 싸간다. 맛도 없고 내용도 별로라고. 그렇다고 해서 왕따 당하지는 않는다. 홍원이는 도시락을 들고 다니는 것보다 급식이 편하다고 그걸 선택했다.

사실 우리 아이들은 어려서부터 다른 아이들과는 좀 다르게 컸다. 엄마 젖으로만 자랐고 충분히 젖을 빨아서 그런지 무엇인가를 꼭 껴안고 잔다든지 다른 물건을 빤다든지 하는 일이 없었다. 어려서 순하더니 자라서도 계속 그렇다. 늘 여유만만이었다. 두 아이는 캔디나 후레시맨 신발 같은 옷가지를 남 따라 챙겨 입으려 하지도 않았다. 온 나라 아이들이 다 가지고 놀았던 다마고찌나 껨보이조차 한 번도 가지지 않았다. 특히 우리나라 아이들이 다 똑같은 옷을 입고 똑같은 갈래머리 땋은 머리띠를 하는 것을 보며 답답해 했다.

"왜 다 똑같아요? 남 따라하는 것 부끄러울 텐데…."

우리 아이들은 중학생이 될 때까지 유명 연예인의 이름도 모르고 노래도 몰랐다. 그래도 그런 이유로 왕따 당하지 않았다. 사실은 아이들의 관심사가 꼭 연예인에만 국한되어 있는 것은 아니다. 운동도 있고 음악도 있고 책 이야기도 있다. 그런 내용을 재미있게 풀어 놓는다면 아이들 사이에 오히려 더 인기가 있을 수도 있다. 자기가 갖고 있는 정보를 다른 아이들과 나누려는 마음을 갖는다면. 그래서 음식에 대한 남다른 식견에 대하여 아이의 친구들은 우리 아이를 부러워했다. 대신 자기가 모르는 인기 가수의 이야기를 귀 기울여 들어주는 역할은 잘했다. 그래서인지 우리 아이들은 어떤 아이들하고도 잘 어울렸다.

한 번 어려운 적은 있었다. 태경이는 초등학교 때 늘 하던 대로 도시락을 펼쳐 놓고 먹기 전에 꼭 선생님께 반찬 한 가지든 과일 한 가지씩을 드렸다. 선생님께서 '요새 이런 아이가 없다'며 유난히 아이를 예뻐하셨는데 너무 내놓고 하다 보니 다른 아이들로부터 집단 따돌림을 받았던 것 같다. 한 친구가 그걸 가여워하다 역시 어려움에 처했고. 태경이는 얼마 동안 혼자 견뎠다. 나중에 알고 어찌 도와줄까 하니 혼자 이긴다며 가만 두라고 했다. 아이를 학교로 보내는 내 마음은 날마다 전장에 보내는 것 같았다. 무기도 없이 다수와 싸워야 하는 어이없는 전장에. 그때 태경이를 감싸던 친구가 있어서, 또 집에 오면 아이 입장에서 다 들어주는 엄마가 있어서 아이는 잘 견뎌냈다.

아이들의 학교생활 역시 어른 살아가는 것처럼 복잡 미묘한 문제를 스스로 풀며 그 가운데서 견뎌내는 것이다. 그 힘으로 내공이 길러진 아이는 중학생이 되어 같은 반 아이들을 하나도 놓치지 않고 사이좋게 모두 다 이끌고 다닐 수 있게 되었다.

나는 아이들은 아이들의 문화와 세계가 있다고 해서 자잘한 일에 관여하지 않는다. 스스로 판단하고 아이들과 잘 어울리는 것도 꼭 필요하다. 나는 운동가지만 아이들은 운동가는 아니다. 내가 사는 식을 고집할 일은 아니다. 아이가 크니까 더욱 그런 생각이 든다.

엄마의 영향을 받았다고 해서, 어렸을 때부터 유기농산물을 먹는다고 해서, 연예인의 이름을 모른다고 해서 우리 아이들은 왕따 당하지는 않았다.

내놓는 만큼 크는 아이들

홍원이가 아홉 살 때 부산에서 혼자 왔다. 큰아버지가 공항까지 데려다 주셨고 내가 김포로 마중을 나가긴 했지만 혼자 날아온 건 처음이다. 다녀온 얘기가 길기도 하다. 남보다 먼저 타고 먼저 내렸으며 앞자리에 앉아 별의별 데를 다 봤다고 자랑이 대단하다. 기차나 고속버스는 중간에 정거장이 있어 안심이 안 되어 비행기를 태웠을 뿐인데, 지금의 어린 손님이 평생 고객이 된다고 그런지 항공사에서는 아이들에게 늘 각별하다. 잘 대접 받고 선물까지 들고 왔으니 자랑할 만하다. 무엇보다 혼자 그 멀리에서 왔다는 자부심이 아이를 흥분하게 하는 것 같다. 다음에는 공항버스를 타고 집까지 혼자 오겠다고 했다. 저도 그렇고 우리도 그렇고, 아이 혼자 움직인 것에 대해 무척 대견해 했다.

태경이는 5학년 때 친구 셋이서 작년에 같은 반이던 친구가 이사간 대전 집으로 초대를 받았다. 아는 사이는 아니지만 그 아이 부모님께서 전화를 해서 터미널까지 마중 나갈 테니 아이를 보내 달라고 하시니 믿을 만하다.

1박 2일을 친구 집에서 보낸 태경이는 홍원이처럼 무용담이 많다. 친구가 사는 것을 보고 안심하고 온다. 이제는 전화를 해도 어디에서 어떤 모습으로 있는지 안다. 그 힘으로 그 친구 역시 새로운 곳에서 다시 힘을 얻어 적응할 것이다. 모두 큰일을 하고 돌아왔다.

그때 아이에게 꽃바구니를 들려 보냈는데 버스에서 그걸 챙기는 것을 보더니 한 아주머니께서 자신이 봐줄 테니 졸리면 자라고 하시더라나. 천사표 아줌마를 만났다고 했다. 아이들끼리 가면 어디서든 누구에게나 도움을 받게 된다. 아이들은 그 보살핌에 감사하며 열린 세상으로 한 발짝씩 나아가게 된다. 두려움 없이. 부모가 아닌 다른 사람들에 대한 신뢰를 쌓아가며.

그후로 아이들은 자주 대중 교통을 이용해 어디든 다녀왔다. 방학 숙제로 경복궁이나 서대문 형무소를 가거나 시내에 있는 백화점을 가기도 했다. 한번은 오래도록 아이들이 오지 않아서 걱정을 하고 있는데 날이 저물어서야 돌아왔다. 버스를 시내 방향으로 타야 하는데 거꾸로 타서 개포동까지 갔다 왔단다. 그렇게 실수도 해가며 익히는 것이다. 4학년인가 교과서에 도시 지하철에 대한 내용이 나온다. 늘 엄마와는 대중교통을 이용했었지만 저희들끼리 다니니 산 공부가 된다. 한 아이는 복습을 했고 또 한 아이는 예습을 한 셈이다. 자라며 혼자 할 수 있는 것이 점점 늘어난다. 그러면서 아이도 자란다.

아이들은 스카우트 야영, 성당 피정, 학교 수련회 따위로 자주 집을 떠났다. 나는 아이들이 공연히 마음 쓸까 봐 '엄마에게 애써 연락하려 하지 마라. 언제나 있는 곳에서 충실해라'고 했더니 떠나면 끝이다. 대신 최선을 다하고 돌아온다. 믿을 만한 지도자가 있는 곳이라면 어디에 보내도 걱정이 없다. 일정이 길어지면 아침마다 아이 살 냄새 맡으며 깨우는 일이 하고 싶어지기도 하지만 다른 생각은 없다. 그런데 아이들은 날이 갈수록 대담해져서 더 멀리 더 어려운 노선을 택하게 되었다. 엄마가 담대하여 어지간한 일은 하늘에 맡긴다 해도 걱정이 없는 것은 아니다.

태경이는 중학교 2학년 겨울, 성당에서 연극 축제를 마치고 밤차로 거제도 스카우트 야영지로 혼자 가게 되었다. 처음에는 내가 데려다주고 오기로 했는데 내 일정이 빡빡한 걸 알고 아이는 저 혼자 가겠다고 했다. 오전에 먼저 대원들과 거제도에 가 계시던 대장님께서 이 사실을 알고는 "그냥 혼자 보내세요. 내가 마중 갈게요"라고 하셨다. 새벽 다섯 시 반, 대장님께도 아이에게도 쉬운 시간이 아니다. 다른 사람을 번거롭게 한다고 아빠가 한마디 하자 "혼자 갈 수 있어요" 한다. 하지만 다 큰 아가씨를 밤에 혼자 보내기, 쉬운 일이 아니다.

성당 행사가 끝난 10시에 야영 배낭을 들고 아이와 함께 남부터미널로 갔다. 옆자리에 아주머니가 앉았다. 그나마 안심이 되었다. 아이는 중간에 내려야 한다. 모두에게 잘 부탁하고 왔다. 기도하는 마음뿐이다. 마음이 가라앉질 않는다. 그래도 가겠다는 아이는 떠나보내야 한다. 가만 보면 아이보다 엄마가 덜 떨어진 건 아닌지.

밤이라 차가 예상보다 빨리 도착을 하였고, 아이는 어떤 아주머니와 같이 내렸단다. 세상은 온통 까맣고 지평선 위 둥근 하늘에 별만 가득했다고 했다. 어디 휴게소가 있는 것도 아니어서 그 아주머니를 따라 방으로 들어가 몸을 녹이다가 최오균 대장님을 만나러 다시 나왔단다. 대장님과 아주머니는 그 새벽 피곤한 시간을 우리 태경이에게 내주셨다.

홍원이는 중2 겨울, 생각을 좀 정리하겠다며 길을 떠나겠다고 했다. 교육청에서는 새삼 운동을 하자며 성화이고, 이제 한참 공부에 맛을 들여 최고의 성적을 내는데…. 자신의 진로는 무엇인지, 자신이 진정 원하는 것은 무엇인지 생각을 가다듬어야 한다며 멀리 다녀오겠다고 했다. 이렇게 혼자 정처 없이 가겠다는 것은 처음이어서 걱정이 앞섰다. 그때 장학사님이 집에 오셨는데 흔쾌히 보내자고 하신다. 그래도 오랜 시간을 떠나는 것은 마음이 놓이지 않는다. 떠난다고 고민이 해결되는 것도 아닐 거고 오래 생각한다고 되는 것도 아니다.

그간 아이에게 너무 많은 제안이 있으니 끌려갈 것이 아니라 자신도 뭔가를 생각하고 싶은 점이 있었을 터였다. 부모는 조언만 할 뿐이지 아이가 자신의 진로를 스스로 고민해야 한다. 가장 하고 싶은 게 뭔지, 가장 좋아하는 일이 뭔지. 떠밀려 하는 일은 나도 원치 않는다. 바꾸어 생각하면 이렇게 집중해서 고민하겠다고 나서는 아이가 의젓해 보여 차라리 고맙기도 하다.

"너는 이제 열다섯 살이다. 할아버지 댁이면 몰라도 모르는 곳에 가서 자고 오는 것은 안 된다. 할아버지 댁도 안 되겠다. 방학도 아닌데 아이가 갑자기 가면 특히 걱정 많은 할머니께서 놀라시니까. 어디든 그냥 하루 만에 돌아오렴."

아이는 왕복 기차표를 끊어서 영월로 떠났다. 그날은 그 겨울 들어 가장 추운 날이었다. 모자를 푹 눌러 쓴 아들은 날도 밝지 않은 새벽 어둠을 뚫고 집을 나섰다. 한 번도 끼지 않던 시계를 끼고 영월 지도를 들고. 아빠 휴대 전화를 들려 보냈다.

통 큰 엄마라더니 아이를 보내놓고 하루 종일 마음이 놓이질 않았다. 이제 컸다고 혼자 해결해야 하는 것들이 생기고, 그것들에 대한 고민을 하는 아들이 어른스러워 보인다. 하지만 미완성인 아이의 고민을 함께할 수 없이 커버린 아이 생각에 마음이 착잡하다. 어렸을 때는 오히려 어디에 내놓아도 걱정이 없었는데, 아이가 성큼 크니 오히려 어른으로 보여서 못된 사람들의 표적이 되지나 않나 하는 걱정도 있었다. 전화는 없었다. 나도 하지 못하고 그냥 기다리는 수밖에.

급기야는 참지 못하고 그 밤에 역으로 마중을 나갔다. 돌아온 아이는 활짝 웃고 있었다.

"엄마가 나와서 좋은데."

"그래 잘 다녀왔니? 좋대?"

"응. 환상이었지."

아이는 하루 종일 정처 없이 영월을 누비고 다녔다. 장릉을 거쳐 청령포에 갔는데 한 겨울에 평일이라 사람이 없어서 아주 좋았다나. 청령포에는 안내원과 뱃사공과 자기밖에 없었다고. 배를 타고 청령포로 얼음을 가르고 들어갔다. 거기서 단종의 기막힌 이야기를 들어주던 관음송을 보며 오래도록 앉아 있었다고. 두어 시간 그 안을 돌며 그때 제 또래 단종과 대화를 하기도 했다고 했다. 청령포에서 나와 다시 걸어서 장릉 근처 보리밥 집에서 점심을 먹고 또 온 동네를 걸어 다녔단다. 누구나 때론 이런 여행을 원할 거다. 자유로운 여행, 얽매이지 않은 여행. 학기 중이라 더더욱 좋았겠지. 학교를 가지 않고 떠난다는 것에 대한 짜릿한 해방감까지.

속을 든든히 채우고 난 아들은 다시 전처럼 밝은 모습으로 내게 돌아왔다. 얼마 후에는 이제 내게 말도 않고 떠나겠지. 그리고는 훌쩍 자라 있겠지. 아이들이 떠날 때마다 나도 자라는 느낌이다. 탯줄이 완전히 끊기는 느낌이랄까. 내가 떼는 만큼 아이는 큰다.

시작할 때는 내가 두려워하는 아이에게 "조금만 해봐. 여기까지만 와봐. 무섭지 않아"라고 말했었는데, 이제는 아이가 내게 "엄마 여기까지만 와봐" 한다. 엄마보다 아이가 더 빨리 자라는 것 같다.

청소년을 칭찬합시다

'쟤는 왜 귀를 뚫었을까?'

멋 내기에 취미가 많은가 보다. 머리는 가락가락 염색이고 옷은 숨이 막히도록 끼게 입었다. '염색을 자주 하면 몸에 좋지 않을 텐데' 하는 걱정이 되지만 나이가 들면서 그리 밉지 않다. '무슨 궁리로 저렇게 가꾸나' 하고 생각하면 차라리 웃음이 나온다.

아이들이 몰려가는데 가만 들어보면 말 끝마다 욕을 달고 다닌다. 욕이 꼭 단어의 어미 같다. 그 욕이 없으면 단어가 완성이 안 되는 것 같은 투다.

"왜 좋은 말 두고 욕을 하니?"

한마디 건넸지만 아이들은 들은 척도 않고 지나간다. 그것을 본 사람들이 나에게 왜 그런 만용을 보이냐고 한마디씩 한다. 공중 전화 오래 쓴다고 잔소리했던 어른이 얻어 맞아 죽고, 담배 피우는 청소년 나무렀다가 뺨 맞는 사건을 이야기하면서.

'때리면 맞지 뭐. 어른 노릇 못하는 것이 맞는 것보다 좋지 않다.' 달걀로 바위치기라도 안 하는 것보다 하는 게 낫다.

내가 만난 청소년들은 다 곱다. 도대체 뭐가 문제가 있다는지 모를 지경이다. 개성이 있고 나름대로 생각이 있다.

그냥 무심코 말만 그리 할 뿐이다. 몰라서 그러고들 산다. 그런데 아무도 나무라지 않으니 더 그러는 거다. 다행히 우리 아이들은 부모 건재하고 말 통하지만 그렇지 않은 아이들은 세상 살기가 얼마나 각 박할까. 집에서 인정 못 받는 아이는 학교에서는 더 대접 못 받는다. 지옥이 따로 있을까. 말 안 통하면 지옥이다. 그러니 어린 마음에 욕 밖에 더 나올 게 있나 싶기도 하다.

어른들은 덩치만 크면 어른 취급한다. 어른도 어른다운 어른이 많 지 않지만 아이들 체구만 보고 완전하길 바란다. 가능성을 무한히 가 지고 있는 아이들, 칭찬을 먹고 사는 아이들이다. 다 큰 어른도 칭찬 하면 좋아한다. 겉만 큰 아이들이야말로 칭찬을 얼마나 좋아할까? 홍 원이 말대로 욕하고 말썽부리는 아이들을 더 칭찬해 줘야 한다. 잘하 는 아이는 칭찬 없이도 혼자 잘한다. 그 아이들에게는 칭찬을 홍수 나 게 하면서 정작 필요한 아이들인 소위 불량 학생에게는 절대로 안 한 다. 그 아이들에게도 찾아보면 칭찬할 일이 정말 많을 텐데. 그래서 참견은 하되 칭찬을 하기로 했다. 몇 가지 생각이 있어서 그렇다.

아주 어렸을 때 본 기사라 기억이 가물거리지만, 박종대 사건이 있다. 그는 어린 시절 부모의 버림을 받았고, 담임 선생님은 도난사건이 생길 때마다 가난했던 박종대를 다그쳤다. 살길이 없어 들어갔던 군대에서는 악랄한 상관을 만났다. 그는 그 상관 집에 총을 들고 쳐들어갔다. 자신을 파괴하고 남을 부수면서밖에 살 수 없는 사람이 되어버렸다. 그가 부모나 교사나 사회 어느 곳에서 따뜻한 한 사람만 만났었더라면 그런 비극적인 인생 결말은 없었을걸…. 어린 마음에도 무척 안타까웠다.

대학생 때 본 연극 〈엘리판트 맨〉이 내게 해준 말도 기억난다. 어떤 사람이 그에게 그렇게 흉측한 모습으로 태어나 부모도 없고 놀림만 받으며 외로이 지내는데 어떻게 그리 착한 마음을 가질 수 있냐고 묻자 '그건 엄마 때문'이라고 대답한다. 엄마가 나를 낳았을 때 꼭 안아주었다고. 그걸 지금까지 기억하며 잘살고 있다고. 한 번의 사랑이, 한 번의 칭찬이 아이를 천국과 지옥을 오가게 한다.

'어느 아이든 무조건 사랑스런 눈빛으로 보리라. 못된 행동을 보면 가르치리라. 그리고 칭찬을 하리라.'

다행이 내가 만나는 아이들은 언제나 나를 웃기는 아줌마로 취급하지 않았다. 어디서 만난 아이들이나 다 착한 속내를 보였다.

한 번은 전철을 탔는데 고등학생 여섯 명이 예의 욕으로 이어지는 대화를 하고 있었다. 듣기가 거북한지 주위에 서 있는 사람들은 눈살을 찌푸리고 있었다.

통 좁은 바지에 기름 졸졸 흐르는 머리를 한 모양내기 좋아하는 한

창의 아이들이다. 전에는 왜 저러고 다니나 했었는데 이제는 그저 정겹고 귀엽다. 그 모양내기도 기준이 있을 테니 딴에는 얼마나 궁리하고 시간을 써서 낸 멋일까. 내 보기엔 다 같이 보이지만 오늘은 잘 만져져 시간이 안 걸렸는데 어떤 날은 똑같은 걸 갖고 여러 시간 씨름했을지도 모르겠다. 이 아이들이 멋을 내는데 어디에 중점을 두었나 살피니 그도 재미있다.

"잘생긴 사람들이 왜 말 끝마다 욕을 다니?"

"얘가 자칭 원빈이에요."

"자칭 원빈 아니라 타칭도 원빈이다. 아니 원빈 보다 낫네."

사실 그렇다. 신비로운 생명체, 이 아이들이 원빈보다 못한 게 무엇이랴.

"아줌마가 보니까 너네 다 모양 좋고 근사한데 그 욕을 달아서 별루다. 너 얘한테 욕했지만 그거 네 거야. 네 입에서 나왔잖아. 자신은 제가 깎는 조각상이야. 함부로 다루면 너무 아깝잖아?"

요즘 아이들이 싫어한다는 대로 말을 길게 하지 않았다. 그래도 해야 할 말은 했다. 그건 어른의 특권이며 의무이다. 그 아이들은 소리가 낮아졌고 욕도 사라졌다. 어쩌다 튀어나오면 배를 잡고 웃으며 주의 안 한다고 서로 손가락질을 한다. 먼저 내리며 "잘 자라라" 하니까 모두 나름대로 "살펴가세요", "안녕히 가세요" 등 인사가 분분하다. 그렇다. 누구나 칭찬 받고 사랑 받고 싶어하며 웃는 낯으로 대하길 바란다. 내가 웃으며 바라보니 미운 아이들은 이 세상에 없다.

고3 소녀의 세계 잼버리

 태경이가 태국에서 열리는 세계 잼버리에 가는 것에 대해 우리 부부나 아이는 아무렇지도 않은데 주변 사람들이 오히려 난리였다. 아이를 어쩌려고 그러느냐며 너무했다는 사람에, 기가 막혀 말을 못하는 사람도 있었다. 반면 "역시 태경이네"라며 감탄하는 이도 있었다.

 어렸을 때는 아이들을 다 데리고 다녔지만 아이들이 자란 다음에는 데려갈 수가 없어 강의를 하거나 강의를 듣고 오면 그 내용을 아이들한테 알려주었다. 남의 나라 다녀온 후에도 며칠에 걸쳐 아이들에게 보고한다. 아이들 역시 어디 다녀오면 갔다온 날만큼 몇날 며칠을 얘기한다. 우리 부부는 그걸 기다리고 아이 역시 그걸 즐긴다. 태경이의 19일간의 이야기는 듣고 또 들어도 재미있다.

 태경이는 스카우트 대원이 아닌 운영 요원(IST:International Service Team)으로 참석하였다. 1학년 때 '한일 유스 포럼'에서 부의

장 역할을 잘 해내는 것을 보고 국제부 대장님들께서 추천해 주셔서 이루어진 일이다. 아이도 용기 있게 가겠다고 했고. 아이는 보안 담당으로 야영장에서 활동하는 대원 및 대장들과 방문객을 안내하고 진행에 방해가 되어 보이는 것들을 찾아 정비하는 일을 수행했다.

출입 통제 시간을 관리하고 쓰레기를 정리하고 교통 사고를 방지하는 일을 했다. 또한 개영식, 새해 전야행사, 종교행사, 폐영식 때 행사가 원활하게 진행되도록 도왔다. 일도 일이지만 그 많은 세계 사람들과 어울리고… 아이는 또 성큼 자라서 돌아왔다. 소감문을 보니 아이를 보내길 정말 잘 했구나 더욱 실감하게 된다.

친구들이나 학교 선생님으로부터 정신 나갔다는 소리 들어가며 참가한 고3 세계 잼버리. 진짜 정신 나갔던 거 같아요. 잼버리가 퍽, 정말, 진짜로 좋아서.

음 '좋다' 란 말만으로는 감히 표현할 수가 없는데….

아! 이 감격을 어떻게 글로 쓸까요? 제 어휘력의 한계를 절감합니다.

잼버리 기간 내내 17살이었는데 한국에 오자 19살로 한꺼번에 두 살이나 나이를 먹어버렸습니다. 처음엔 정말 어색했습니다. 나이를 먹는다는 것이. 그런데 생각해 보니까 신인순 대장님 말씀대로 몸과 마음이 두 살이나 더 큰 거 같진 않아도 잼버리 기간을 2년처럼 보낸 것 같긴 합니다. 한 달 동안 배울 걸 하루하루 느꼈고, 한 달 꼬박 지내도 못 겪을 일을 날마다 경험하며 살았습니다.

그런데 한국 돌아오자마자, 가기 전에도 그랬듯이 다들 어떻게 갔다올 생각을 했냐고 19살 안태경을 신기해 하네요. 친구들은 많이 부러워하구요. 아쉬웠습니다. 진짜 꽃다운 나인데 진짜 하루를 한 달처럼 보낼 수 있는데….

우리나라 애들도 언젠가 저 같은 사람을 부러워하지만 말고 같이 느끼고 즐기면서 공부도 하는 생활을 했으면 좋겠습니다. 저 혼자 이런 좋은 경험을 하는 것은 정말 안타깝거든요.

그곳 사람 모두가 원래 알던 친구처럼 정겨웠습니다. 인종도 다르고 언어도 다르고 게다가 처음 보는 얼굴인데도 잼버리에 참가한 스카우트라는 것만으로, 기차에서 옆자리에 앉았다는 것만으로 오랫동안 알던 사이처럼 반갑게 인사하고 얘기를 나누었습니다. 그리고 개영식을 비롯한 행사를 위해 중앙 광장에 모인 어마어마한 사람들이 하나될 때 '우린 다 같이 뭔가 공유하고 있구나' 하는 생각이 들었고, 이런 공감대가 '한 인류'라는 개념으로 커진다면 특별한 평화운동을 펼치지 않아도 지구촌 모두가 하나라는 것을 실감하게 될 거라고 느꼈습니다.

우리는 뭐든 통했습니다. 거의 매일 밤마다 있던 IST 진영의 춤 잔치. 유럽에서 유행하던 노래가 나오면 모두 유럽 애들 춤을 배워 추고, 태국에서 유행하는 노래가 나오면 모두 태국 애들 추는 모습을 따라합니다. 우리나라가 월드컵 때 했던 응원을 공연할 땐 다들 따라서 박수치고, 일본 애들이 전통놀이를 발표할 땐 다 올라가서 같이 돌고, 미국애들이 YMCA 노래 할 때 역시 다 같이 서서 춤 추고.

서로 몰라도 스스럼없이 주위 사람들 따라서 같이 어울리며 한 덩어리가 되었습니다. 중앙 광장에서 하는 행사 때 수많은 나라에서 모인 사람들이 어울려서 기차 만들어 돌아다니기도 하고 함께 춤추는 걸 보면서 느낀 것은 '우리는 하나이며 우리는 누구나 서로의 행복과 평화를 원한다' 는 것이었습니다. 이런 흥미로운 경험을 우리나라 친구들과 마음놓고 같이 할 수 있었으면 좋겠다고 생각했습니다.

세계 속으로 들어오니 우리가 분단 국가라는 현실을 다시 보게 되었습니다. 실로 오랜만에 느끼는 것이었습니다.

"한국에서 왔다구? 북한이야, 남한이야?"

거의 10년 만에 다시 듣는 얘기였지요. 네덜란드에서 살던 그땐 아무 느낌 없이 옆에서 아빠가 하시는 '북한에서 왔다면 이렇게 가족끼리 자유롭게 여행하진 못할 것' 이라는 대답을 듣고 있었었는데, 이제는 내가 직접 대답할 입장이 되었습니다. 이렇게 시간이 지났는데도 저는 여전히 이 지구상에 남은 마지막 분단 국가의 사람입니다.

대답할 때마다 기분이 아주 묘했습니다. 처음엔 너무 뜻밖의 질문이어서 그냥 나는 남한에서 왔고 잼버리에 북한에서 온 사람은 없다고 얘기했습니다. 나중엔 북한이나 남한이나 한 나라라고 대답했고요. 그러면서 곰곰이 생각했습니다. 한 나라인데 아직도 이렇게 나뉘어 있고 나는 그 비극을 절감하지 못하고 있다는 것을. 그건 더 큰 비극이 아닐 수 없습니다.

미국 전시관 앞에 있는 '어느 나라에서 왔니? 세계지도 판'에 압정이 빽빽이 꽂혀 있던 남한에 비해서 텅 빈 북한 쪽을 볼 때도 가슴이 아렸습니다. 먼 다른 나라와는 친교를 이루고 이렇게 함께 어울려 인간애를 나누는데 한 나라 한 핏줄인 그들은 볼 수조차 없다니…. 오히려 내 나라를 떠나와 멀리서 보니 내가 아닌 우리가 보이기도 했습니다.

휠체어 끌고 다니는 보안 요원. 이분 외에도 국제 봉사단 영지에서 자주 볼 수 있었던 휠체어. 보이는 휠체어가 이 정도면 눈에 띄지 않는 다른 장애우들도 꽤 왔을 텐데…. 육체적 장애를 단순한 장애로 여기고 옆에서 거들어주면 같이 잘 지낼 수 있음을 보여줍니다. 대단하데요. 그런 환경이 참 부럽습니다.

12살로 보이는 조그만 꼬마, 대한민국 안태경에게 빨간 조끼 입은 보안 요원이라는 것만으로 금연 지역에서 담배 피우는 사람들을 주의시켜 달라고 부탁하던 영국 아줌마. 역시 그 꼬맹이에게 지금 시간에 대원들이 바다에 들어가 있어도 괜찮으냐고 물어보던 아저씨. 저 같았으면 주위의 보안 요원이 아니어도 '좀 알 거 같아 보이는' 사람에게 물었을지도 모르는데…. 어려 보이는 얼굴보다는 빨간 조끼 자체를 신뢰하고 행동하는 사람들이 더 멋있다고 생각했습니다.

잼버리가 몸에 익어버렸어요. 특별한 행사나 경험들도 잊을 수 없지만 일상적인 것들이 더 그립습니다. 매일 오가던 야자수 거리, 근무시간마다 맨발 벗고 달리던 바닷가, 때로는 행사에 늦어 한복치마를 양팔로 걸어 들고 뛰던 일들, 썰물 때 후다닥 기어 도망 다니는 게들을 보던 것….

　　잼버리 내내 영지 구석구석 돌아다니며 사람들 만나고 얘기하는 것도 즐거웠지만, 때때로 가만히 앉아 있는 것도 좋았습니다. 제가 일하는 구역인 SAPO 46에서 조용히 있던 것도 기억에 남습니다.

　　대원들이 해변 출입을 하지 않는 시간에는 같은 요원들이랑 나무 둥치에 옹기종기 모여 앉아서 넋 잃고 해가 지는 것을, 그러다가 깜깜해지면 하늘 가득 쏟아지는 별을 쳐다보곤 했습니다. 해 뜨는 건 밤근무 때 잠 못 자다가 풀린 눈으로 보는 것보다는 아침 근무 갈 때 상쾌한 마음으로 모래밭을 타박타박 걸으면서 보는 게 더 좋았습니다. 저녁때가 되어 순식간에 물이 저만큼 멀어지고 뭍이 드러나는 건 또 얼마나 신기한지. 한낮에 물에 잠겨 있던 나무 그루터기는 모습을 드러내고 물기가 마르면 앉아서 별보기엔 딱인 의자가 됩니다. 일출이든 일몰이든 밀물이든 썰물이든 다 알고 보았던 것이지만, 이렇게 탁 트인 공간에서 보는 느낌은 환상이었습니다. SAPO 46에서 일하면서 눈이 믿지 못할 아름다운 경치를 정말 끝도 없이 봤습니다. 그 모두는 제가 자연을 존경하도록 만들었습니다. 정말 옛날 사람들이 자연을 신으로 받들만 했습니다.

눈을 감으면 하루 일과가, 정신없이 껄떡대며 뛰어다니는 길이, 매일 텐트에서보다 오래 있었던 SAPO 46이 그 주변 경치와 함께 보입니다. 눈을 감았는데 보인다니 참 신기하죠? 사실 얼마 동안은 눈을 감지 않아도 그런 헛것들이 보여 저를 슬프게 했습니다. 다시 가서 보더라도 그때 그 모습은 아닐 테고, 그때 그 친구들은 아닐 테니까요. 더구나 저도 그때 제가 아니겠죠.

이렇게 잊혀지지 않는 사소한 추억, 장면들뿐만 아니라 잼버리에서 알게 모르게 배우고 느낀 것들도 제 몸에 마음에 익숙해져 있길 바랍니다. 그럼 언젠가 그것들이 배어나와 쓰일 수 있겠죠? 제가 잼버리에서 작은 도움을 주고 많은 분들의 큰 도움을 받았듯이 훗날 또 다른 사람들에게 도움을 줄 수 있겠지요.

주변 사람들과 달리 무조건 딸을 믿고 보내주신 부모님 감사합니다. 8년 전 제가 스카우트 대원이 되면서부터 꿈꾸어온 세계 잼버리 대회 참가 소원을 여러 대장님께서 이루어주셨어요. 고맙습니다. 그리고 또 한국 대표단의 비밀 요원 IST. 말 안 해도 다 아시죠?

잠 한숨 안 자고 그 긴 기간을 견뎠을 딸은 한겨울에 '깜둥이'가 되어 돌아왔다. 아침에 비행기 타고 와서는 오후에는 성당에 가서 겨울 축제 사회를 보았다. 그러고는 몇날 며칠을 잤다. 오면 공부하겠지 싶었는데 코알라처럼 잠만 잤다. 지난 아태 잼버리 때 만난 다른 나라 친구들의 편지가 아이를 기다리고 있고 이번에 사귄 친구들의 메일이 줄을 이으니 '언제 일상으로 돌아오려나' 하는 걱정이 들지 않는 것은 아니었으나, 아이가 대자연의 숨결을 느끼고 인류를 생각하는 한층 성숙해진 몸으로 돌아왔으니 뭘 더 바랄까.

이렇게 살면 어때요

이렇게 살면 어때요

　공부에만 얽매이지 않고 자유롭게 잘 크는 우리 아이들을 보며 부럽다 못해 존경을 한다고 하는 사람도 있다. 그러면서 어떻게 키웠냐고 묻는다. 무얼 먹였냐고도 한다.

　'내가 아이들을 어떻게 키웠나.'

　생각해 봐도 별 기억이 없다.

　"그냥 손 안 가고 잘 컸어요. 별로 주의 준 것도 없고. 어려서만 좀 집중했지."

　"구체적으로 얘기해 주세요."

　"글쎄요. 그냥 아이들을 원 없이 놀게 했어요. 좋은 마음으로 좋은 음식 먹이고."

　"좀더 구체적으로요. 어떤 마음이 좋은 마음인데요?"

　"내 아이만이 아니고 모두가 행복한 평화로운 세상을 꿈꾸었을까?"

"그것만 했는데 아이가 잘 커요?"

질문이 많다.

한살림 '작은 이사'로 불렸던 두 아이(세 살, 다섯 살부터 한살림에 따라다닌 덕택에 다른 이사들이 붙여준 별명)는 별 탈 없이 잘 자랐다. 우리나라 교육 현실을 탓하며 아이들이 남의 나라로 떠나버리는 바람에 한 학기에 한 반씩 사라지는 학교에 다니면서도 유학생 부럽지 않은 나름대로의 세계를 가꾼다. 마음만 다르게 먹으면 우리나라에서도 얼마든지 여유롭게 즐기고 개성을 키우며 살 수 있다.

사실은 책대로 했다. 대신 진짜 책을 찾았다. 사람을 사람답게 키우는 책. 그 책에서 시키는 대로 했다. 진짜 책도 종류가 많다. 그중 하나만 고르면 된다. 그리고 열린 마음으로 보아야 한다. 책에는 모두 다 이렇게 쓰여 있다. 아이들은 엄마를 보고 배우니 모범을 보이라고. 그리고 학교 교육을 우선으로 하라고.

어른들 말씀처럼 아이는 부모의 등을 보고 큰다. 원칙 그대로다. 아이에 맞게 그때마다 꾀를 낼 뿐 모범을 보이니 뭐든 잘 따라한다.

4년 전, 아이 키우기를 강의하고 나서야 하나씩 꼽아보았다. 나도 내가 이 아이들을 어떻게 키웠는지 정리해 본 적이 없다. 그냥 사랑만 했지.

부부 문제도 같은 맥락이다. 어떻게 그렇게 재미나게 사느냐고 묻는다. 처음 내 남편 될 사람이 좋다고 하니까 대학 동창들이 이렇게 물었다.

"만난 지 며칠 됐니?"

"15일."

"그때는 누구나 그래. 더 두고 보면 달라."

그후로 15년이 지나 만났는데 다시 묻는다, 어떠냐고.

"응. 좋아. 오히려 뭘 모를 때는 단순하게 좋아했는데 지금은 모든 게 마음 깊이 좋아."

"웬 전시용 인물?"

좋다고 만났는데 좋은 게 정상이 아닌가. 좋지 않은 게 이상하지. 당연한 것이 이상하고 이상한 것이 보편화되어 있는 요즘이 이상하다. 안 할 뿐이어서 그렇지 누구나 조금만 노력하면 된다. 그러면 책에 나오는 이상형으로 살 수 있다. 결혼할 때 했던 서약, 그것만 지키면 된다. 사랑하려고 만났다. 다른 사람이 억지로 엮어놓은 것이 아니다. 내가 선택한 삶이니 나 스스로 빛나게 이끌어가야 한다.

아이들도 그렇다. 그들이 원한 것이 아니라 내가 원해서 낳았다. 끊임없이 사랑하고 칭찬하면 절로 큰다. 간혹 볼썽 사납게 삐져나오는 부분만 다듬어주면 된다. 알맞게 먹이고 입히면 충분하다.

시험 때면 아이는 시험 공부를 한다. 학생이니까 당연한 일이다. 하지만 부모까지 그럴 필요는 없다. 그래서 우리 부부는 우리 일을 열심히 하고 부산 시댁에도 가고 영화도 보러 다닌다. 그런데 모두 그렇게 안 하면서 부러워하기만 한다. 아이랑 같이 밤 새고 안달하면 아이도 고되고 부모도 고되다. 제 역할을 찾으면 된다. 간단하다.

우리 아이들이 남들과 다른 것은 '아닌 것은 안 하는 부모'를 만났기 때문이다. 오히려 이유 없이 옆에서 밤을 지새우는 다른 아이 엄마가 이치에 맞지 않는다고 말하는 아이들이다. 당장 성적을 잘 내야 하고 좋은 학교에 진학해야 하는 등 눈 앞 이익보다는 참되게 살고 오늘도 내일만큼 소중해서 오늘을 즐겁고 의미 있게 사는 것에 집중한다.

고1, 고3 중간고사가 낼 모레일 때도 부산에서 할아버지, 할머니께서 올라오셔서 서울 친척들이 다 모이고 외할아버지, 외할머니까지 집에 오시면 아이들도 시간을 할애하여 어른들 모시고 놀기도 한다.

입시라는 미래도 중요하지만 오늘이 더 소중해서. 오늘 이외에는 오늘이 아니기 때문에, 어떤 일이든 늘 기다려주지 않는다.

생백신의 후예

　우리 조상들은 세조가 단종을 폐하고 등극하자 '백이숙제는 못 되어도 더러운 세상에 녹을 먹고 살 수 없다'며 살고 있던 경북 대구 근처 화원을 버리고 소백산 기슭으로 숨어들었다고 한다. 그렇게 정착한 곳이 우리 고향, 경북 영주시 단산면 사천리의 씨족 마을 새내다. 그래서 아버지는 우리 조상이 생육신은 못 되어도 생백신은 될 거라고 말씀하셨다.

　내가 태어났을 때 수백 년을 면면히 살아온 우리 집에는 정말 할머니가 많았다. 할머니, 증조 할머니, 고조 할머니까지 5대가 함께 살았다. 아버지의 고모님이신 대고모 할머니와 할아버지의 고모님이신 왕고모 할머니도 자주 오셔서 한 가족 같았다. 작은 할머니들도 곁에 사셨다. 우리는 항렬이 낮아서 나보다 어리거나 또래라고 해도 어지간하면 증조 할머니고 최소한 할머니는 되었다. 온통 할머니에 둘러

싸여 살았다.

할아버지는 여자들 부엌 일이 많은 것을 개선하려고 노력하셨던 여성 운동가였다. 할아버지께서는 절미를 떠서 모아지면 가족 여행을 가자고도 하셨다고 한다. 할아버지께서는 종자 개량에도 관심이 많으셨던 농부였다. 그 어른께서 재배한 참외는 항상 크고 달았다고 한다. 좋은 종자를 뜰에 심어 해마다 꽃을 크게 키워 그 앞에 나를 앉혀 놓고 사진을 찍어주시기도 했으며, 틈틈이 그걸 문집으로 만드는 학자셨다. 또 농사 일을 열심히 하시면서 군이나 면의 일을 자문하셨다.

조상께서 오래 전 군수를 했다 하여 우리 택호가 '영감 댁' 이었는데, 어디를 가서나 '영감 댁 손녀' 라고 하면 누구나 다 알았다. 아버지는 군내에서 처음으로 서울대에 들어간 분이고, 어머니는 하회 양반 댁에서 오셨으며, 할머니는 영주군 최고 학자의 따님이었다. 그러니 어릴 때부터 집안 덕분에 대접을 받았다.

우리 집안의 자랑은 고조 할머니다. 고조 할아버지께 시집을 왔다가 청상에 홀로 되셨다. 오래지 않아 증조부도 돌아가시고 자신보다 나이 많은 며느리와 함께 의지하며 사셨다. 증조 할머니가 낳은 할아버지 5남매와 할머니가 낳으신 아버지 3남매, 우리 4남매까지 모두 고조 할머니께서 돌보셨다. 뿐만 아니라 아버지의 사촌들, 그러니까 수십 명이나 되는 고조 할머니의 증손들도 다 돌보셨다. 훗날 '큰 할매' 로 불리는 고조 할머니는 모두가 그리는 마을 최고의 할머니다.

큰 할매는 모르는 것도 없어 동네 어른, 젊은이 모두 다투다가도 할머니 한 말씀이면 다 해결되었다. 체구가 작았던 작은 할매(증조모)는 나이 어린 시어머니를 지극 정성으로 모셨다. 가끔 두 어른이 다툴 때가 있었다. 무슨 일인가 하고 보면 작은 할매는 이웃에서 가져온 음복을 아꼈다가 술 좋아하는 큰 할매 술상을 봐드렸다. 그러면 큰 할매는 "아이들 눈이 새까만데 그걸 내 입으로 넣으라는 말이냐? 제발 그런 짓 하지 마소" 하며 나무라신 것이다.

작은 할매는 일점 혈육 없는 큰 할매를 생각해서 뭐든 좋은 것은 다 큰 할매께 갖다 드렸다. 내가 아기를 낳고 난 다음에야 알게 되었지만 그 시대 여자가 호강하는 유일한 시간은 아이 낳고 누워 있을 때인데 그걸 누리지 못한, 자신보다 나이 어린 시어머니를 작은 할매는 늘 못 잊어하셨던 것 같다. 그 마음을 모르는 바는 아니지만 큰 할매는 단 한 번도 당신을 위해 받는 법이 없었다. 그 때문에 집안에 간혹 큰소리가 나곤 했었다. 웬 싸움인가 하여 달려가 보면 거의 같은 내용이다. 사랑의 마음으로 만든 그 음식은 서로 양보하다가 운이 좋으면 우리들 차지가 되기도 했다.

전기 공학도였던 아버지께서 물레방앗간에 전선을 연결하여 그 옛날 그 시골에서도 불을 켜고 살았다고 한다. 엄마가 시집을 와 보니 살림은 풍족하지는 않았으나 동네에서 존경받고 우애가 깊은 규모 있는 집이었다고 한다.

큰 손님이 오시면 7첩 반상, 9첩 반상을 척 차려내시고, 국수 반죽을 해도 양푼에 밀가루가 한 알갱이도 남지 않도록 하는 살림꾼 작은 할매께 살림 못한다고 잔소리 꽤나 들었던 엄마는 요즈음까지 그분께 살림 다 배웠다고 고마워하신다. 나 역시 그 살림의 대를 이어 증조 할머니의 알뜰함이 어린 내게 배었는지 고모처럼 우리를 돌보아 주었던 덕수 언니가 빨래를 할 때면 가까이 가서 꼭 참견을 했단다. 잔 비누 다 쓰지 않고 새 비누를 꺼내 쓴다고. 그래서 내 별명은 작은 할매였다. 그때부터 환경을 살피는 한살림 운동을 할 준비가 되어 있었던 것은 아닌지.

개울가 학교

초등학교는 춘천댐 한전 사택에서 다녔다. 모두가 가난했던 때인데다 시골이라 더욱 어려웠다. 오빠와 동네 친구들은 다 시내에 있는 학교에 다니는데 나는 몸이 약하다고 동네 학교에 보냈다.

입학해 보니 우리 학년은 교실도 없었다. 교사는 딱 다섯 칸이었다. 좌우로 두 칸씩 네 칸을 2학년부터 5학년까지(6학년은 아직 없었다) 쓰고, 그 가운데 교사는 교무실로, 교장 선생님하고 다른 선생님들이 같이 썼다.

그래서 우리 1학년은 학교 운동장 한쪽에 있는 시퍼런 군용 천막에서 공부를 했다. 사람이 드나들 때마다 바람이 들어왔고 빛이 들어와 어두컴컴한 교실이 밝아졌다.

교실에 앉아 있으면 장난꾸러기 아이들이 천막 밖에서 손을 넣어 꼬집고 장난을 쳤다. 특히 내가 주 공격 대상이었다. 한 녀석은 어찌나 당돌한지 큰 언니뻘인 학생을 울리기도 했다. 나는 목수 아저씨 딸인 인숙이와 마을 아래에 살던 선자와 셋이 뭉쳐 다녔다. 나를 놀리는 게 별 재미가 없었던지 금방 놀림 대상에서 제외되었고 자유로워졌다.

'이게 무슨 학교람. 교실도 없고' 하는 생각이 들기도 했으나 재미 있기도 했다. 돌개바람이 휘몰아치면 천막이 뒤집어지고 나눠준 종이 들이 운동장을 가로질러 밭으로 날아갔다. 아이들은 신나게 뛰어가서 잡는다고 난리가 난다. 망건을 쓴 밭 주인은 곰방대를 물고 있다가 쫓 아 나와 아이들을 몰아내려고 고래고래 소리 지르고. 참 신기하다. 40 년이 다 되어가는 그 장면은 지금 생각해도 그림처럼 그려진다.

우리는 좋게 말하자면 언제나 야외수업을 했고, 나쁘게 말하면 집 없는 아이처럼 떠돌아다녔다. 꽃이 피는 계절이 되자 산으로 들로 다 니며 공부를 했다.

사실 무엇을 배웠는지 하나도 생각나지 않지만 들꽃이 피어 있던 누군가의 산소에 빙 둘러 앉아 선생님 말씀을 들은 기억도, 강가에서 있었던 기억도 있다. 따뜻해지면 햇살 아래 앉아 선생님 말씀을 옛 얘 기처럼 들었다.

1학년 담임은 윤강원 교감 선생님이었다. 교사가 부족하여 겸임을 하셨던 것 같다. 마흔 남짓의 나이에 자그만 체구였다. 언제나 뒷짐을 지고 다니셨다. 웃으면 볼에 예쁜 보조개가 생겼다. 늘 부지런히 뭔가 를 하고 계셨다. 날이 더워지면 아이들을 데리고 자주 강가로 갔다.

선생님께서는 아이들을 씻기고 조약돌로 목 때를 밀어주셨다. 한 아이 한 아이 씻기며 무슨 생각을 하셨을까. 선생님은 아직 어리광을 피울 나이에 최소한의 보살핌도 못 받는 아이들을 말없이 챙기셨다.

수업이 끝나면 항상 소사 아저씨와 학교 뒤쪽에 큰 솥을 걸어놓고 불을 지피고 계셨다. 집에 와서 엄마에게 들은 얘기로는 아이들이 너무나 가난하여 밥을 굶고 학교에 와서 졸고 있다고 했다.

선생님께서는 가르치는 일이 먹이는 일보다 앞설 수 없다며 직접 교육청에 가서 담판을 지어 옥수수 가루를 얻어와 손수 죽을 끓여 아이들을 먹이셨다.

그 옥수수 죽 냄새는 아주 구수했다. 나는 별로 식성이 좋은 아이는 아니었는데 가마솥에서 나오는 김과 어울려 군침이 절로 났다. 항상 웃고 따뜻한 선생님이었지만 집에서 밥을 먹을 수 있는 내게 한 번도 죽 한 순가락 주신 적이 없다. '맛있겠다' 하며 멀리서 침을 삼켰지만 선생님과 눈이 마주칠까 봐 혹시 주실까 봐 부끄러워 한 번도 죽 가까이 가지 못했다. 그런 날은 학교에 서성거리는 것도 민망해 바로 집으로 왔다. 집에 와서도 그 맛이 궁금했다. 아직까지 나는 그 맛을 알지 못한다.

강이 얼도록 추운 날, 나는 난로 옆에 앉았는데 배를 타고 강을 건너 발이 다 젖은 아이를 위해 나에게 자리를 양보하게 하셨다. 고무신을 벗자 새빨갛게 언 발이 나왔다. 쳐다보는 것만으로 온몸이 얼어버릴 것 같았다.

봄에는 학교 앞에서부터 춘천 댐이 있는 신작로를 따라 코스모스

모종을 심으셨다. 비가 부슬부슬 오던 날 우리는 작은 손으로 시키는 대로 선생님께서 미리 키워놓은 모종을 늦도록 심었다. 처음 심을 때는 코스모스가 꼬부라졌는데 며칠 뒤에 우뚝 섰다.

잘 자라 키가 크자 선생님께서는 우리에게 순치기를 가르치셨다. 잘 자란 목을 똑 하고 부러뜨리는 게 아까워 도저히 이해가 되지 않았으나 시키는 대로 할 뿐이었다. 나중에 보니 말씀하신 대로 꽃이 흐드러지게 피는 것이었다. 양쪽으로 줄 지어 핀 꽃은 늦여름부터 가을까지 학교 길을 행복하게 해주었다.

어렸을 땐 몰랐지만 자라서 오히려 아주 오래도록 선생님의 바른 삶과 모습을 잊지 못했다. 어디에서든 좋은 사람을 보면 '나도 저런 사람 한 분 알아' 하고 선생님을 생각했다. 우리가 서울로 이사 오고 나서 시간이 지난 후에 선생님을 다시 찾았으나 병으로 돌아가신 후였다. 나의 첫 스승이 정말 그립다.

내 소원은 현모양처

초등학교 3학년 때 서울로 전학을 와서 돈암동 한옥 안채에 전세를 들었다. 그 집 안채 방 두 칸과 마루는 우리가 쓰고, 주인 집은 끝 방과 문간방을 썼다. 주인 집에는 우리 오빠보다 두 살 많은 아들과 나보다 한 살 아래의 딸이 있었다. 그때까지는 본 적이 없는 공주 차림이다. 사립학교를 다니는 서울 학생이었다.

저녁 때가 되면 동네 골목에 아이들이 나와서 뛰어노는데 나는 나가지 않았다. '다방구' 같은 놀이를 하는데 자신도 없고, 아이들도 약간은 두려웠다. 그 당시는 텔레비전이 귀해서 텔레비전 있는 집에 모이기도 했는데 나는 한 번도 가지 않았다.

학교에 가서도 비슷했다. 서울에서도 제일 큰 학교로 전학 왔으니 이질감은 말로 다할 수 없었다. 학교가 엄청나게 넓었고 학생으로 넘쳐났다. 내가 44번이었으니까 남녀 합치면 한 반 학생이 거의 90명이

나 되었다. 게다가 한 학년에 18반씩이니까 학생이 1만 명이 넘었다. 교실을 2부로 나누어 썼다.

교실에는 의자가 다닥다닥 붙어 있어 내 자리로 들어가려면 아이 몇 명의 등을 스치고 지나가야 하는데 여간 고역이 아니었다. 여기서는 매일 분단별로 옥수수 빵을 나누어주었다. 귀한 먹을 것이 온 교실을 날아다니고 바닥에 뒹굴었다. 마음만 먹는다면 한 바구니도 모을 수 있었다. 죽도 겨우 먹던 시골 친구들이 떠올랐다.

나는 사투리를 안 쓰니 그나마 다행이지 시골에서 온 아이들은 책도 못 읽었다. 어찌나 웃어대는지. 원래 잘 떠들고 나서지는 않았으나 시골 학교에서는 날 모르는 사람이 없었다. 그래서 나서지 않아도 인정받고 있다는 묘한 믿음이 있었는데, 여기에서는 천막 교실에 입학했을 때처럼 다시 허허벌판에 놓여진 느낌이었다. 곧 시험이 있었는데 시골 학교에서 알뜰하게 가르쳤는지 잘 보았다. 안경 쓴 할아버지 담임 선생님이 활짝 웃으며 기특해 하셨던 기억이 난다. 그래도 최고 얌전한 학생이 되었다. 친구를 사귈 때에도 조용한 친구만 사귀었다. 그러다 보니 중학생이 될 때까지 말없이 지냈다. 아마 양처가 될 기질을 충분히 연마한 것 같다.

서울로 온 다음해에 우리는 미아리 고개 언덕 위에 있는 방 세 칸짜리 개량 한옥을 샀다. 우리 집이 생긴 거였다. 그 작은 집마저 입구 방은 다른 사람에게 세를 주었다. 지금도 연락하고 지내는 형석이네가 살았다. 우리는 오순도순 행복했다. 아이가 올망졸망 넷이니 김을 구우면 두 장씩 배급을 주고 꽁치도 한 마리씩 나누어 먹었다.

돌바닥에 지은 집이라 돌에서 물이 스며 나왔다. 아버지는 퇴근을 하면 뜰에 나가 정으로 돌을 쪼아 물길을 만들고 작은 연못도 꾸몄다. 허드렛일은 우리도 거들었다. 우리는 진짜 한 가족이었다.

아버지는 청렴하고 다정한 사람이었다. 아버지는 우리를 늘 안아 주셨는데, 여자는 이래야 하고 저래야 된다고 가르치셨다. 고등학교에 가면 불어를 배워라, 콧소리로 남편을 대해야 좋아한단다. 아버지는 지나가는 말처럼 하셨으나 나는 늘 귀담아 들었다. 그리고 그 말이 싫지 않았다.

엄마가 일에만 열중할 수 있도록 뒷받침을 해주셨지만 늘 회사가 우선이고 국가가 먼저였다. 아버지는 국영기업체 사장을 마지막으로 일흔이 되도록 일을 하셨지만 집 한 채 이외에는 파 한 뿌리 심을 땅도 마련하지 않으셨다.

어려서부터 엄마가 우리에게 가르쳤던 유일한 말씀은 퇴계 선생의 '내 싫은 일 남에게 하지 말라'였다. 반대로 내 못하는 일을 하는 남을 존경했다. 그때는 집집마다 인분을 퍼내야 했는데 엄마는 그 아저씨들께 꼭 뜨거운 밥을 지어 대접했다. 그래서 나는 길가에서 그 지게를 지고 가는 아저씨를 만나도 코를 막거나 냄새를 피해 뛰어가지 못하고 싫은 내색도 못했다. 고스란히 따라 걸으면서 아저씨가 사라질 때까지 그 냄새를 맡아야 했다.

엄마는 아버지 회사 직원들에게도 참 잘 대했다. 다 집에서 귀한 자식이고 나랏일 하는 분들이라며 처음 보는 사람이라도 꼭 밥을 대접해 보냈다. 그분들은 가끔 이런 소리를 했다.

"대 한전 검사역 댁이 이렇게 초라합니까?"

누가 뭐래도 우리는 누구도 부러워하지 않았으며 비교하지도 않았다. 우리는 우리 가족만의 삶이 있었다.

어른들은 윗대 어른들 모시느라 우리 아이들한테는 별로 신경을 쓰지 않으셨다. 신경 쓰지 않은 게 아니고 우리 4남매는 별로 신경 쓸 일을 만들지 않았다. 우리는 부모님께서 어른들께 하는 것을 보면서 스스로 컸다고나 할까. 동생들을 보살피는 것은 내 몫이었다. 어떻게 그런 일들을 척척 해냈는지. 집에서는 못하는 일이 없었고 자신감이 넘쳤다.

나는 살림을 참 재미있어 했다. 기회만 되면 일을 했다. 여섯 살 때는 엄마가 외출했다가 좀 늦게 들어오니 내가 전기곤로 위에 냄비 밥을 해놓고 있었다고 한다. 감전될까 봐 기겁을 했다는 말씀을 들었다.

중학생이 되면서부터 엄마 생신상을 근사하게 차려 드렸다. 가정 시간에 배운 것과 먹어본 것, 어디서 들은 풍월을 최대한 활용한다. 서울 사람들이 잘 먹는 병어회에 미나리 강회까지. 육류와 해물, 채소를 골고루 안배하고 색깔 조화까지 생각해 상을 차린다. 엄마는 우리끼리 먹기 정말 아깝다고 감탄하셨다. 밥을 하고 음식을 다듬는 것에 흐름이 있어 하나를 알면 열을 알게 되었다.

중학교 2학년 때 학교에서 자기 희망을 발표하는 시간이 있었다. 나는 서슴없이 현모양처라고 했고 오래도록 변하지 않았다. 웃음꽃이 피는 행복한 가정을 만드는 것이 제일 중요하다고 생각했던 것이다.

미스터 뿌수수

엄마의 바람은 내가 대학교에 입학하던 날 약혼하고 졸업 날 결혼하는 거였다. 나이가 스물여섯이 되도록 시집을 안 가고 있으니 그 꿈은 산산이 부서지고. 그런 내가 한심하셨던지 '또 가을이 되었다'며 다급해 하셨다.

전에는 오빠 먼저 보내고 가야 한다더니 이제는 아무나 빨리 가란다. 밥 때만 되면 성화를 하셔서 밥을 먹을 수가 없다. 너 보면 속이 답답하다고 하시기에 "다음 봄까지만 밥 먹여주시면 독립해서 나가겠습니다"라고 대답하며 여유를 부렸다. 지금까지는 별 잔소리 들을 일 안 하는 딸이었고 엄마 역시 대범한 모습을 보여왔는데, 그 가을은 끝내 잔소리 엄마와 미움받이 딸이 되어 마음이 편치 않았다.

오빠도 있고 또래 당숙들이 있었기 때문에 주변에 남자들은 많았다. 그렇지만 잘 지내다가도 눈빛이 달라지거나 좀 가까운 말을 하면 그날로 끝이었다. 사실 나는 결혼할 상대가 아닌 사람과는 아예 만나지도 않으리란 생각으로 학교 축제에 한 번도 가본 적이 없다. 친구 따라 한 번 다른 학교 축제에 가고, 대학 조교 시절 군대에서 휴가 나온 성당 동기 신학생이 축제 중인 학교로 찾아와 맥주 한잔 마신 적이 있는 게 전부였다. 축제 기간에는 파트너 없는 친구와 후배들을 모아 산행이나 하곤 했다.

몇 번 선을 보았는데 저 사람에게 시집을 간다고 생각하면 슬퍼서 어쩌지를 못했다. 어른들이 하도 재촉을 해서 선을 보러 나갈 때 '내 눈에 콩깍지가 씌워지기를' 하고 빌기도 했다. 어떤 사람은 말을 더듬었다. 또 다른 남자는 이 사이가 벌어져 있었다. 맘에 안 든다고 하자 이모가 말했다.

"너희 이모부 이 사이가 넓은데 이가 얼마나 건강하다고."

그러나 소용없었다. 그런 결점만 눈에 뜨이고, 그런 말이 하나도 내 귀에 들어오지 않으니 내 짝이 아니다.

그러던 어느 날 한 남자가 내게 다가왔다. 미스터 뿌수수. 내 친구들이 부르는 그의 별명이다. 긴 곱슬머리 때문에 그렇게 부른다. 지금은 뿌수수지만 그날은 뿌수수가 아니었다. 머리가 아주 단정했다. 여동생 동창이 우리 집이나 그 집안 모두 오랫동안 알아온 터라 좋다며 제 아버지 친구의 아들을 중매한 것이었다.

나는 남동생 말대로 시집을 못 갈 줄 알았다. 아무도 안 만나고 사니까 나와 별반 다르지도 않은 오빠가 물었다.

"너 어떤 짝을 원하니?"

"키는 나보다 20센티 크고 O형에 67 킬로그램. 양반에 문학적인 명문대 출신 공학도."

그러자 옆에서 듣고 있던 남동생이 웃으면 말했다.

"삐리리리. 평생 노처녀로 늙어 죽어라."

기계에 넣어보니 답이 나온단다.

미스터 뿌수수는 마치 카드를 펴듯 고개를 들어 조심스레 나를 봤다. 그간 해왔던 콩깍지 기도가 여기에서 이루어졌다. 별 게 다 좋아 보였다. 물론 다른 아파트였지만 그의 집은 112동 211호, 우리 집은 112동 1102호인데 그런 것마저 절묘하게 일치한다며 기뻐했다. 처음 만나던 날 같이 집으로 가는 길에서 동생을 만났다. 동생이 인사를 하니 미스터 뿌수수는 계속 존대를 했다. 당연한 것을, 그 행동에도 반하고.

우스갯소리로 말해 오던 일곱 가지 조건 레인보우 플랜을 겉으로는 다 맞춘 사람이다. 그런 사람이 내게 온 거다. 처음엔 그런 줄도 몰랐다. 사실 이 바람은 부질없는 거였다. 유난히 아버지를 좋아했던 내가 아버지를 모범으로 했던 것이었기 때문에 그런 사람이 내게 오리란 상상도 하지 않았다.

기도를 구체적으로 하지 않아서 그런지 일곱 가지 조건이 알맹이는 아니었다. 그는 지극히 문학적으로 보인다. 감수성과 개념은. 그런데 영화를 볼 때는 그렇지 않다. 미루어 짐작하지 못해서 그런 것인지.

문학적 상상력은 다 어디로 가고, 남자라고 다 그런 것은 아닐 텐데. 아직도 그에게는 영화 감상용 해설자인 내가 꼭 붙어 있어야 된다. 훨씬 뒤에 낳은 아들은 이제 자랐다고 뭐든 혼자 이해하는데, 이 늙은 아들은 자라지도 않는다. 뭐가 문학적인지…. 물론 그때는 그걸 알지 못했으며 눈치 채지도 못했다.

그 사람이나 나나 이제야 짝을 만났다며 결혼을 서둘렀다. 우리는 첫날 하나가 될 줄 알았다. 그런데 어른들이 바쁘다 해서 둘이 먼저 만났는데 우리가 좋다니까 계속 시간을 끈다. 엄마는,

"양가 규수가 날도 안 잡고 자꾸 만나냐?"

부랴부랴 시어른들께서 서울로 와 보물 얻어가듯 뜻을 비추어 날을 잡았다. 그 다음에 엄마는,

"얼마 안 있으면 저희끼리 살 건데 뭐 그리 자주 나가냐?"

그는 학생 신분으로 설계 사무소에 다녔기 때문에 엄마 말처럼 자주 만나지 못했다. 밤샘 일이 잦고 어쩌다 일과를 끝내고 집 앞에 오면 우리 집 통금 시간인 10시가 넘었다. 겨우 허락을 얻어 얼굴만 보고 올 수 있었다. 나는 한 번이라도 더 보고 싶어 그게 아쉬운데…. 정말 만나는 동안 늦게 다닌다고, 어쩌다 들어온 잔소리의 몇 배를 들었던 것 같다.

밤 깊어 들어온 딸에게 "오늘이 내일이다" 하던 엄마의 말을 어기지 않고 만날 수 있는 방법을 강구했다. 새벽에 만나는 거다. 우리 집과 그 집 사이에 신동 초등학교가 있었다. 그 교정에서 우리는 아무

방해도 받지 않고 만났다. 새벽 공기를 마시며 놀다가 그가 출근을 하면 나는 집으로 돌아와 학교 갈 준비를 했다. 그러나 새벽 만남도 오래 가지 못했다. 하필 그 시간에 엄마가 우리 방에 오셨던 거다.

"새벽 미사 갔었니?"

"아니…."

훗날 생각하면 엄마에게도 딸을 품에서 떠나보낼 준비가 필요했던 것 같은데 나는 그 마음을 전혀 헤아리질 못했다. 내가 처음이라 더욱 그랬다. 종교의 자유를 갖게 해주신 부모님, 끔찍이도 아끼던 딸을 보내고도 항상 사위 편에서 사랑해 주신 아버지께도 뒤늦게 감사한 마음을 갖게 되었다.

대학에선 민속학을, 대학원에서는 고대 미술사를 공부하는 나는 종합 예술을 하는 건축학도와 말이 잘 통했다. 게다가 내 손에 과자 껍질을 버리라고 손을 벌리면 내 손바닥에 있던 껍질을 자기 주머니에 넣는 그 사람이 마음에 들었다.

빨간 색을 아주 좋아하던 내가 한 번은 빨간 코트에 빨간 구두를 신고 빨간 핸드백을 들고 나간 적이 있었다. 그런 나를 보더니 빨간색이 그렇게 좋으냐고 물었다. 그렇다고 하자 "그러면 빨간 꽃도 좋아하겠네" 라더니 갑자기 손목을 잡고 뛰었다. 그 밤중에 꽃 파는 데가 어디 있으랴만.

버스를 타고 달리고 또 뛰어다니며 고속터미널 지하상가를 다 뒤졌다. 마침 문을 닫지 않은 가게를 발견하고 빨간 장미 한 다발을 샀다.

결혼해서는 학생부부라서 근근이 벌어 살아가는 형편이었음에도 그는 여건만 되면 내게 작은 꽃묶음을 안겨주곤 했다.

가장 기억에 남는 꽃은 뜰에서 꺾어온 장미 한 송이다. 홍원이를 임신 중이던 초겨울 그는 건축사가 되었다. 신문에 이름이 난 것을 보고 감격했는데 술이 거나하게 취해 돌아왔다. 늦은 밤 집에 오려고 보니 꽃 생각이 났다. 아무리 찾아도 구할 수 없어 포기하고 오는데 집 앞에 꽃이 있더란다. 겨울 날씨에도 버티며 살아 있던 그 굵은 장미 가지를 어떻게 꺾었을까. 꽤 오래 씨름했을 텐데….

마찬가지로 나도 그때 어려운 살림 여건에서 돈 없이도 할 수 있는 일을 찾아냈다. 칭찬하기, 무조건 예뻐하기, 하늘처럼 모시기, 내 집을 천국 만들기.

돈 안 들이고 행복할 수 있는 일, 무궁무진하다.

주부도 전문인이다

1990년 3월에 MBC〈공해 이대로 둘 수 없다〉를 집에서 촬영했다. 수질 오염의 주범인 가정 폐수, 즉 합성세제의 문제를 지적하고 대안을 제시하자는 기획이었다. 독성으로는 공장 폐수와 축산 폐수를 따를 수 없지만 양으로는 대부분을 차지하는 것이 가정 폐수이다. 그러나 주부들을 주범으로 모는 것은 옳지 않다. 하지만 합성세제의 유해성을 모르고 애용하는 주부들에게 이 방송은 좋은 정보와 훌륭한 경고가 되었을 것이다.

그 당시 《여성신문》에 「무공해 식탁」을 연재하던 중에 모든 생명의 근원인 물에 대한 글을 쓴 적이 있다. 그 내용은 대략 다음과 같다.

모든 식품은 사람의 생활 환경 속에서 만들어진다. 내가 피해자가 아닌 가해자일 수도 있다. 무공해는 아니더라도 저공해 식탁을 차리려면 뭘 알아야 할까? 사람은 하루에 2.5리터의 물을 마시는데 그 물을 우리가 오염시키고 있다. 독성은 공장 폐수 쪽이 더 강하겠지만 배출량이 엄청난 생활하수가 더 큰 요인이라고 한다. 오염원의 68%가 가정, 바로 합성세제 탓이기 때문이다.

합성세제란 비누 이외의 모든 세제를 말하는데, 공업용 합성세제(경성세제)와 가정에서 사용하는 연성세제(주방용, 세탁용, 샴푸, 린스, 치약 등)가 있다. 합성세제에 사용되는 계면활성제(ABS)는 농약의 한 종류이기도 하다. 계면활성제를 살충제에 섞어서 채소나 과수에 뿌리면 벌레를 죽이는 독성이 야채와 과일의 껍질을 파고 속까지 스며들어가기 때문에 어떻게 해도 독성이 사라지지 않는다.

합성세제가 인체에 미치는 영향은 대단하다. 첫째, 계속 사용할 경우 손의 지문이 사라져 빨갛게 되고 가려우며 피부가 건조해지고 갈라진다. 둘째, 합성세제로 세탁한 옷에 남아 있는 ABS는 피부 장애를 일으킨다. 아무리 헹구어도 그 성분은 없어지지 않는다. 완벽하게 헹구어진다 하더라도 유해물질은 수질을 오염시킨다. 셋째, 간장의 활동이 저하되어 안색이 검게 되거나 기미가 끼게 된다. 넷째, 혈액 속의 칼슘이 저하되어 체질이 산성화되어 쉬 피곤해진다. 다섯째, 정자를 파괴한다. 여섯째, 샴푸는 머리카락을 가늘게 하고 탈모현상을 일으킨다. 일곱째, 합성세제가 다른 화학 물질(농약, 식품첨가물, 중금속)과 함께 몸 속으로 들어오면 화학물질의 독성이 몇 배 더 강해진다.

그러면 이렇게 유해한 합성세제가 때는 잘 빼는 걸까? 그것도 아니다. 수돗물의 경우 합성세제가 50~60%의 때를 빼는데, 비누는 63%를 제거한다고 한다. 또한 채소와 과일에 붙어 있는 기생충 알을 떼는 힘은 수돗물이나 합성세제 어느 쪽도 큰 차이가 없는 것으로 실험 결과 밝혀졌다고 한다(서울대학교 가정대, 국립환경연구소, 연세대학교 의대 실험).

합성세제가 물을 오염시켜 언젠가는 우리 자신과 우리 아이들의 몸으로 되돌아올 것이라는 사실을 알게 된 나는 더 이상은 합성세제를 쓸 이유가 없었다. 집에 남아 있던 합성세제를 모두 없애버렸다. 버리는 것도 문제였다. 남을 줄 수도 없었고 하수구에 부어버릴 수도, 땅에 묻어버릴 수도 없어서 고민하다가 비닐봉지에 싸서 쓰레기통에 넣는 것으로 끝을 내었다. 이는 죽염으로 닦고 그릇은 기름기를 휴지로 닦아낸 다음 쌀 뜨물이나 뜨거운 물로 씻고 나머지는 모두 비누로 해결한다.

그릇된 것을 알면 바로 고치는 것이 좋다. 각종 오염 물질이 농축된 물에 나까지 합성세제를 더할 까닭은 없다. 나 혼자 합성세제를 쓰지 않는다고 해서 얼마나 깨끗해지랴만, 그래도 내가 안 쓰는 만큼은 깨끗해질 것이다.

이런 생각으로 나는 합성세제 대신 비누를 쓰는 법을 보여주었다. 직접 만든 고체 비누를 부셔서 양파 망에 넣어 세탁기에 사용하는 법, 프라이팬 기름을 재생 휴지로 닦고 설거지하는 것까지.

촬영진이 돌아간 다음, 나는 그날 여러 가지 생각으로 잠을 이루지 못했다. 대학원에서 공부할 때까지만 해도 내가 설거지하는 법을 강의하게 되리라고는 상상도 하지 못했다. 결혼을 한 다음에도 공부를 계속하던 나는 아이가 연달아 태어나자 공부를 그만두었다. 아이를 돌보는 아줌마를 불러보았지만 담배나 피워 물고 아이에겐 무관심했기 때문이다. 바꿔봐도 마찬가지였다. 밥을 제대로 챙겨 먹이지 못한 아이들은 비쩍 말라갔다.

이건 아니라는 생각이 들었다. 무슨 영화를 보겠다고 내 아이를 저 지경으로 방치하는가. 석사를 마치면 또 박사과정을 해야 하고. 그러다 보면 나는 계속 이 아줌마들 뒷바라지하며 살아야 하는 것 아닌가. 사회에 나와서 일하는 여성 뒤엔 집안 일을 돌보는 또 다른 여성이 있다. 여성이 두 명 있어야 일이 된다. 안에 있는 여성, 정말 소중한 존재다. 결국 '그동안 정성을 다해 키웠던 대로 아이들을 돌보자. 정말 행복한 아이들과 남편, 그래서 최고의 가정을 꾸려보자'는 생각이 다시 들었다. 심사숙고 끝에 공부를 그만두기로 결정했는데도 오랫동안 가슴앓이를 했다. 포기한 게 아쉬워서. 정말 잘하는 건지 자신이 없어서. 아이 키우느라 미루고 미루다가 끝내지 못한 게 아까워서.

그제야 내 꿈이 정말 현모양처였을까 생각해 봤다. 나도 어쩔 수 없이 더 근사해 보이는 일을 하고 싶은 거다. 하긴 주부라는 일이 해도 해도 빛은 안 나고 안 하면 바로 표 나는 일이다. 본인 스스로가 의미를 갖지 않으면 보잘 것 없는 일이다. 그렇게 최고의 주부가 되려고 애썼는데 요것밖에 못 되다니.

다시 살림 사는데 애정을 쏟아 그런 아쉬움은 사라져갔다. 그러던 1990년 11월, 한살림을 만들고 오늘날까지 지켜오신 박재일 회장과 김영원 생산자, 김지하 시인, 김상종 교수 등과 현시대의 위기와 각성에 대해 토론하는 가운데 아는 것은 뭐든지 실천하는 나 자신에 대하여 큰 자부심이 생겼다.

주부는 주부만이 갖고 있는 정보가 있고 살림을 꾸리는 요령이 있다. 그것은 학문을 하는 교수나 시를 쓰는 시인들이 전문가인 것처럼 제대로만 한다면 주부도 전문가가 될 수 있다. 스스로 내 일에 자부심을 갖고 살아가는데 두 사람을 만나며 더욱 확신을 갖게 되었다. 환경과 공해 연구회 회장이던 김상종 교수와 동신대 환경공학과 전의찬 교수.

김상종 선생님은 주부들에게 강의할 때 "주부만이 진정 이해 득실 가리지 않고 일을 할 수 있다"고 말한다. 당시 한 살균제가 시중에 나왔는데 액상은 독성 물질이라고 했다. 또 전문가라는 사람이 광고에 나와 그것이 최고의 살균력을 가진 안전한 상품이라 선전하고 있는 현실과 낙동강 페놀사태를 지적하며 "기업이든 전문가든 돈만 되면 뭐든지 한다. 내 아이 사는 세상을 조금 더 낫게 만들려는 주부들이야 말로 다른 욕심 없이 정의롭게 일을 잘할 수 있다. 믿는 것은 주부뿐이다"라고 말했다.

전의찬 선생님은 매일 EBS 환경프로 〈함께 하는 5분〉을 진행하셨는데, 가정에서 하는 환경운동 주간은 다 내게 맡겼다. 주부가 그 분야 전문가라며. 이어 1991년 KBS 창사 특집 〈공해와 싸우는 사람들〉 등을 촬영할 때도.

맞다. 준비만 되면 주부도 전문인이다!

보석함과 탑 모으기

　여행이 좋은 것은 새로운 볼거리, 먹을거리, 살거리가 있기 때문이다. 우리 가족은 색다른 음식에 대한 거부감이 없어 뭐든 잘 먹는다. 교과서에서나 보았던 유적과 길가의 낯선 풍경, 그간 경험하지 못했던 자연·기후·인종에 대해 편견이 없기 때문에 낯설어하지 않고 누구와도 잘 어울린다.

　새로운 볼거리와 먹을거리에는 전혀 문제가 없는데 살거리엔 익숙지 않아 고민이었다. 다들 싸다고 사는데 우리 취향은 아니다. 그건 과감히 버릴 수 있다. 그런데 뭔가 사지 않으면 왠지 손해 보는 느낌이 들 때가 있다. 해서 이것저것 기웃거리지만 그래도 사지 못한다. 물건을 사지도 않으면서 괜히 시간만 낭비한 것 같다. 구경했으니 낭비랄 건 없어도 마음 쓰는 게 싫었다. 유럽에 사는 동안 문 밖만 나가면 남의 나라니 살거리 걱정을 풀어야 했다.

"우리 떠나기 전에 뭔가 하나 주제를 정해서 그것만 모으는 게 어때?"

남편이 말했다.

"우리 처음 가는 나라에서 정하자."

우리의 첫 여행지는 프랑스였다. 에펠탑이 있었다. 그래, 탑을 모으자. 그 나라를 상징하는. 나중에 우리나라에 돌아갔을 때 장식 효과도 있고 크기도 작으니 가져가기도 좋겠다.

프랑스에 있는 동안 계속 미술관과 박물관을 다녔다. 7살짜리 홍원이는 로댕의 '천국의 문'이나 '생각하는 사람' 정도는 이해하는데 미술관 안의 모든 조각이 다 재미있는 것은 아니다. 그리 좋을 리 없다. 거기까지는 참았는데 꼬르뷔제의 집은 재미가 없다. 뭐 이런 평범한 집을 보냐는 눈치다. 그럴 때마다 우리는 탑을 들먹였다.

"에펠탑 사야지."

우리가 그 말만 하면 아이는 힘이 났다. 아이도 탑을 고르느라고 다른 데에는 관심이 없다. 그것 하나 사면 세상을 다 얻은 듯 부러운 것도 없고 욕심도 내지 않는다. 홍원이는 마음에 꼭 들지 않으면 안 산다. 꼼꼼한 게 제 아빠 같다. 물건에 욕심이 없는 태경이는 마음에 드는 것을 발견하지 못했다. 그래도 의젓하게 잘 있었다.

스페인 바르셀로나의 람브라스 거리에 와서야 태경이에게 꼭 맞는 것을 발견했다. 보석함이다. 조그만 종이함에 가우디의 '성가족 성당'을 그린 것이다. 거기다가 무지개 색으로 되어 있다. 종이함을 주먹에 쥐고 좋아한다.

남편이 유학생이라 나는 어느 나라에 가든 자선함에 돈을 넣지 않았다. 그 사람들이 손을 벌리면 속으로 '만리타향에서 돈 들여 공부하러 온 우리에게 당신들이 한 푼 보태야 되는 게 아니냐' 했다.

하지만 가우디의 작품을 보면서는 너무도 위대한 작가에게 반해 성당에 있는 헌금함에 거금을 넣고 말았다. 신라 사람들은 돌을 떡 주무르듯 했다는데 가우디는 콘크리트를 떡 주무르듯 해서 기기묘묘한 건물들을 만들었다. 작품도 작품이지만 일에 몰두해 거지 꼴이 된 가우디에게 길 가는 사람이 동전을 던져주자 그것을 감사히 받아 성당 짓는데 보냈다니 절로 고개가 숙여진다. 그 정도는 되어야 일을 낼 수 있는가 보다.

백 년 동안 짓고 있는 성당, 앞으로 백 년을 더 지어야 할 성당. 그 안에 들어서니 원해서 떠나왔지만 그래도 익숙하지 않은 다른 나라 생활의 어려움, 그동안의 피곤, 내 안에 있던 모든 미움과 고민이 다 사라진다. 그것도 미처 느끼지 못한 채 몸으로 밀려드는 평화를 느낀다.

성가족 성당을 홍원이에게 사줘야 할 텐데…. 잘 다니는 고마운 아이들. 바르셀로나를 떠날 무렵에야 하나를 찾았다. 다행이다. 나도 무척 사고 싶었다. 사그라다 파밀리아.

생각을 기발하게 했다. 보석함과 탑 하나만 사면 끝이니. 보름 동안 두 나라를 돌았는데 산 것이라곤 책 몇 권에 미로 박물관에서 산 나무

팽이 두 개와 아이들 수집품이 전부다. 여행을 정말 잘하는 것 같다.

달리의 박물관이 있는 휘게레스를 둘러보고 달리의 고향 까다께스에 갔다. 민속 공예품점에 가면 아이들은 보석함과 탑을 본다. 전과 다른 모양, 전과 다른 지역 특성이 있는 것으로 잘도 찾아낸다.

우리 부부도 하나 잡았다. 하얀 마을 까다께스를 손바닥만한 토기판에 새겨 놓은 벽걸이. 오래도록 우리에게 까다께스의 맑은 바다와 따가운 겨울 태양을 생각나게 해줄 것이다.

체코에 가도 영국에 가도 두 아이는 그것 하나씩이면 충분했다. 다른 것에 관심은 있지만 별로 가지고 싶어하지 않는다. 도대체 아이들을 데리고 여행하는 것 같지 않다.

수집품 모을 욕심에 잘 다니는지는 몰라도 7살, 9살 우리 아이들은 강건했다. 1년을 그렇게 잘 다녔다. 역시 우리나라에서 잘 먹고 매일 버스 타고 엄마 따라다녀 단단히 단련이 되어 있다.

서울에 돌아와서 아이들은 수집품을 보며 각 나라를 떠올렸다. 십여 개 조그만 기념품을 보며 일일이 언제 어디서 어떻게 샀는지 줄줄이 꿴다. 예상대로 보석함은 그 나라의 동전함이 되었다.

다른 나라에서 깨친 우리 것의 재미

한 해 동안 산 네덜란드에서 떠날 때였다. 스위스를 거쳐 이탈리아에 한 달을 머물다 와야 해서 소포로 짐을 보내려고 알아봤다. 이삿짐센터에 전화를 걸었는데 알아듣기 어려웠다. 우리나라에서도 혼자 다 꾸렸는데 여기서 부치는 것도 혼자 해결해야 하니 갑자기 남편이 너무한다 싶어 속이 상했다. 짧은 말로 겨우겨우 알아보니 우리 짐 정도면 소포로 보내도 된단다. 한 덩어리에 20kg까지 무조건 값이 같다.

외국에 와서 남편과 딱 붙어사니 그간 한국에서의 활동 반경이 손바닥 안이다. 우편물이 참 많이 왔다. 크리스마스 휴가를 보내고 오니 카드가 쌓여 있어서 현관문이 열리지 않을 정도였다. 서로에게 온 편지를 같이 읽어 모르는 게 없다. 남편이 날마다 늦게 다녀도 일을 밤새도록 하는 줄 알고 혹사하는 몸이 안쓰러워 얼마나 모시고 살았는지 모른다. 알고 보니 놀면서 늦은 게 부지기수다. 그런데 여기서까지

게으름을 피우니 밉상이다. 영어도 잘 못하는 아내에게 뭐든 다 맡기고. 나는 학교에선 네덜란드 말까지 해야 했다. 갑자기 10년을 헛산 것 같은 생각이 들기까지 했다. 그 말을 듣고 동생은 그런다.

"그걸 이제 알았어? 6개월만 살아보면 다 아는 걸."

앞으로 어찌 사나, 미운 마음이 가득한데 짐을 다 정리하여 꾸리니까 같이 거든다. 살림을 늘리지 않으려고 1년 동안 아무것도 사지 않았다. 아버지 프랑스 출장 길에 따라오셨던 엄마가 "아무래도 그렇지. 어떻게 귀이개로 국을 푸냐?"며 아기 주먹만한 국자 탓을 해도 꿋꿋하게 버텼다. 우리나라에 돌아가면 집에 다 있는데 여기서 짐을 불릴 일이 아니라는 생각으로.

그렇게 안 사고 견뎠는데도 1년을 살던 추억의 찌꺼기는 온 집에 넘쳤다. 우리가 만들었던 그림 달력에서부터 홍원이의 구슬과 딱지(다 실력으로 네덜란드 아이들한테서 딴 것)가 한 통씩이다. 아이들 그림과 학교 자료들이 한 가방, 자꾸 크는 아이들 옷이며…. 해서 짐은 올 때보다 배는 되었다.

경제적으로 짐을 싸려면 20kg을 딱 채우는 것이 좋다. 할 수 없이 대강 짐을 싸서 남편이 들고 체중계 위에 선다. 그걸 보고 대중을 하니 남편은 갑자기 역사가 된 것도 아니고 무게 달아보는 게 짐 싸기보다 죽을 맛일 거다. 더운 날 20kg짜리 짐을 다느라 끙끙대는 남편을 보니 미운 마음이 눈 녹듯 사라진다.

그렇게 싼 짐 일곱 덩어리를 들고 우체국에 갔는데 17kg은 괜찮고

20kg에서 50g, 70g, 80g이 초과된 것은 안 된다며 받지 않았다. 2만 g에서 50g이 더 나간다면 겨우 0.25% 초과하는 셈이다. 달걀 한 개의 무게다. 더위로 찌는 우체국에서 국제소포로 꽁꽁 싼 짐을 다시 풀어서 양말 한 켤레를 빼니 된다. 다시 포장을 하며 화가 난다.

'뭐 그리 대단한가. 이 정도는 받아줄 수도 있지. 다른 미달 짐도 있는데.'

그렇게 행복해 하며 잘살았던 네덜란드는 마지막에 우체국 직원 때문에 기분이 별로 좋지 않았다.

그러던 내게 네덜란드를 다시 보게 한 사건이 벌어졌다. 우리나라에 와서 얼마 안 돼 성수대교가 무너진 것이다. 그때 번쩍 스치고 지나가는 50g. 원칙은 어떤 경우라도 지켜야 되겠지. 그걸 놓치고 나면 어떻게 될지 모른다.

우리나라에 돌아와서야 내 나라 것에 눈을 뜨게도 되었다. 남의 나라에 살고 나서 내 것에 대해 깊은 관심을 갖게 되었다. 영국의 얀 크루즈나 이태리의 세르지오 다케오 같은 다른 나라 친구들을 만나고 그들 집에 드나들며 우리 집에 그들이 왔을 때 우리 것이라고 할 수 있는 그 무엇이 있나 곰곰이 살펴보았다.

비교적 내 문화에 관심이 있었다고 해도 내가 갖고 있던 물건이라고 해야 가야금 한 개와 작은 민속 경대, 그림 몇 점과 도자기 몇 점이 전부다. 서양식 리오 가구나 이태리 가구는 기겁을 했지만 그래도 살림이라는 것도 모두 서양식이다. 아니, 서양식이라고 할 수도 없는 아류다.

내 것을 찾아보자. 가구도 수백 년 동안 선조의 손때가 묻은 우리 것. 바로 직계 조상의 숨결이 묻은 것이면 더욱 좋을 텐데. 그게 아니라도 괜찮다. 이 땅에서 숨쉬며 이 땅에서 자란 나무를 켜고 여기서 살아온 이가 정성으로 다듬어 만든 우리네 것이라면 충분하다.

그때부터 돈이 모이면 조그만 소품부터 하나씩 샀다. 사지 않더라도 시간을 내서 우리 것에 대한 안목을 높여갔다. 얼굴도 이름도 모르는 조상이 썼음직한 물건을 내가 쓰고 수십 년 후에는 내 아이들에게 주어도 손색이 없는, 시간이 지날수록 더 빛나는 가구를 보러 다녔다. 손때가 묻는다는 의미를 조금씩 알아갔다.

아이들은 민속박물관에 가서 민속놀이를 익히고 '할아버지 할머니와 함께 하는 한지 공예' 과정을 배웠다. 전통 부채도 만들고 색 한지를 붙여 종이 상자도 만들었다. 아이들도 조금씩 눈을 떴다. 가장 한국적인 것이 가장 세계적인 것이라고. 그래서인지 국제행사 때마다 보면 교환용 선물 고르는 품이 아주 그럴싸하다.

네덜란드에서 입었던 한복은 아이들에게 내 것에 대한 강한 인상을 심어주었다. 학교 큰 행사가 있을 때는 아이들에게 꼭 한복을 입혔다. 모두들 예쁘다고 찬사가 대단했다. 다른 아이 부모들까지 내게 와서 인사를 건네곤 했다. 한국의 전통의상이 바로 저렇게 생겼냐며.

나는 한국에 돌아와 어지간한 모임에 한복을 입고 나가게 되었고,

때로는 명절에 시댁에 갈 때도 먼 길임에도 불구하고 집에서부터 한복을 입고 나섰다. 한복이 일을 하거나 움직일 때 편하게 만들어진 옷은 아니지만 그래도 입고 다닐 만했다. 때로는 그것을 즐기게 되었다.

내 것에 대한 애정은 꼬리에 꼬리를 물고 이어졌다. 한살림 단오와 가을걷이 잔치에 우리 놀이를 찾아 넣었으며, 아이들 학교에 국악반을 꾸리자고 제안을 하기도 했다. 학교에는 이미 유학을 다녀온 어머니가 가르치는 바이올린 반은 있었다. 교과서에서 국악을 다루지만 아직 아이들에게 국악은 서양 음악보다 많이 생소하다. 국악원에 계신 선생님을 수소문 해놓고 기다렸다. 단소반은 구성이 되었지만 가야금반은 태경이와 다른 세 명밖에 신청하지 않은데다 악기까지 빌려달라 해서 무산되었다. 단소반은 인기가 있어서 다음해에는 두 반으로 불었으며, 10년이 되어가는 오늘까지도 이어지고 있다. 덩달아 알아가는 내 것에 대한 재미가 쏠쏠하다.

어른 놀이방

10여 년 동안 살던 집을 떠나 새 집으로 이사를 했다. 뱃고동 소리가 들리던 105동 우리 집. 아이들은 추억을 정리하느라 한 곳 한 곳을 사진에 담고 눈 속에 넣느라고 여념이 없다. 거기서 돌 지난 홍원이는 엄마에게서 진짜로 탯줄을 뗐고, 태경이는 초등학교를 다 다녔고, 아빠는 운전 면허를 땄으며 다른 나라에서 공부를 했고 건축상을 탔다. 나는 한살림을 시작했다.

새로 이사 온 집은 전보다 아이들 방이 넓고 작은 방이 하나 더 있다. 그 방은 어른 놀이방을 만들 참이다. 3평 남짓한 방에 한지를 바르고 고가구만 넣어 옛 선비 방처럼 꾸며서 근간에 뜸해진 남편 친구들을 불러 모아 놀면 좋겠다.

시부모님께서 올라오시면 항상 안방은 너희 거라며 거실에 이부자리를 펴게 하신다. 만류를 하면 아이들 방으로 가신다. 그간 송구했는데 정해진 방이 있으니 이제 안심이다.

　요즈음은 어른이 설 곳이 없다. 방송이든 신문이든 다 젊은이를 위한 것만 있다. 겨우 생각해 주는 게 30대 정도다. 40대만 되어도 설 곳이 없다. 그 정도면 괜찮다. 가끔 보면 문제가 생겼을 때 은근히 어른 탓으로 몰고 간다. 삼풍 백화점 사고 후에도 방송은 일부 몰지각한 업자들이 일을 잘못한 것을 두고 아이들의 입을 통하여 "어른들이 미덥지가 않아요"라는 말로 발전시킨다. 어린이 성 추행 같은 사건이 터져도 방송에 나온 아이들은 "어른이 미워요"라고 한다.

　그 어른은 말도 안 되는 짓을 했다. 짐승보다 못하다. 인간이기를 거부했으니 광화문 네거리에 철장을 만들어 그 안에 넣어 부끄러움을 느끼게 하고 싶은 심정이다. 다른 죄는 다 용서해도 어린이에게 추행을 한 사람은 어떻게든 벌을 주고 싶은 마음이다. 하지만 어른이어서 그런 게 아니고, 그 사람이 나쁜 사람이고 못된 짓을 한 것이다. 그렇게 매도하니 여자지만 부아가 치민다.

　지금 남자 어른들은 돈만 벌어오고 집에서 대접을 못 받는단다. 밖에서만 돌다보니 점점 괴리감만 생기고 하숙생인지 가장인지 분간은 안 되고. 집집마다 아이 공부 방해된다고 아빠 친구는 데려오지도 못한다고 한다. 이 시대의 버려진 아빠, 가련한 아빠를 위해 어른 놀이방을 꾸미기로 했다.

　장판 바닥에 점박이 닥지 벽지를 붙이기로 했다. 지물포에 알아보니 재료비 40만원에 인건비 30만원이란다.

'세상에 손바닥만한 방 하나에 그렇게 많이 내야 하나.'

결국 내가 하기로 했다.

몇 년 전에 물이 새서 작은 방 바닥 장판을 새로 할 때도 하루 인건비를 달라고 했다. 요새 좋은 비닐 장판 많다며 권했는데 듣지 않고 종이 장판을 직접 한 적이 있다. 그때 지물포에 가서 뜬 장판 하는 법을 말로 배웠다. 집 도배를 했던 사장이 어찌나 꼼꼼하게 가르쳐주는지 머리로 그림이 다 그려졌다. 몇 년 전 집에서 작업을 할 때 장판지를 척척 끊고 자르고 붙이는 게 너무나 신기해 아이들 데리고 따라다니며 구경한 적이 있어 잘할 수 있을 것 같았다.

뜬 장판은 초배하는 법이 달랐다. 초배지를 정사각형으로 작게 잘라 테두리에만 풀칠을 하여 많이 겹쳐 여러 번 바른다. 그러면 그 안에 바람이 들어 있어 바닥에 탄력이 생긴다. 테두리에만 풀 바를 수 있게 초배지를 부채처럼 펼치는 법도 익혀 잘 해냈다.

장판지는 가죽처럼 딱딱하다. 그걸 바닥에 붙이려면 부드럽게 만들어야 한다. 욕조에 한 장 한 장 물을 뿌려놓아 3시간 가량 녹이면 된다. 크기는 미리 재어서 알맞게 잘라놓고 굽도리도 크기에 맞게 잘라 마련한다. 물 먹은 장판지가 얼마나 무거운지 어깨가 빠지는 것 같았다. 다 늦게 남편이 돌아와 왜 이 짓을 하냐고 나무라고 싶겠지만 이미 벌여놓았으니 말없이 거든다. 장판하는 법은 전혀 몰라도 남자 손이 무섭다. 장판지에는 풀을 빡빡하게 칠해 발라야 한다. 문쪽부터 발라 안에서 비질하면 먼지가 자연스레 밖으로 나가게 하는 것도 잊지 않고 지켰다. 고등학교 때 가정 시간에 배운 걸 이제 써먹는다.

과거에는 뜬 장판을 할 필요가 없었지만 지금은 그렇게라도 해야 바닥이 매끄럽다. 그냥 비닐 장판을 깔아서 그런지 또 미장 솜씨가 떨어져서 그런지 방바닥 마감이 엉망이다. 뜬 장판은 완전히 밀착되지 않아 바닥 상태가 그대로 드러나지 않는다. 그리고 바닥에 탄력이 있어서 물건을 떨어뜨려도 잘 깨지지 않는다.

전문가가 하는 일을 내가 해냈다는 성취감에 뿌듯하여 시간만 나면 작은 방에 가 있었다. 이웃에게도 이 기술을 전수하여 모두 부지런을 떨고 도배며 장판을 해댔다. 그러고 나서는 다른 일을 하느라고 이런 맛은 보지 못했다. 날마다 한살림 하느라고. 글을 쓴다든지 강의를 한다든지 기획을 한다든지 하는 일로 바빠지면서 이런 일은 오랫동안 잊혀졌었다.

몇 해 만에 도배를 하려고 보니 종이값이 만만치 않다. 국립 민속박물관 뒤에 있는 한지방에 가서 닥지를 양껏 사왔는데 채 6만 원이 안 된다. 풀은 2천 원짜리 두 개 샀다. 신문지를 펼쳐놓고 하얀 속지에 풀을 칠해 바닥을 깨끗하게 만들었다. 반으로 자른 닥지를 한 장씩 풀칠을 해서 붙이는데 물기를 먹은 한지가 금방 처져서 여간 신속하게 하지 않으면 안 되었다.

혼자 하니 하루 종일 해도 속도가 붙지 않는다. 이를 지켜보고 있던

4학년, 6학년 두 아이가 거든다. 혼자 다듬이 하는데 곁에서 아이가 문지방을 두드려도 도움이 된다더니 속도가 난다. 이제는 잘 자라서 보는 대로 뭐든 따라한다. 스스로의 솜씨에 감탄하며. 놀이가 뭐 별거며 작품이 뭐 대단한 건가. 이 세상에 하나밖에 없는 이 작업이 우리의 작품이다. 아빠가 돌아오기 전에 마무리하자며 아이들도 박차를 가한다. 천정을 바를 때는 목이 빠지고 팔이 끊어지는 줄 알았지만 결국 우리가 해냈다.

우리가 만든 귀한 방에 아이들과 누우니 방이 거의 찬다. 그렇게 아늑할 수가 없다. 가구도 차분하고 벽지도 포근하다. 방이 우리를 품어주는 느낌이다. 한옥 방은 다 이만한 크기이다. 사람에게 기가 있어서 그 가족 수에 맞는 집 크기가 실감나기도 한다. 기가 모이는 느낌이 이런 것인가.

아빠를 위한 어른 놀이방, 우리의 보물이다. 멀리 다른 나라로 출장 갔다가 이사를 끝낸 집으로 더듬더듬 찾아온 남편은 정말 그 방을 좋아했다. 대나무를 사다가 방 앞 발코니에 심으니 한옥 기분까지 난다. 남편은 친구들을 초대해 방 안도 채웠다. 어른들도 아이들처럼 배꼽 잡고 논다. 그걸 보는 우리 아이들도 배꼽 잡기는 마찬가지다.

비 오는 날 '비 흠뻑 맞기'

태경이는 꼭 비를 치절치절 맞고 돌아왔다. 때로는 마치 우산을 일부러 챙기지 않는 것처럼 보였다. 늘 기분이 좋은 아이지만 그런 날은 특히 배시시 웃으며 들어온다.

"엄마, 비 맞는 게 좋아."

"산성비라 몸에 좋지 않은데. 머리카락 다 빠진다. 이왕 비를 맞으려면 장대비를 맞아라. 그것도 좀 내리고 난 후에 더러운 것이 어느 정도 씻긴 다음에."

별걸 다 계산해 준다. 다 큰 아이 다 알아서 할 텐데.

"제복을 입은 학생이 비를 맞는 것은 그리 아름다워 보이지 않는구나."

열네 살 태경이는 그래도 좋다고 웃는다.

몇 년 전, 영화 〈로마의 휴일〉을 보면서 "정말 아름답고 슬픈 영화다" 하니까 태경이는 "비가 내리지 않아서 더 슬퍼"라고 했다. 앤 공주가 비 오는 거리를 걷고 싶다고 했는데 비가 내리지 않아 아쉽다고 하더니, 영화를 본 후로 태경이는 앤 공주를 위해 비만 내리면 대신 맞고 다녔던 거다.

나도 어지간한 감성의 소유자라고 생각하는데 이 아이를 따라갈 수는 없었다. 영화를 몇 번이나 봤는데도 그 대사는 기억나지 않는다. 나 역시 비 맞는 데에는 일가견이 있다. 특히 안개비보다 더욱 가는 비, 는개를 맞는 맛이란. 는개는 얼굴을 감싸며 온몸을 휘감는다. 그것도 알지도 못하게.

아이들이 어렸을 때 같이 비를 맞은 적이 있었다. 얼굴을 하늘로 하고 유성처럼 동글게 내리는 비를 보는 기쁨, 하얗게 보이는 그 굵은 빗줄기를 맞는 감동, 귀를 두드리는 거센 빗소리의 향연을 아이들과 함께 즐겼다.

옷을 다 적셔가며 빗속에서 노는 것이다. 처음에는 옷에 비가 스미듯 젖다가 나중에는 옷이 비를 뿌린다. 물 웅덩이를 찾아 힘차게 발질을 하면 물이 우산처럼 펴져 흩어진다. 한 명씩 묘기라도 부리듯 그 놀이를 원 없이 한다. 신발 속에서 북적거리는 빗물이 소리를 내며 밖으로 나온다. 물을 튀겨도 좋고 튀긴 물을 맞는 맛도 썩 흔쾌하다. 깔깔거리는 웃음이 빗속을 뚫고 퍼진다.

장화를 신었다면 더욱 좋다. 아파트라 물줄기가 있는 곳을 찾기는 어렵지만 경비실 앞 처마에 가서 장화 가득 물을 받아 펄썩거리고 다니자면 그처럼 맛 좋은 놀이가 또 있을까. 무거운 장화를 질질 끌고 가다가 발에 힘을 주면 장화에서 폭포가 쏟아진다. 비 오는 날 나와 있는 사람들이 없지만 어쩌다 우리를 보면 엄마가 미쳐 아이들까지 데리고 나와 왜 저러나 할까 싶었는데 까르르거리며 노는 것을 보고 는 같이 웃으며 지나간다.

엄마가 앞장 서서 일부러 나가 함빡 적셔 들어오면 일거리가 산으로 쌓인다. 오죽하면 어른들이 비설거지라 했을까. 아무 일이 없어도 비가 오면 일이 많다는 뜻이다. 하지만 우리가 누린 기쁨은 태산이 되어 우리 마음에 남아 있다.

여름날 비라 해도 추워서 오래 하지는 못한다. 바로 들어와 따뜻한 물로 씻고 뜨거운 차를 마시고 이불로 몸을 싸고 마주보는 우리는 행복에 빠져서 나올 수가 없었다.

어린 시절 추억이 있는 태경이에게는 앤 공주의 바람이 안타까웠을 것이다. 공주는 그냥 다소곳이 비를 맞고 싶었겠지 이런 광기 어린 빗속놀이를 상상한 것은 아닐 테지만. 아이는 어린 시절 원 없이 해보았던 그 기억을 지울 수는 없을 것이다. 그래서 대신 그 기쁨을 누리지 못한 앤을 위한 비 맞기는 아이 성에 찰 때까지 계속될 것 같다.

나 죽거든 사과나무 아래 묻어주

학교에서 돌아온 아들과 침대에 누워 호젓하게 시간을 보내는 것은 즐거운 일이다. 5학년 홍원이는 하루 종일 있었던 이야기를 하기도 하고 태경이처럼 말을 잘해 내 궁금증을 풀어준다.

"엄마. 나 장기 기증할래요."

"뭐라고?"

"버려지는 몸인데 남에게 주지 않고 그냥 묻는다면 너무 아깝지 않아요?"

자신을 필요한 사람에게 주겠다는 것이었다. 말은 맞는데 무엇에 맞은 듯 놀라워 잠시 생각을 가다듬어야 했다. 내가 버리는 것 없이 주워다 쓰고 이웃과 나누니 자연스레 제 몸을 그렇게 생각하는 것인지. 속은 아팠으나 의연하게 일렀다.

"그래. 네 몸은 건강하고 귀한 것이니 다른 사람에게 주어도 좋겠구나. 더구나 남에게 줄지도 모르니 더욱 잘 보호해야겠네. 하지만 현대 의학이 너무 사람 몸을 마음대로 붙이고 떼고 하는 것이 지나쳐서 엄마는 그럴 마음 없어."

성서에서 내 이웃을 위해 내 생명을 준 것이 최고라 하지만 장기 기증은 그에 맞는 말인지 좀처럼 맞추기가 어렵다. 정말 하느님이 보시기에 적당한 것인가. 현재의 의술과 과학은 지극히 세속적이다. 더구나 시행자 위주에 돈 위주가 아닌가. 내장을 떼어도 보고 붙여도 보고. 얼마 전에 유전자 조작을 해서 귀를 키우는 쥐, 코를 키우는 쥐를 개발했다는 뉴스를 보았다. 아마 코와 귀의 기능이 아니라 외모를 개발한 것으로 안다. 이런 것을 보며 이식이라는 것에 전반적인 회의가 든다.

물론 생명이 경각에 달려 있다면 무슨 수를 써서라도 살려내야겠지만 이식에는 아직 자신이 없다. 과연 그렇게 하는 것이 맞는지. 나는 아직 시력도 좋고 건강도 좋다. 지금까지 살아온 방식대로라면 십수 명에게 보게 하고 듣게 하고 숨 쉬도록 나의 몸을 나누어주고 가는 것이 옳다. 하지만 영원히 사는 것을 생각해야 하는 것 아닌가?

나는 죽거든 나무 아래 묻혀 거름이 되길 바란다. 그래서 맨날 사과나무 아래 묻어 달라고 노래 부른다. 사과 꽃이 필 때 그 향기가 되게 하고 열매가 튼실하게 자라도록 썩어 양분이 되고 싶다.

연료로 쓰인다면 화장도 좋다. 그런데 지금의 화장은 많은 시설이 필요하고 연료를 써야 한다. 병원에서 죽는다면 냉동실에서 꽁꽁 얼려진다. 살면서 그 많은 에너지를 썼는데 죽어서도 연료를 쓰다니, 못할 노릇이다. 화장 후에는 뼈를 기계로 바순 다음 저장되거나 강에 뿌려져 오염시킨다. 요즘의 화장은 눈앞에서만 사라지게 하는 장례 방식이 아닐까 하는 생각이 든다. 기업화된 현재의 화장 문화는 전혀 자연스러운 것이 아니다. 많은 훌륭한 사람들이 화장에 찬성하는 데에는 나름대로 다 뜻이 있겠지만 나는 다른 입장이다.

모두 화장을 한다면 많은 벌레들은 무엇을 먹고 살까? 그들이 다 굶어 죽으면 어떻게 될까? 그 벌레들이 반란을 일으키지 않을까? 지금의 매장 형태가 너무 자리를 차지해서 문제라면 몸 들어갈 만한 크기로 제한하면 어떨까? 그냥 베보자기에 말아서 묻는다면 그게 낫다는 생각마저 든다. 이것도 배운 사람과 권력이나 돈이 있는 사람만 잘하면 잘 될 거다. 보통 사람들이야 묘지를 크게 쓰고 싶어도 비용 때문에 마련할 수 없다.

아이가 자신의 미래를 생각하는 것을 보다가 생각이 멀리까지 갔다. 아이의 몸이 쓸모 있는 것은 좋으나 그 말만 듣고도 심란했다. 내 생각은 이렇게 정리가 되었지만, 이제는 나름대로 생각을 하는 아이의 의견이니 따라줘야 되겠지 하는 생각을 하는데도 마치 벌써 아이가 간 듯 마음이 아프다. 그러니 장기 이식을 기다리는 자식과 부모 형제를 둔 이들에게는 선뜻 내어놓는 기증자가 하늘이리라.

홍원이의 말을 듣고 어느 쪽이 더 진리에 가까울까 생각하던 어느 날 구청에 갔다가 홍보 자료대에서 장기 기증 카드를 보게 되었다. 아이가 원하던 거라 살펴보려고 한 장 집어들고 오는데 왈칵 눈물이 쏟아졌다. 하늘이 부옇게 흐렸다. 나는 생각만으로 이리 슬프다.

아이는 가도 그 아이 눈으로 다른 사람이 세상을 보고 또 다른 사람이 숨을 쉰다면 그리고 다른 이가 달릴 수 있다면 그도 좋지 않을까? 그를 통해 아이가 보고 숨쉬고 살아 있지 않을까? 내가 그렇게 살아 있는 이들을 볼 수도 있겠고. 아니 그렇게 나랑 엮어지지 않더라도 그 어느 곳에 쓰임새 있다는 것도 괜찮은 것 아닌가. 그 나머지는 벌레와 나누고.

그래도 나는 자연사를 꿈꾼다. 모두들 제대로 살고 제대로 죽기를.

도시 동물들의 저 세상

도시에 사는 동물을 보살피기 시작한 것은 한살림 양재동 시절부터 였다. 회의를 끝내고 점심을 먹으러 나오는데 길에 작은 새가 죽어 있 었다. 절대로 만질 수 없을 것 같던 그 주검을 보고 가여운 마음을 품 게 되었고, 최소한 길 가는 이들의 발부리에 채이는 일은 없어야겠다 싶어 화단 흙 위에 올려놓았다.

"묻어주면 더 좋겠네."

누군가 던지는 소리에 손으로 흙을 파 안타까운 생명을 묻었다. 도 시에서 사람이 아니고는 생명 대접받기 어렵다. 대도시에선 사람도 별로지만.

우리 동네는 오래된 나무가 많아 매미도 참 많았다. 매미는 도로 소 음 때문에 짝을 찾지 못하자 그 소음보다 더 큰 소리로 밤이나 낮이나 울어댔다. 그 소리에 지친 사람들은 구청에 '매미를 죽여달라'는 민원을 냈다. 벌어진 일이나 요구 발상이 지극히 도시답다. 요사이는 아예 고목을 뿌리째 뽑자는 제안까지 하고 있다고 한다. 알고 보니 매미는 새가 먹어 치우는데 새가 없으니 매미만 지천에 깔려 있다. 새가 없다면 그 다음엔 무엇이 사라질까.

여름 아파트 동네는 울다 지친 매미 시체장이다. 매미 역시 흙으로 돌아가라고 주워 화단 안으로 넣어주는데 일일이 묻을 수는 없다. 여름마다 하는 일인데도 움직이지 않는 매미를 대하는 마음은 늘 싸아하다.

'이제 편히 쉬어라.'

내가 만난 가장 가여운 도시 동물은 말라 죽은 고양이와 차에 치인 고양이다. 어느 날 동네 학생들이 모여 있다가 집으로 돌아오는 나를 보고 쫓아왔다. 함께 가보니 차에 치인 아기 고양이가 코에서 피를 흘리고 쓰러져 있었다. 집에 올라와 동물병원에 전화를 하니까 안락사시키는 방법밖에 없다고 하며 데려오라 한다.

'내가 뭔데 그 고양이의 숨을 끊으러 데리고 간단 말인가.'

우선 두고 보자 싶어 고양이를 바람이 잘 통하는 나무 그늘 아래로 옮겼다. 전보다는 숨이 좀 느리고 힘이 있는 것도 같다.

'어서 일어나 가거라.'

얼마 뒤에 다시 가보니 아기 고양이는 거짓말처럼 정신을 차려 제 어미를 따라갔다.

또 한 마리의 불쌍한 고양이는 명절 며칠 후에 길바닥에 납작한 미라가 된 상태였다. 명절 쇠고 온 지 일주일쯤 되었을까. 전철역 앞 상가 길가에서 그 고양이를 보았다.

도시에서 동물로 산다는 것은 정말 비참하다. 시골 쥐와 서울 쥐에 나오는, 거지 신세의 보잘 것 없는 쥐 수준이 아니다. 산다는 것 자체가 고되고 팍팍해 쳐다보는 것만으로도 마음이 탄다. 그 고양이를 발견하고 묻어줘야지 했는데 저녁 준비가 급하니 그게 먼저다. 그리고 나면 잊고. 며칠이 지난 어느 날 그곳을 다시 지나는데 아직 거기에 죽은 고양이가 있었다. 큰 상가 앞이라 많은 사람이 지나 다니는데 모두 나 같은 사람만 있는지 그대로 방치되어 있다. 그 주검이 얼마나 많은 메마른 먼지를 맞고 있었을까. 그것을 못 챙긴 무딘 내 마음을 탓하며 얼른 꽃삽과 종이 상자 한 개를 들고 그곳으로 갔다.

어쩌다 보니 벌레 한 마리도 못 잡던 내가 이제는 어지간한 생명은 다 만지는 씩씩한 아줌마가 되었다. 그래도 죽은 고양이는 무서워서 어찌할 수가 없다.

'명절에 과식을 해서 죽었나. 아니면 명절이라 음식 쓰레기가 안 나와 먹지 못해 굶어 죽었나.'

이러나 저러나 도시의 불쌍한 고양이이기는 매일반이다. 이렇게 살다간 짧은 생명이 가여워 눈물이 억누를 수 없이 쏟아졌다. 덜덜 떨며 손도 못 대고 있다가 길 가던 애꿎은 사람을 잡아 세웠다.

"저 이것 좀 도와주세요."

"댁의 고양이예요?"

그 남자가 묻는다.

"아니오. 여기 판에만 올려주면 내가 할게요."

어느 집 예쁜 아이의 아빠일 것 같은 그 사람은 쓱싹 쉽게 올린다.

'잘 가거라. 그리고 다음에는 이런 도시가 아닌 평화로운 곳에서 잘살아라.'

미어지는 마음을 쓸며 단풍나무 아래에 고이 묻었다. 도시 속의 나는 도시 속의 아파트로 들어간다.

생각보다 쉬운 엄마 노릇

친한 후배가 자기는 엄마 될 준비가 안 되었는데 엄마가 되어 아이들을 불행하게 키우고 자기도 불행하다고 했다. 내가 보기에는 어느 부모 못지않게 똑똑할 뿐만 아니라 아이들에 대한 애정이 많은 친구인데 그런 생각을 한다. 하긴 어느 부모가 자식을 기르며 고민하고 후회하지 않겠는가. 나 역시 나쁜 일이 생기기만 하면 다 내 탓으로 돌리고 한탄한다. 그러나 엄마 노릇이 그렇게 힘들고 어려운 일은 아니다.

얼마 전에 우연히 늘 태경이를 예뻐하는 한 유명인사를 만났다. 죽을 때까지 잊을 수 없는 이 아이를 키운 어머니는 도대체 어떤 사람인지 궁금해 하고 있었다고 했다.

그는 내게 물었다.

"태경이 어머니의 어머니는 어떤 분이세요?"

"좋은 분이셨지요. 하지만 내 싫은 일, 남에게 하지 말라 해서 나는 그것 지키느라 사는 게 얼마나 고되었든지…. 사실은 엄마 말을 잘못 받아들여 남이 기뻐하는 일이 뭔지 살피고 해내느라 골몰했어요. 덕분에 남들로부터 사랑은 흠뻑 받았지만 그래서 고달플 때도 많았어요. 그리고 우리 엄마는 엄한 편이었어요. 해서 저는 무조건 아이 편이 되어 따뜻한 엄마가 되려고 애썼지요. 남을 괴롭히는 나쁜 짓은 절대 못하게 했지만."

"만약 내가 엄마가 된다면 꼭 배우고 싶었어요. 태경이처럼 키우게."

"엄마 되는 것 두려워하지 않아도 되요. 우리 엄마는 좋은 점이 많았지만 그러지 말았으면 하는 점도 있었어요. 나는 우리 엄마와는 다른 방식으로 아이를 키우려 했어요. 그래도 나 역시 오류가 많았을 거예요. 우리 아이는 그것을 극복하고 또 아이를 키우겠지요. 그래서 나는 아이 키우는 불안이 남보다 덜했던 것 같아요. 반면 교사도 좋은 공부방법이니까. 아이를 사랑하는 기본만 있으면 잘 키우지 않나요? 사실 키우는 게 아니고 잘 자라도록 지켜봐주는 게 부모의 역할이에요."

언제나 감사하다는 말만 하는 태경이와는 달리 홍원이는 간혹 내 의견에 이의를 단다. 버릇이 좀 없다 싶으면 옆에 있던 아빠가 이렇게 말한다.

"홍원아. 훌륭한 사람에게는 항상 훌륭한 어머니가 계시다. 엄마 말씀 잘 들어야 훌륭하게 된다."

우리 아이들은 아빠를 더 많이 닮았다. 단호하고 겸손하며 똑똑하다. 나를 닮은 점을 꼽으라면 감성적인 부분과 앞장 서는 부분이랄까. 아빠는 어디서도 소리 없이 제 할 일을 하는 반면 나는 좀 나서는 편이다. 운동을 하는 입장이니 그럴 수밖에 없지만. 또한 강의를 하다 보니 우리 아이들이 어떻게 자랐는지 궁금해 하며 묻는 사람들에게 자랑 아닌 자랑을 하게 되었다. 누구나 쉽게 할 수 있는 일이라고 알리다 보니 말도 많아졌다.

그런데 우리 아이들은 그렇지 않다. 제가 하고도 제 낯을 내지 않는 아이들이다. 내가 엄마 노릇이 그리 어려운 게 아니라고 생각하는 것은 아이가 나를 따라 그대로 하지 않기 때문이다. 아이는 부모를 보고 크지만 그보다 더 발전한다. 아이를 나 혼자 키우는 게 아니기 때문이다.

우리 부부는 아이를 키우면서 큰 욕심이 없었다. 날마다 행복하니 그냥 그에 만족했고, 다음해에는 이것만 좀더 좋아졌으면 하는 바람으로 살았다. 홍원이는 바쁜 아빠와 놀지 못하여 엄마 품에만 있어서 그런지 아빠와 단 둘이는 아무것도 못했다. 원래 남자아이가 엄마를 탄다고 하지만 좀 지나쳤다. 그래도 우리는 조급해 하지 않았다. '언젠가 남자가 될 텐데' 하고 생각했다. 아이가 자라서도 나만 따르자 남편한테 적극적으로 요구했다. 내가 건강하게 키워놓았으니 이젠 당신이 내가 못하는 부분을 채우라고.

우리는 매년 한 해 동안 자신의 목표와 서로에게 바라는 희망 등을 써놓고 그것을 지키도록 염두에 두고 살았다. 새해를 맞을 때마다 얼마나 잘했는지 살피고 또 그 해를 기약했다. 한동안 우리의 한 해 소원은 홍원이가 아빠와 목욕 가는 거였다. 2년을 노력하였다. 처음에는 아이와 놀아 달라고 사정하고 애원했다. 남편은 무덤덤한 사람이라 태경이에게도 비슷했다. 아이가 피아노를 치면 옆에서 쿡쿡 찔러주어야 다가가 칭찬을 해주었다.

네덜란드로 가기 전 남편은 두 달 동안 영국에 가 있었는데 그때 영어 공부보다는 육아 공부를 더 많이 한 것 같다. 영국 아빠들이 얼마나 아이들에게 지극한지. 게으름을 있는 대로 피우던 남편은 그때부터 아이에게 책을 읽어주고 창작 동화「원이 이야기」를 만들어 날마다 들려주며 재웠다. 이야기를 할 때마다 횡설수설해서 아이들이 바로잡아 주어가며 이야기가 진행되었지만 아이들은 행복해 했다. 상상도 할 수 없는 아빠의 대변신이었다.

아빠와 친해진 홍원이가 초등학교 3학년이 되었을 때 아빠와 부산 증조부 제사에 다녀왔다. 가며 오며 그리고 밤새도록 둘이 이야기를 나누었다고 했다. 그후로 둘은 남다른 사이가 되었고, 더 이상 아빠랑 친해져야지 하는 새해 소망은 없었다. 뿐만 아니라 말을 매우 아끼는 남편에게 최고의 찬사를 들었다.

"당신, 아이 참 잘 키웠구려!"

아마 아이가 대중 교통을 이용하며 인사를 잘했던 모양이다. 자기가 갖지 않은 걸 가진 아들에게 감탄했을 거다. 거기다가 자기와 대화가 되고 제 의견을 적극 개진하는 아들의 성장이 뿌듯했던 모양이다.

때로 태경이는 한살림 생산지 방문 행사에 다니며 이런 말을 하곤 했다.

"엄마, 다른 사람들이 우리를 결손 가정으로 보겠어요. 아빠는 늘 안 계시니."

"너희들이 어렸을 때는 아빠가 생산지 행사에 같이 가셨었잖아. 지금은 너희들은 컸고 아빠는 다른 일도 있고."

"알아요. 그래도 요즘은 우리만 다니니까."

남편이 쉬는 주일마다 생산지 방문 행사에 갔었다. 벼 베기, 가을 논 물 빼기, 메뚜기 잡기, 유모차를 끌고 다니며 단오의 그네타기 등 참여하지 않은 행사가 없었다. 생산지에 가서 대자연의 숨결을 느끼고 순박한 우리 생산자를 만나는 기쁨이 나와 같은 줄 알았다. 하지만 그는 날마다 출근하는 사람인데 이 행사가 휴식이 아니라 노역이겠다라는 생각이 들었다. 하루쯤은 아무에게도 방해받지 않고 하루 종일 햇살 아래 뒹굴거리며 심신을 쉴 필요가 있다. 그 평화를 즐기는 것도 좋을 텐데….

어느 날 내가 그런 생각이 든다고 했더니 기다렸다는 듯이 혼자 집에 있겠단다. 그후로 우리는 여름·겨울 생명학교와 거의 모든 생산지 행사에 남편을 빼고 셋이 다녔다.

남편은 자신이 가장 하고 싶어하고 또 잘할 수 있는 일을 직업으로 택한 사람이다. 자다가도 벌떡 일어나 일을 할 정도로 좋아한다. 아빠의 일 사랑은 아이들에게 큰 자부심을 갖게 한다.

남편에겐 그만의 건축에 대한 생각이 있다. 남편은 건축물이라는 것은 사람이 들어가 그 안을 채워서 완성하는 것이라고 한다. 성당은 신자들이 들어가서 기도로 채우는 공간이라고 한다. 해서 종교 건물도 외관보다는 내용을 중시했다. 소박하고 낮게. 또한 아파트나 빌라도 주변 환경과 무관하게 똑같이 획일적으로 지어지는 것을 싫어한다. 아이들은 그런 아빠가 설계한 건물들을 재미있어 한다.

오래 전에 국립박물관 국제 현상 설계에 참가했던 남편의 제안은 우리 가족의 전폭적인 사랑을 받았다. 그 장소는 용산 가족 공원이다. 남편은 박물관과 공원을 동시에 가질 수 있다고 했다. 많은 사람이 좋아하는 우람한 근육질 건물로 채워지기보다는 공원 안에 원래의 공원과 어울리는 건물을 지을 수 있다는 것이었다. 어차피 유물이라는 것이 거의 땅 속에서 왔으니 공원 지하를 박물관으로 만들고 그 위에 흙을 덮어 구릉을 만들어 다시 사람들에게 공원을 돌려준다는 계획이었다. 한쪽에서 보면 열려 있는 단순한 4층 건물이지만 반대쪽은 구릉이 되는 것이다. 전체적으로는 건물이 묻혀 있어 경주의 고분군을 보는 느낌도 들었다. 우리는 박수를 쳤다.

어느 해인가 예술의 전당 건축 대전 때 아이들은 친구들까지 데려

가서 전시된 아빠의 건물 모형을 보았다. 마당이 있는 아파트였다. 서너 개 동 아파트를 모아 5층마다 공동 마당을 꾸몄다. 아파트에 사는 사람이면 누구든 아래로 3층 혹은 위로 2층만 오르면 자기 집만한 공간에서 어른들은 장기를 두고 아이들은 세발 자전거를 타고 같이 모여 김장 등을 할 수 있게 한 것이다. 우리는 그런 따로 또 같이 사는 공동체 공간을 꿈꾼다.

태경이는 초등학교 4학년 때 역사 책을 탐독하며 무척 비판적인 아이가 되어갔다. 왕은 국민을 이용만 하고 '악이 선을 지배한다'고 했다. 지금도 TV에 그런 뉴스만 나온다고 했다. 동생에게 잘 대해주었지만 제게 그런 식으로 보답한다고도 했다. 아이에게 매 순간 정성을 다했지만 나는 역부족인 걸 느꼈다. '아무도 몰라줘도 모든 것을 다 알아주는 전지전능한 그분'을 찾길 바라는 얘기를 하며 아이와 의논 끝에 성당에 데려가게 되었다. 거기서 많은 스승을 만난 태경이는 금세 이전의 밝은 모습으로 돌아갔다. 또 연극을 하며 영화 감독을 만나는 행운도 누렸다.

초등학교 때 육상과 축구를 잘해 많은 사람이 탐내는 아이가 된 홍원이에게 선생님들께서 "너는 어떻게 그렇게 운동을 잘하냐"고 물으시면 곁에 계시던 담임 선생님께서 꼭 "얘는 공부도 잘해요" 하고 말씀하셨단다. 홍원이는 그 말씀에 힘을 내고 그때부터 공부에도 힘을 썼다.

누가 아이를 엄마 혼자 키우는 것이라 하는가.

아이들이 초등학교 고학년이 되어서는 읽는 책도 내 수준을 뛰어넘고 만나는 사람들도 다양해진다. 어이없는 사람을 만나게 되면 '저렇게 살지 말아야지' 하는 각오도 할 줄 알게 된다. 조상도 스승이고, 학교와 학원의 선생님도 스승이고, 책도 스승이고, 길에서 만나는 모두가 스승이다. 엄마 되기, 걱정할 일이 아니다. 주위에서 도와주는 이들이 이렇게 많다.

일편단심 서들레

나를 예뻐하는 사람들은 요즘도 "줄 선 사람 중에 남편 골랐지요?"
라고 묻는다.

"아니요. 제가 줄 서서 결혼했어요."

내 별명은 서들레다. 남들도 그렇게 부르지만 나 역시 싫지 않다.
일편단심 민들레 대신 서형숙, 서들레다. 오직 남편만 보고 산다고.
당연한 것이 당연하지 않은 요즈음 내가 별난 사람이고 유난이다. 남
편만 보고 사는 게 뭐 이상하다고. 남 앞에선 자제하지만 내가 해주고
싶은 것은 다 해준다. 하는 것이 즐겁다.

결혼할 때 친구며 친지를 다 불러 모으고 어떤 일이 있어도 잘 살겠
다고 서약한다. 하객들을 모셔 놓고 그 앞에서 성스런 약속을 했다. 결
혼할 때 나는 다짐을 하였다. 저 사람 사랑하고 행복하게 해줄 거라고.

그래서 그렇게 할 뿐이다. 누가 뭐라고 하든 상대가 내게 잘하지 못

하더라도 내가 선택한 배우자에게 내 자존심을 걸고 최선을 다한다. 그게 약속을 지키는 사람의 행동이며 자존심이 있는 사람의 태도다. 종교도 도덕도 필요 없으며 학식도 해박한 지식도 소용없다. 그냥 약속을 지키기만 하면 된다. 그렇게 하니까 행복해진다.

건널목에 서 있는데 매캐한 담배 냄새 때문에 숨을 쉴 수가 없다. 바로 옆에 있는 남자가 담배를 물고 있다. 참을 수 없어 조금 거리를 두지만 소용이 없다. 남편 생각이 난다. 결혼하던 날 용하게 담배를 끊은 남편이 떠오른다. 담배 냄새가 좋지 않다는 말을 한 적은 있었지만 그때는 담배를 기호품으로 생각했고 눈에 콩깍지가 씌워진 때라 담배 물고 있는 그의 모습도 그저 보기 좋기만 했다.

내게 이런 나쁜 냄새 맡지 않게 해준 고운 그이, 편지를 써야겠다. 이런 저런 이유를 달아 사무실로 편지를 보낸다. 사무실 여직원 보기 민망하다고 생각하여 필명으로 쓴다. 유 난. 부드러울 유 난초 난이다. 남들은 이 이름을 보고 유난스럽다는 유난이군, 할지도 모르겠다.

내용은 간단하다. 그냥 일상적인 얘기다. 길에서 누구 봤는데 당신 생각난다. 그것 받으면 웃지 않을까. 아이들은 하루에 3백 번 정도를 웃는다고 한다. 그래서 그렇게 예쁘다는데 우리는 하루에 30번도 안 웃는다. 해서 가끔 사무실에 전화를 걸면 한 번이라도 웃기고 끊겠다고 마음먹는다.

남편 생일에 그의 사무실로 꽃 배달을 갈 생각이었다. 생일 꽃 계획을 말하니 아이들도 준비를 했다. 태경이는 피아노를 치고 홍원이는 바이올린을 켰다. 녹음을 하고는 그 서두에 '아빠 힘내세요. 행복하세요. 우리가 늘 같이 할게요. 우리는 재미있는 아빠가 계셔서 언제나 행복하답니다. 피곤할 때 우리 음악을 들으세요' 라는 말을 보냈다.

만반의 준비가 끝났는데 새벽 2시가 되도록 주인공은 오지 않는다. 3시에야 돌아와 잠이 들었다. 5시 반에 일어나 살짝 나왔다. 꽃시장에 들러 향기로운 카사블랑카를 세 다발 사서 사무실로 갔다. 생각 같아서는 조금 더 일찍 가고 싶었으나 경비 아저씨의 단잠을 깨울 수도 없는 일이다. 사정 이야기를 하고 열쇠를 받았다.

남편 사무실에 들어가 우선 꽃을 꽃병에 풍성하게 담아 회의 탁자 위에 얹고 아이들 카드와 녹음 테이프를 잘 보이게 곁에 놓았다. 내가 쓴 카드는 곳곳에 숨긴다. 전화번호부 사이에, 명함집에, 색연필통에, 요사이 즐겨 봄직한 책 사이에도 꽂아놓는다. 사무실에서 입는 겉옷 주머니에도 한 장 넣는다. 카드를 찾으며 미소 띨 그를 생각하면 나도 웃음이 난다. 그 카드에는 이렇게 썼다.

'주머니에 손 꼽고 로맨틱하지 않게 입 맞춘다고 핀잔 줬었는데 오늘은 주머니에 손 넣어 좋은 일이 있네. 생일 축하해. 주머니에 손을 넣든 빼든 당신은 내 사랑.'

남편은 하루 종일, 오늘 다 못 찾으면 내일이라도 카드를 찾아 읽으며 행복해 하겠지…. 바삐 집에 돌아와 미역국 끓여 아침 먹여 아이들 학교 보내고 있으니 자기 생일도 잊었는지 말없이 출근을 한다. 조금 있으니 전화가 온다.

"밤새 귀신이 다녀갔나 봐."

술에 곯아 떨어진 4시간 동안 벌어진 일이니 귀신 소동으로 여길 만도 하다. 좋다는 표현이겠지. 그는 염화시중의 미소를 이해하는 아내를 골랐고, 속삭임을 좋아하는 나는 좀 아쉽지만 되돌릴 도리가 없다. 그냥 내가 나를 변화시키며 사는 거다. 그는 멀리 떠나지 않으면 절대로 카드 한 장 쓰는 법이 없다. 함께 산 지 10년이 흐르면서 나는 자꾸 조른다. 나도 생일 선물로 카드 한 장 받고 싶다고. 남편의 카드는 작품이다. 말 그대로 몇날 며칠을 고민하여 심혈을 기울여 쓰기 때문에 붙여놓고 1년간 볼 만하다. 새 카드가 올 때까지.

아이들과 노는 것을 보면 어떻게 저렇게 천진스럽고 창의적일 수 있을까 감탄하게 된다. 한번은 집에서 아이들과 술래잡기를 했는데 얼마나 요란스레 노는지 바라만 봐도 폭소가 터진다. 급기야는 아빠가 사라졌는데 아무리 찾아도 없다. 아파트라는 공간이 숨을 데가 뻔한데 몇 번을 뒤져도 없다. 자수하는데 보니 침대 깔판을 들어내고 그 밑에 숨었다. 가관이다. 먼지투성이로 쫓아 나와 좋다고 법석이다. 아이들도 덩달아 세탁기 안에 들어가 숨고 온 집이 북새통이다. 하도 많이 웃어서 배가 아팠다. 덕분에 빨랫감으로 세탁기를 가득 채웠지만 이보다 더 신날 수 있을까.

나는 공이 무섭다. 공만 보면 무서워서 간이 오그라드는 것 같다.

학교 다닐 때 피구 시간이면 마치 공에 맞으면 죽을 것 같아 숨도 못 쉬고 도망 다녔다. 그렇게 즐기지 못하니 잘할 리 없었다.

남편네 동창 모임은 꼭 여자들을 뛰게 했다. 발야구를 하는데 자신 없기는 마찬가지였다. 그 사실을 알고 있는 남편이 나를 격려했다.

"다 못해. 잘하면 선수하지 여기 있겠소? 그냥 빈 데를 보고 차."

'그래 아줌마가 좀 못하면 어때. 멍청하게 해서 여기 온 사람들 실컷 웃겨주지 뭐.'

결혼을 하고 아이를 낳더니 어디서 그런 배포가 생겼는지. 그래도 더듬거리고 있는데 남편이 멀리서 눈치를 준다.

'저기 아줌마 잘 못 받더라.'

그리로 던지라는 거다. 역시. 홈런을 날리고. 조금씩 자신을 가지니 재미도 생기고 다음해부터는 내막을 모르는 사람들이 '운동 잘하는 사람'이라며 모두 나더러 주장하란다. 지구력은 있어서 고등학교 시절에도 8백 미터를 세 번씩 뛰기는 했으나 나는 늘 운동 못하는 사람이었다. 그런데 어느 모임에서는 주장을 하라니, 사람 오래 살고 볼 일이다. 서형숙이 운동 잘하는 사람이 되기도 한다.

남편이 일을 하는 내게 핀잔을 주던 것도 까마득한 일이다. 이제는 내가 어느 지방을 가든 어느 나라를 가든 당연한 것으로 여긴다. 혹 새벽에 도착이라도 하게 되면 마중 나오는 것도 자연스럽다. 단오잔 치와 가을걷이 때 생산자와 술자리를 함께 하는 외조도 기꺼이 해낸다. 무엇보다 변한 것은 꽃 상식이다. 나팔꽃을 채송화라 부르던 실력이 이제 무스카리도 읊는다. 그 어려운 이름을. 물론 아직도 히아신스를 보고 무스카리라고 하는 거지만. 여간한 꽃집 사람들도 모르는 꽃 이름을 남편은 알고 있다.

부부라는 게 서로를 키워주고 발전하게 만드는 최고의 제도이다. 다른 집안에서 다른 환경에서 다른 교육을 받고 자란 두 사람이 하나가 된다. 서로를 북돋우면서 최고를 만들어낼 수 있다. 언제부터인지 견우직녀가 가여운 짝이 아니라 부러운 짝이라는 생각이 든다. 해마다 어김없이 영원히 만난다. 언제까지나 변치 않는 사랑이다. 꽤 괜찮은 만남이 아닌가.

내게 살가운 남편은 아니지만 당신, 일편단심 서들레 마음을 잡을 만해.

엄마, 잘 키워줘서 고마워요

교복 한 벌을 다려줘도 "땡큐" 하며 받아 입는 홍원이처럼 태경이도 고맙다는 말을 자주 한다. 과일 한 쪽을 가져다 줘도 밥상을 차려줘도 일상적인 용돈을 줘도 그런다. 아침마다 도시락을 받으면서도 고맙단다. 과일을 깎고 있으면 깎는 사람 못 먹는다고 꼭 내 입에 먼저 넣어주고야 제가 먹는다. 엄마가 당연히 해야 하는 일을 하는데도 늘 그런다.

오히려 내가 언제나 고맙다. 어디를 가도 아이들 칭찬을 배부르게 듣고 온다. 이렇게 나무랄 데 없이 착하게 자라니 내가 고맙지.

동생과도 지극히 잘 지내고. 언제나 아우를 보살핀다. 필요한 것은 동생에게 배우기도 하며. 두 아이 사이를 날마다 보는 아빠도 "우째 이리 사이가 좋나" 하고 감탄한다. 우리 부부는 아이들을 보며 더 바랄 것 없이 과분하여 고맙게 생각하며 산다.

하루는 같이 길을 걷는데 그런다.

"엄마, 엄마 덕분에 잘 큰 것 같아요."

"그래?"

"이렇게 더운 날 엄마랑 팔짱 끼고 가는 것 좋은데, 엄마 말처럼 매달리듯 끼고 절대로 빼는 법이 없는 아이들을 볼 때면 엄마 생각나요. 정말 덥고 끈끈하거든요. 엄마가 팔짱을 적당히 끼라든지 힘을 싣지 말라든지 하는 것을 가르쳐주어서 알지, 저도 친구들처럼 다른 아이 한테 매달렸을 거고 그러면 그 친구가 얼마나 힘들었을까 생각되요."

"그런 아이들이 많니?"

"그렇진 않지만, 정말로 힘들어요. 가끔 팔을 빼서 머리도 고쳐 매며 손을 피해 보지만 하루 종일 그러고 있어야 해요. 그 아이 엄마라면 모를까 제가 뭐라고 말을 할 수도 없고."

"그렇구나."

"또 있어요. 입을 아 하고 벌리고 있는 친구들 볼 때도 엄마 생각나요."

"왜?"

"엄마가 그러셨잖아요? 입은 꼭 다물고 있으라고. 아무리 똑똑하고 예쁜 아이도 입을 아 벌리고 있는 순간 멍청해 보이거든요. 속이 비어 보이기도 하고. 뭐 어떻게 보이는 게 중요하지는 않지만, 입 벌리고 있는 게 좋아 보이지 않데요."

"그러면 그 친구한테 어떻게 하니? 뭐라고 가르쳐주니?"

"무안할까 봐 장난처럼 '입에 벌레 들어간다' 하지요. 그러면 얼른 다물어요. 하지만 그건 잠깐이고 다시 벌리고 있지요. 정말 안타까워요. 저 아이 엄마가 가르쳐주면 좋겠다고 생각돼요. '내가 그러지 않고 있어서 다행이다' 하는 생각도 하고요. 그래서 내게 이런 섬세한 부분을 가르쳐준 엄마가 계셔서 고맙다는 생각을 했어요."

"고맙구나. 그런 오래된 것들을 기억해내 엄마를 칭찬하니."

태경이의 모습이 떠올라 웃음이 난다. 사실 이제 컸다고 엄마를 가르친다. 이렇게 하세요. 저렇게 하세요. 구부정하게 앉아 컴퓨터 작업을 하고 있으면 꼭 들여다보고 내 등을 펴주고 지나간다. 어디 가서 제 자랑을 좀 하려 하면 손끝으로 톡톡 친다. 입 다물라고. 길 가다 거울이 보이면 나도 모르게 다가가서 옷매무새를 고치는데 그도 못하게 한다. 팔을 당기며 "엄마아" 한다.

"왜 뭐가 어때서."

"살짝 보세요. 머물지 말고."

같이 걸으며 거울을 흘끗 보고 지나치면,

"그래요. 그렇게 해요."

나는 이제 아이 시집살이를 할 모양이다. 그런데 그것이 얼마나 곱고 부드럽고 공손한지 그 말을 들으면 오히려 행복하다. 그러면서도 친구들에게는 그 말을 못한단다. 남을 배려하는 마음이 하늘 같다.

내 아이가 내 말대로 했듯이 나도 아이 말을 들어야겠다. 이제 뭐든 몸에 고장이 나면 그 병명은 모두 노인성 질환이다. 눈이 침침하다든지 무릎이 아프다면 좀 우아하게 퇴행성 어쩌구 하지만, 그것은 모두 우리 말로 하면 늙었다는 말 아닌가. 그러니 고분하게 아이 말을 들어 나도 입 벌리고 있는 노인이 안 될 준비를 해야 하나 보다. 그래서 훗날, 십수 년이 지난 다음 내 아이에게 '네가 가르쳐 줘서 내가 우아한 노인이 되었다'고 말할 수 있게.

잘 자라줘서 고맙다. 태경아. 홍원아.

직박구리가 놀러 오는 집

요즈음 우리 택호는 '직박구리네' 이다. 아파트를 피해 이사온 이곳은 강남 한복판인데 뜰에 직박구리가 날아온다. 발코니에서 새를 키우다가 발코니가 없는 이 집으로 이사를 하며 십자매 가족을 이웃에 분양했다.

화초 사이를 날아다니는 십자매는 아쉽지만 숲이 아주 맘에 든다. 봄에는 벚꽃이 흐드러지게 피고 여름에는 20년 생 목단 1백여 그루가 동네를 그득 채운다. 너무 황홀하여 숨을 제대로 쉬지 못할 지경이다. 그럴 때는 일이 손에 잡히지 않는다. 그 꽃을 보고 싶어 집에 앉아 있지 못하고 뜰에 나가 산다. 바깥 일이 많은 날은 뜰을 두고 나다니는 게 아까울 지경이다. 다른 동네 화가들이 꽃을 그리러 와 있는 동안은 더욱 그렇다.

숲 사이에 낮은 집들이 올망졸망 모여 있다. 이 근처에 20년을 살았고 아직 부모님이 살고 계셔서 자주 지나치던 동네였는데 큰 길에서 1백 미터를 더 가니 도심의 오아시스가 숨어 있었다. 숲이 탐나 다른 것 볼 것도 없이 이사를 왔는데 가을 숲이 애들 말대로 정말 죽인다. 아름드리 벚나무가 어쩌면 저리도 다양한 이파리를 달고 있을까. 살구나무는 살구나무대로 감나무는 감나무대로 또 산수유는 산수유대로 이루 말할 수 없이 곱다. 겨울이 오지 말았으면, 날이 가지 말았으면, 바람이 불지 말았으면 하고 바란다. 비가 내리면 어쩌나 조바심이 났었다.

숲보다 더 아름다운 것은 직박구리다. 끼익 끼익거리며 새 같지 않은 소리를 내는 직박구리는 우리 집 거실 앞에 있는 벚나무에 와서 잘 논다. 물확을 나무 아래 갖다 놓았더니 그 물을 마시며 노래를 부른다. 물론 그 물에서 목욕도 하고.

뜰에서 노는 새를 이렇게 가까이 보니 신기하기 짝이 없다. 참새나 비둘기와 달리 날렵한 새가 어쩜 저렇게 사랑스러울까. 산수유를 먹고는 배설물을 쌓아놓기도 한다. 여름에는 날기 시작한 새끼들을 몰고 와 매미 사냥을 한다.

직박구리만 오는 게 아니다. 잘 살펴보니 노래소리가 예쁘고 볼이 희고 머리가 검은 회색 새, 박새도 떼로 온다. 모이를 뿌려놓으면 통통한 멧비둘기가 유유히 먹이를 먹고 간다. 때까치도 있고, 붉은색 털이 간간이 있는 이름 모를 새도 있다.

생각지도 않았던 새 선물에 창문가로 걸어갈 때는 까치발을 하고 다닌다. 혹시 새가 놀라 도망이라도 칠까 봐. 더 자주 보고 싶은 욕심에 아무래도 물확 가까이에 반사 거울이나 자동 감응 장치를 달아야겠다고 하니 남편이 펄쩍 뛴다.

"있을까 하고 기대하며 보는 것이 좋지. 멋없는 감응기라니."

누가 모르나. 정말 좋다는 뜻일 뿐이다.

산수유를 먹으러 오는 겨울새가 털 달린 짐승임에도 추워 보여 을씨년스럽다. 물이 꽁꽁 얼어붙었으니 어디 얻어먹을 데도 마땅찮겠다 싶어 뜨거운 물을 가끔 물확에 부어준다. 바닥에 얼어 있던 물과 섞여 마실 물이 될까 해서. 빵 조각도 던져놓고. 나는 보기가 좋지만 도시에 사는 새는 웬지 안스러워 보인다. 새가 보면 나도 마찬가지일까.

울 도 담 도 없 는 세 상

울도 담도 없는 세상

무엇보다 내가 넓은 마음으로 세상을 보고 큰 사람으로 아이를 키울 수 있었던 것은 한살림을 하면서부터이다. '내 아이, 우리 아이'라는 작은 울타리에서 벗어나 좀더 큰 의미의 '우리들의 아이'라는 생각을 하게 된 것이다.

한살림을 알기 전, 집 앞 아기옷집 주인은 내게 이렇게 말했다.

"둘째 아이 낳아 봐요. 전에는 내 아이만 예뻤는데 이제는 온 세상 아이가 다 내 아이처럼 예뻐요."

설마 그러려고. 예쁜 아이는 예쁘겠지. 그러나 둘째를 낳고 보니 그 말이 조금은 이해가 갔다. 그래도 모든 아이가 내 눈에 들도록 예쁜 것은 아니었다. 내 이런 생각은 한살림을 시작하면서부터 180도 달라졌다.

나를 이토록 뒤흔들어 내 삶을 완전히 다 바꾼 한살림이 내게 찾아온 것은 1989년이 저물어가던 가을이었다. 10월 반상회를 마치고 현관에 들어서는데 아이들과 텔레비전을 보던 남편이 어서 와 이것 좀 보라며 손짓을 했다. KBS 특집 〈한혜석 주부의 한살림 일기〉였다. 옆에 앉아서 보기 시작했다. 암수가 뛰노는 양계장에서 생산한 유정란과 농약을 치지 않은 농산물을 직거래 하는 모임과 그 모임의 회원인 한혜석 씨의 살아가는 모습을 소개하고 있었다.

방송 중간부터 봤기 때문에 내용이 전부 생각나지는 않는다. 다만 만 14년이 다 된 지금도 기억에 생생한 것은 그 주부가 깨끗한 농산물로 밥상을 차려 두 어린 아들을 먹이고 있었던 장면이다. 나도 우리 아이들에게 좋은 것을 먹이고 싶다는 마음이 굴뚝 같았던 터라서 그 모습이 참 부러웠다. 비닐봉지를 일일이 씻어 말려 다시 쓰는 장면도 나왔는데 매우 신선하게 보였다. 내게도 나물 무친 양념 그릇에 꼭 밥 담아 닦아먹는 알뜰함이 몸에 배여 있었으나 그를 만나면 형님 해야 할 것 같았다. 하여간 장면 하나하나가 그동안 듣도 보도 못한 것들이어서 우리는 넋이 나갔다.

특히 방송의 마지막에 나온 한 생산자가 "옛 어른들은 씨앗을 심을 때 한 구멍에 꼭 세 알씩 심었다. 한 알은 날짐승이 먹고 한 알은 땅벌레가 먹고 한 알은 싹을 틔워 열매를 맺으면 사람이 먹는다. 그것이 바로 농부의 마음이다"라고 말한 것은 압권이었다. 그 말을 듣는 순간 온몸에 전율이 느껴졌다.

'아, 우리 조상들 참 멋있구나. 벌레의 삶마저 생각했다니. 저 농민 역시 그대로 이어 살고 있으니 얼마나 감동적인지. 과연 그런 삶을 오

늘에 이어 우리가 살 수 있을까?'

가슴이 콩닥콩닥 뛰기 시작했다. 혹시 지금 본 게 꿈은 아닐까. 시간이 지나면 연기처럼 사라지지는 않을까. 그때의 감흥은 지금 생각해도 새롭다.

결정적으로 무농약 농산물에 대한 내용에 마음을 빼앗겼다. 믿을 수 있는 안전한 농산물을 나누는 모임의 회원이 되어 께름칙하게 대하던 밥상에서, 농약 걱정에서 해방될 수 있다면… 그래서 우리 가족 모두 건강하게 오래오래 잘 살 수 있다면… 방송을 보고 흥분하거나 잘 믿거나 하는 사람이 아닌 남편도 '근사한데. 우리 저거하자'고 했다.

한살림을 몰랐던 것은 아니었다. 1986년 쌀과 유정란을 팔던 쌀가게에서 출발한 한살림농산이 1988년 소비자 협동조합으로 거듭나면서 신문에 소개되었던 적이 있다. 당시 취재를 했던 신문기자인 동생이 '꽤 근사한 모임이 있는데 언니 한번 해봐. 무농약 농산물을 공급하는데 회원이 되면 매주 한 번씩 보내주고 활동도 있고 재미있대'라고 전해 주었다. 귀가 솔깃했으나 어떻게 믿을 수 있을까 의심이 되어지나쳐 버렸었다.

방송을 보고 확신에 찬 나는 다음날 아침 일찍 114에 전화를 걸어 한살림 전화번호를 구했다. 대치동에 있던 한살림 공동체였는데 하루 종일 전화가 불통이었다. 훗날 알았지만 당시 나 같은 아줌마들이 많아서 며칠 동안 북새통이었다고 한다. 그 무렵 한살림 역사상 전무

후무하게 거의 100% 회원 확대가 엉겁결에 이루어진 것이었다. 그 힘으로 오늘에까지 끌어온 것 같다.

오후 늦게야 겨우 통화가 되어 물어보니 개인 회원 가입은 안 되고 다섯 명이 공동체로 가입해야만 가능하다고 했다. 한 번도 이웃과 일을 함께 도모한 적이 없어서 몹시 쑥스러웠다. 입 떼기 어려웠으나 회원이 되겠다는 욕심으로 우선 동갑내기 영경이 엄마에게 물어보았다. 자기도 방송 봤다며 그러자고 했다. 옆집 하영이네와 하영이 엄마 친구에게 한살림을 설명하여 네 명을 확보했다. 한 명이 부족했지만 더 미룰 수가 없어 전화를 걸어 가능하겠느냐고 여쭈었더니 빠른 시일 내에 다섯 명을 만든다는 조건으로 회원 가입이 허락되었다. 탈퇴할 때 돌려 받는다는 출자금 3만원에 가입금 3천원씩을 가지고 직접 찾아와서 회원 가입을 해야 한다기에 영경이 엄마와 한살림 사무실을 찾았다.

대치동 은마아파트 앞 골목 안에 있는 사무실은 협소하고 누추하여 가건물 같았다. 어두컴컴한 공간에서 한 남자가 덤덤하게 우리를 맞았다. 그는 쭈그러진 양은 대접에 볼품없이 꼬부라진, 가련해 보이는 찐 고구마를 우리에게 권했다. 영경이 엄마가 불쑥 이런 질문을 던졌다.

"회원 가입 안하고 그냥 얻어 먹어도 되겠네요."

그 남자 분은 예의 그 덤덤한 태도로 대답했다.

"그러면 얌체지요."

회원으로 살림을 꾸리는데 그냥 얻어 먹는다면 그건 정말 얌체다.

옆에 몇 가지 물품이 진열되어 있었는데 단순한 무채색 포장지 때문인지 마치 북한 상품을 보는 듯했다. 투박하고 필요 이상 포장을 하지 않은 것이 오히려 신뢰가 갔다. 일단 그 남루한 포장의 우리 밀 카스텔라를 한 봉 사고, 한살림 소개지와 갱지로 만든 한 장짜리 물품 안내서를 들고 흥겨운 마음으로 집에 돌아왔다. 영경이 엄마는 포장이 촌스럽다, 매장이 청결하지 않다는 등 말이 많았지만 함께 공동체를 꾸릴 수 있게 일원이 되어주고 사무실까지 함께 가준 것만으로도 그저 고마울 따름이었다.

사가지고 온, 검고 거칠고 단맛이 적은 그 카스텔라를 아이들과 나누어 먹었다. 카스텔라가 나를 운동가로 만드리라는 것도 모른 채 시중 것보다 싱거운 맛을 음미하며 한살림 전단을 읽었다.

한살림은 '한' 이라는 큰, 하나, 전체, 함께 온 우주 생명이라는 뜻과 '살림' 의 살려낸다, 산다가 합쳐 모든 생명을 함께 살려낸다는 뜻이다. 한살림은 유기농산물 직거래를 통해 밥상살림, 농업살림, 생명살림을 하는 곳이다. 생산자는 소비자의 생명을 소비자는 생산자의 생활을 책임진다. 또 생산자, 소비자, 실무자가 함께 출자해 꾸리므로 생산량, 생산방식, 생산가격, 유통 방식 등을 같이 논의한다.

1530번. 1989년 11월 6일 내게 부여된 한살림 번호다. 지금은 73136번이지만 나는 아직도 내 소중한 번호를 기억하고 있다. 4만 5

천여 가족(전국 6만 가족)으로 늘어난 오늘, 우리는 지역으로 번호를 구분하고 있으나 초기에는 가입 순서대로 번호가 매겨졌다. 번호만으로 한살림 안에서 연공 서열이 정해졌었다. 앞 번호일수록 더 어려운 여건에서 한살림 뜻을 이해하고 받아들인 선구자인 셈이었다. 우습지만 마치 독립운동 전선에 있었던 것 같은 모습이기도 했다. 그래서 백 단위 번호를 가진 회원들은 자기 번호를 댈 때 자연히 힘을 주는 것 같았고 대부분 회원들이 그 번호에 경의를 표했다. 어느 누구도 그렇게 하라고 가르치거나 강조하는 사람이 없는데도 회원 수가 1만 명을 넘어 지역번호로 구분할 때까지 그 전통은 이어졌다.

한살림 회원이 되어 사는 게 얼마나 기뻤는지. 한살림을 기다리기나 했다는 듯 그 속으로 빠져 들어갔다.

나는 자연분만한 두 아이를 샴푸나 오일은 물론 베이비 파우더조차 한 번 쓰지 않고 키웠다. 가급적 인스턴트 식품을 피하고 간식은 군고구마나 찐 감자 등을 해 먹였다. 그 당시 별다른 지식이 있었던 것은 아니었지만 자연스런 게 좋아 그렇게 했을 뿐이었다. 이렇게 살아온 내게 한살림은 썩 잘 어울리는 옷과 같다.

처음 한살림 식구가 되었을 때가 생각난다. 잡곡밥에 콩나물 데쳐 조물조물 무치고, 된장찌개에 감자·두부 듬성듬성 썰어 넣고, 불고기에 상추 한 소쿠리 해서 식탁 가득 차려 놓고 흐뭇해 했었다. 특히 공급일인 수요일은 채소를 씻으며 기쁨을 만끽했었다. 먹을거리를 대할 때마다 '어떻게 하면 이 농약을 잘 씻어낼 수 있을까', 밥을 먹으면서도 '농약 덩어리를 먹고 있구나' 하던 걱정이 모두 사라졌다.
그러니 배추를 따라온 무당벌레도 반갑고 먹을거리를 씻을 때나 먹
을 때 감사하는 마음이 절로 우러나왔다.

공동체 하기

처음에는 공동체를 꾸리는 게 무척 불편했다. 정해진 날 같이 주문해야 하고 모여서 함께 받아야 하니까. 혹시라도 물건을 늦게 찾아가면 공간은 빤한데 쌓아놓는 것도 보통 일은 아니었다. 다섯 가족 것을 냉장고에까지 일일이 넣어놓아야 한다. 지금은 매장도 있고 개별 공급도 가능하니까 이런 이야기는 호랑이 담배 피던 시절의 이야기와 같다.

그래도 물품 주문하는 날은 우아하다. 오전에 모여 차 마시며 공부도 하고 맛난 얘기하며 같이 식단도 짠다. 쪽지에 써온 내용을 장부에 받아쓰고 모아서 일괄 주문한다. 점점 이력이 나서 다음 대표에게 장부 인수인계도 잘했다.

반면 물품 받는 날은 북새통이다. 모두 경비실 앞에 모여 물건을 나누는데 저마다 보자기나 큰 바구니에 담고 포장재는 고스란히 되돌려 보낸다. 그때는 꼭 음료수 세 잔과 칼을 들고 갔다. 음료수는 한살림 공급 실무자 둘과 경비 아저씨에게 드리는 것이고, 칼은 포장재를 흠 없이 잘 가르기 위해서 꼭 필요한 도구다. 사과상자는 테이프를 칼로 잘라내야 흠이 안 생겨 다시 쓸 수 있다.

두부가 판으로 와서 그것도 칼로 나누어야 했는데 자가 있는 것도 아니고 있더라도 야박하게 대고 자를 수 있는 것이 아니어서 꼭 크고 작게 나누어졌다. 그럴 때마다 두부 좋아하는 집, 식구 많은 집에 큰 것을 주게 된다. 무도 큰 것 작은 것 구분 없이 같은 값에 오니 욕심이 날 수 있는데 잘 나누었다. 처음에는 누구나 큰 것 갖고 싶은 마음이 있었다. 일단 눈치를 본다. 욕심 있는 사람이 먼저 고르고 나면 오히려 남은 사람들이 이제 해결됐다는 듯 나누어 가졌다. 나중에는 작은 것부터 가져가서 맨 나중에 갖는 사람이 큰 것을 갖게도 되었다.

늘 잘되는 것만은 아니었다. 우리 공동체원 중 한 명이 우리 동 앞에 새로 생긴 다른 공동체 것까지 열 가구의 김장 배추를 쌓아놓았는데 들추어 좋은 것만 골라갔다. 우리 공동체는 그걸 이해하는데 새 공동체 사람들은 우리에게 화를 냈다. 그래서 새 공동체 식구들이 먼저 고른 다음, 우리들은 우거지 가득한 나머지 배추를 가져다 김장을 담갔다.

이런 일이 계속되면 '한살림의 나눔 방식이 도대체 맞는 건가' 하는 생각이 들 때도 있었다. 이상은 좋지만 편차가 심할 때 무 한 개 값에 두 개만큼 큰 것을 가져갈 수 있게 되면 마음의 동요가 인다. '그냥 내 바구니에 넣을까' 하고.

우리 공동체 구성원은 그래도 다 양보하는 편이니 다행이지 크고 작은 구분 없이 오는 것을 과연 다른 공동체에서는 어떻게 꾸리는지 궁금했다. 꼭 이런 물건 주고 우리를 시험하는 것 아닌가 하는 생각마저 들었다.

경비실 앞에서 받다 보니 지나가는 사람들 참견까지 다 받아주어야 한다. 사람들은 물건이 많으면 탐을 내게 된다. 다 돈 주고 산 것들인데 흔한 것 같아 지나치던 사람들도 뭐 하나 얻을까 하고 들여다보는데, 우리 또한 인심 사납게 싹 챙기지 못한다. 경비 아저씨와 청소 아줌마에게 과일과 콩나물을 덜어드리고 구경꾼들에게도 두부를 나눠 드린다.

돈도 대표가 모아서 내야 했다. 그래서 이웃과 매주 돈 거래를 했기 때문에 여간 번거로운 것이 아니었다. 그러나 대표를 돌아가며 하다 보니 서로의 어려움을 알게 되어 배려하고 양보하게 되었다. 번거로워도 1년에 두어 번만 하면 좋은 것을 먹는다는 생각으로 꾹 참고 잘 해냈다.

그래도 긴 시간을 같이 하면서 서로 동화되어 자기도 모르는 사이에 모두가 조금씩 변해갔다. 시간이 지나면서 '내가 한 절음 덜 먹으면 누가 한 절음 더 먹겠지. 내가 작은 것 가지면 누군 큰 것 차지하겠지'가 되어갔다.

큰 두부니까 혼자만 주문을 해 먹을 수가 없는데 내가 먹을 수 있도록 같이 주문하는 다른 회원이 고맙게 느껴지고, 저 친구 덕에 내가 두부를 먹을 수 있게 된 걸 깨닫게 되니 얼마나 기쁜지. 그것이 공동체의 힘이다. 당시에는 자신이 변화되고 있다는 것을 몰랐는데 8년이라는 긴 시간을 함께하다 보니 오랜 후에 우리가 변했다는 걸 알게 되었다.

한살림에서는 일주일 단위로 물품을 공급하기 때문에 나는 주 단위로 식단을 짰다. 처음에는 불편하기도 했으나 오히려 장보러 가는 시간을 줄여주는 데다가 충동 구매를 하지 않으니 득이 되었다. 생각날 때마다 필요한 물품을 기록해 두었다가 주문하니까 깜빡 잊고 빠뜨리는 일도 없었다.

한살림 물품을 이용하다 보니 몇 가지 꾀가 생겼다. 첫째, '있을 때 먹어라'였다. 한살림에서 공급하는 것은 거의 제철식품이므로 공급이 있을 때 먹어야 한다. 그래서 시금치가 많이 나오는 계절에는 넉넉하게 주문하여 월요일에는 시금치 된장국, 수요일엔 잡채, 금요일엔 김밥으로 식탁을 차렸다. 녹즙도 꼭 케일만을 고집하기보다는 쑥갓, 상추, 무청, 배추까지 다양하게 이용했다.

둘째, 겨울뿐 아니라 여름에도 김장을 담그는 것이다. 노지에서 통배추가 녹아버리는 하지 무렵인 6월 말에도 김장을 한다. 한여름에도 시장에는 대관령 등에서 재배한 고랭지 배추가 나와 있지만, 그것은 약과 비료를 쏟아부어 억지로 생산한 것이란다. 사실 여름 김장은 산지에서 녹아버리는 게 아까워 담는 것이지 제철 음식이 아니니 꼭 담을 필요는 없다.

셋째, 옛 사람들의 슬기를 엿볼 수 있는 갈무리 법을 활용하는 것이다. 모든 물품은 제철에 몇 번밖에 공급되지 않기 때문에 제대로 갈무리를 해두었다가 두고두고 먹는 방법을 찾는 것이 중요하다. 더구나 겨울철에는 채소 종류가 적게 공급되므로 한살림 가족은 겨우살이 준비를 잘해야 한다. 배추와 무는 신문지에 싸서 항아리에 담아 바람이 통하고 얼지 않을 곳에 두면 봄까지 보관할 수 있다. 생강은 껍질을 벗기고 잘 씻어 얇게 저며서 햇볕에 이틀 정도 말린다. 일부는 그냥 생강차로 이용하고 나머지는 분쇄기로 곱게 갈아 병에 담아놓으면 다음해 가을 공급이 있을 때까지 양념으로 쓸 수 있다. 당근은 채 썰어 2~3일 햇볕에 바짝 말려 비닐봉지에 담아둔다. 잡채 등을 요리할 때 말린 당근을 물에 불려 이용하면 된다. 날 당근은 몇 달이라도 항아리 보관이 가능하다. 고구마는 비스듬하게 썰어 살짝 쪄서 채반에 얹어 햇볕에 말린다. 간식으로 한두 개씩 베어 먹어도 좋고, 기름에 튀겨 조청을 얹어 먹어도 일품이다. 지금은 저온 저장 시설, 비가림 시설, 수막 재배 방법을 통해 겨울에도 채소가 나오니 이 역시 옛날 일이다.

10여 년 전에 무위당 장일순 선생님께서 우리 소비자를 불러놓고 "여러분이 생산자의 주님이 되세요"라고 하셨다. 무슨 말씀인가 어리둥절해 하는데 "주님이 누구입니까. 살게 해주고 먹게 해주고 기쁘게 해주는 분 아니냐"는 것이었다. 그러면서 "여러 소비자께서 생산자를 살게 하고 웃게 하는 주님이 되세요"라고 하셨다.

그래서 우리 공동체는 남는 물품을 더 받아 이웃과 나누고 좀더 많으면 길에 나가 팔기도 했다. 나도 대학 조교 1년 경력이 고작이고 다른 회원들도 직접 돈을 벌어본 적 없는 전업주부들인데 주님 노릇하겠다고 또 물품이 산지에서 남아돈다니 당장 그것이 아까워 앞뒤 따질 경황도 없이 모두 두 팔 걷고 열무를 팔았다. 아파트 입구에서 물품을 나누었기 때문에 한살림은 동네에서 알아주는 물품이었고 인심을 잃지 않아 쉽게 팔 수 있었다. 그렇더라도 주부들은 보통 번거로운 일이 아니어서 날 잡아 김치를 담그는데 열무를 선뜻 사가니 여간 고맙지 않았다. 잘 팔아낸 우리는 서로에게 대견해 하고 사준 이웃에게도 고마워하며 산지로 돈을 보냈다. 얼마나 뿌듯하던지. '주님 노릇' 했다 싶어서.

그런데 얼마 뒤 알아낸 것은 우리 소비자가 주님이 아니라 정말 우리 밥상을 차려주고 우리를 살게 해주는 분, 바로 생산자들이 주님이란 사실이었다. 그걸 깨닫고 나니 그들을 하느님처럼 섬기게 되었다. 생산자들 역시 우리를 하느님 대하듯 하시니 서로 주님으로 모시게 된 것이다.

혼자서 하면, 뭐 나만 천 년 만 년 살겠다고 이 일을 이리 힘들게 하나 싶어 그만둘 수도 있었을 것이다. 사실 그만두고 싶을 때가 한두 번이 아니었다. 날마다 결품이고 모양도 그렇고 초기에는 맛도 형편없을 때가 많았다. 늘 기다리고 이해하고 참아내야 하니 종종 힘이 빠졌었다. 정말 원시적으로 살았다. 더구나 잘 때가 되어서야 물품을 가지고 오는 실무자를 맞는 맛이란. 그래도 그 모습이 안타까워 같이 늦은 저녁을 먹고.

그 당시는 과장을 좀 하자면 일반 슈퍼마켓에서는 이쑤시개 한 통도 얼른 배달해 주는 시대였다. 그런데 그 편리한 배달 다 물리치고 일주일을 꼬박 기다려 대표가 모아 나누고 난리라니…. 지쳐서 포기하고 싶을 때면 공동체 회원들이 '서형숙 씨가 그러면 우리 아이 어떻게 해'라며 용기를 주어 다시 하고 또 지겨워하는 다른 회원에게 주문하라고 졸라 일으키기도 했다. 공동체란 서로에게 힘이 되었던 것이다.

공부하기

'한살림 선언'을 읽으며 대량생산, 대량소비, 대량폐기의 현대 산업 문명의 폐단을 생명중심의 가치관으로 바꾸어야 한다는 것을 바로 인식하게 되었다.

그래도 초기 한살림 스승은 생산자들이다. 여러 가지 자료들을 만들어서 소비자들을 가르쳤다. 그보다 더 큰 가르침은 존경스러울 만큼 열심히 농사를 짓는 것이었고, 또 하나는 우리에게 늘 주경야독하는 모습을 보여준 것이었다.

경북 의성에서 고추와 사과 농사를 하던 김영원 장로님이 정리한 농약 이야기는 그간 알고 있던 상식을 부수는 초강력 태풍이었다. 농약 중독으로 쓰러지고 난 후 '이게 사람 사는 방식이 아니구나'라는 생각으로 13년째 유기농을 고집하고 계신 분이었다. 그때까지 나는 농약만 무서운 것으로 알고 있었기 때문에 '무농약'이 지상에서 가장 좋은 농산물인 줄 알았다. 화학비료가 있다는 것도, 그것이 그렇게 무서운 물질이라는 것도 몰랐다. 다만 오래 전, 사과를 껍질째 먹은 청년이 죽었다는 보도를 보면서 늘 농약을 두려워하게 되었고, 그후로는 사과를 껍질째 먹지 않게 되었다.

농사를 짓는 데에는 화학 비료와 농약을 쓰는 관행 농법, 화학 농법에 맞서는 방법으로 화학 비료는 쓰고 농약 횟수를 줄인 저농약 재배법, 화학 비료는 쓰고 농약을 완전히 끊는 무농약 재배법, 농약과 화학 비료를 전혀 쓰지 않고 오로지 퇴비와 자연 부산물로만 농사를 짓는 유기농법 등이 있음을 생산자를 통해 알게 되었다.

겉으로 보기엔 신선한 채소를 사계절 접할 수 있으나 그것의 안전성은 의심스럽다. 그 당시(1990년) 자료에 의하면 우리나라에서 사용되고 있는 농약은 수백 종이며 거의 침투성 농약이다. 토양에 살포되는 이름 붙일 수 없는 약들이 그렇게 많다는 사실에 혀를 찼다.

한살림을 키워갈 무렵 누구를 만나도 농업 얘기를 하곤 했다. 한번은 아버지께 고추씨를 받아 뿌리면 고추가 달리지 않는다는 말씀을 드린 적이 있다. 그 말을 듣고 아버지는 "자가 채종이 안 된다니 말이 되느냐?"며 화를 내셨다.

어떤 의견도 다 수용하셨던 아버지가 그렇게 반응하는 것은 처음 봤다. 그렇게까지 노할 일인가 의아했다. 농부의 아들로 농고를 나온 아버지가 받은 충격은 엄청났을 것이라는 걸 훗날에야 나는 알게 되었다. 굶으면서도 자신의 생명보다 소중히 씨앗을 보존했던 농민들에게 그것이 싹이 안 튼다는 사실은 곧 죽음과 같았던 것이다. 우리의 농업은 이제 지리멸렬 망해가고 있었으며, 그 마지막 희망의 싹을 틔우는 분들이 그분들이라는 것을 깨닫게 되었다.

한살림을 만나게 되어서 다행이다. 안심하고 얻어먹을 게 있으니. 그런데 이렇게 좋기만 하던 감상도 곧 끝이 났다. 겨울이 되자 각종 채소의 공급이 끊긴 것이다. 슈퍼마켓에 진열된 먹을거리는 모두 문제 덩어리로 보였다. 한살림을 알기 이전보다 상태가 더 심각하여 육류든 채소든 뿌리든 도저히 살 수가 없었다. 그렇다고 한살림에서 나오는 콩나물이나 두부로만 겨울을 나기엔 너무 길었다.

그래서 겨우내 궁리한 끝에 돌아오는 가을에는 유휴지에 큰 움을 하나 팔 생각을 했다. 공급 실무자들이 엄청난 수고를 해야겠지만 봄 햇나물이 나올 때까지 움에 저장한 무와 배추 따위를 먹을 수 있을 것이다. 시켜만 준다면 앞장서서 더 좋은 겨우살이 준비를 하고 싶다.

나를 유난스럽다고 하는 사람이 있지만 내가 알고 있는 일을 실천할 뿐이다. 그 당시 1년에 1천2백여 명이나 되는 농민의 죽음(1984년 자료)이 나와 무관하지 않으며, 공해로 찌든 이 세상이 조금은 내 탓이기 때문이다. 한살림이 있으므로 나는 이제 그 어떤 과장 광고에도 현혹되지 않고 더 꿋꿋할 수 있다.

나를 키워준 세 명의 여성

나를 키워준 여성 세 명을 꼽으라면 서슴없이 이순로 한살림 초대 이사장과 아리요시 사와꼬有吉佐和子 여사 그리고 시로네 세츠꼬白根 節子 여사를 들 것이다.

물론 나를 나다운 나로 만든 것은 엄마와 우리 할머니들, 윤강원 선생님 그리고 아버지와 남편이지만, 나를 시민운동가로 다시 태어나게 한 이들은 이 세 분이다. 세 분 다 깊이 사귄 적이 없어 아마 내가 이렇게 생각한다는 것을 알면 무척 놀랄 것이다.

1990년 4월, 우리 집에서 우리나라 첫 지구의 날 준비를 한 이후로 이사장은 내게 이사가 되라고 성화였다. 회원이 된 지 반 년도 안 되었으니 자격이 없다고 해도, 아이들이 아직 어려서 어렵다고 해도 막무가내였다. 특별한 경우도 있다면서. 개인적으로 한살림이 아주 매력적이긴 하지만 새로 시작한 자유기고가로서의 일 욕심도 있어 훗날에나 하겠다고 했다. 그런데도 무조건 하자고 하신다.

그러더니 이사 못한다고 한 다음부터는 만나도 모르는 척 하신다. 바로 옆에 있는 나를 아예 무시하고 옆에 있는 사람들에게 친절하게 대했다. 그때까지 그런 경우를 한 번도 당해본 적이 없어서 나는 충격을 받았다. 어떤 표정을 짓고 어떻게 대해야 할지 참 난감했다. 사무실에 나와 '하루 전화 받기' 봉사도 하고 두 어린 아이 업고 안고 다니는 것 뻔히 보면서. 세상 일이 힘든 것은 일 때문이 아니라 다 사람 때문이다.

나는 고민에 빠졌다.

'왜 그렇게 저급하고 꼬인 방법으로 사람을 대할까? 대표가 저러니 모임 수준이 오죽할까? 한살림이 좋아도 저 안에서 내가 어찌 견딜까?'

자리에 누워서 남편을 붙들고 그 고민을 했다. 답은 내게 있다고 이 남자는 아무 대꾸도 않는다. 맘 같아서는 한살림이고 뭐고 다 그만두고 조용히 살고 싶었다. 생각이 꼬리에 꼬리를 물고 이어지다 이사장 한 사람을 보고 하는 것이 아니라 한살림 이념 그리고 그 안에서 만난 많은 사람과 함께 한다는 생각이 떠올랐다.

'그래 한살림이다. 이사장이 아니고.'

그래도 좋은 관계를 유지해야겠기에 이사는 마다했지만 여러 여건이 안 됨에도 불구하고 어쩔 수 없이 교육위원회에 들어가 활동하기 시작했다. 그러니까 얼싸안고 난리다. 몇 달 뒤에 회원 가입 1년이 되자 그분 손에 이끌려 당연한 듯 이사가 되었다.

내 최고의 환경 스승 아리요시 사와꼬. 단 한 번도 본 적이 없는 분이다. 교육 위원회에서 읽은 책『소설 복합오염』을 통해 만났을 뿐이다. 책을 쓰고자 했던 나의 기를 꺾은 사람이기도 하다.『소설 복합오염』은 내게 환경 성서이다. 몇 번을 읽어도 새롭다. 복잡하고 어려운 환경 이야기를 누워서 떡 먹듯 쉽게 써놓았다. 몇 년 뒤에라도 또 펼치면 그간 깊이 생각지 못했던 새로운 정보를 안겨준다. 흠모한 지 십수 년이 지나서야 한 일본 친구에게 물어보니 이미 오래 전에 돌아가셨다고 했다. 꼭 한번 뵙고 싶었는데….

"아이한테 똥물 먹일래?"

또 이사장 전화다. 오늘은 좀 쉬겠다고 미리 말씀드렸는데 어이없는 소리를 하며 이른 아침부터 성화다. 자발적으로 간 적도 많지만 하도 불려 나가니 날마다 몸이 녹초가 된다. 다른 집처럼 단출한 가정도 아니고. '애들은 아프지도 않나?' 하는, 어른들이 들으시면 기절할 어처구니없는 생각도 해본다. 아이가 아프기라도 하면 그 핑계를 대보려고.

"아이들한테 우유 먹이지? 그거 똥물이라는데 뭘 먹이는지 알고 먹여야 할 것 아니야?"

이 말을 듣고 아이 키우는 사람이 어떻게 알아보러 가지 않을 수 있나. 그래서 또 두 아이를 끌고 일원동 한살림으로 갔다. 거기에는 일본에서 20년째 소비자 운동을 하고 있다는 시로네 세츠꼬 여사가 와

계셨다. 밤에는 실무자들이 생활하고 낮에는 회의장으로 쓰던 방 안이 사람들로 가득 찼다. 예쁘장한 그분은 서른 살에 이 일을 시작하였고 지금 쉰이 되었다고 했다. 이사장은 내게 귓속말을 한다.

"서형숙, 너 서른에 한살림 시작했지? 똑같네. 예수님의 공생활 시작도 같고. 절묘한데."

시로네 세츠꼬 여사는 일문학을 전공했다. 그러니까 또 나를 본다. '너도 국문학 했잖아?' 하는 눈치다. 왜 자꾸 끼워 맞추려 하시는지.

시로네 세츠꼬 여사는 서른이 되어서야 합성세제의 유해성을 알고 가정학과에 다시 들어가 공부를 시작했다. 구체적으로 알아보기 위해서.

그녀는 밀가루와 저온 살균 우유에 대해 말을 했다. 먼저 수입 밀가루의 유해성을 알려주었다. 일본에서는 맛이 좋아진다면 무슨 짓이든 한다면서 맛을 높이기 위해 아미노산을 첨가하는데 그것은 중국인 머리카락에서 추출해 넣는다고 했다. 일본과 한국 여자들은 파마를 자주하여 쓸 수가 없어 생머리 중국 여성 것을 쓴단다. 이때 통역을 하러 중년의 목사님이 같이 오셨었는데, 자신은 수입 밀가루의 유해성을 알리다가 옥에 갇히는 신세가 되기도 했다는 말을 보탰다.

시로네 세츠꼬 여사는 저온 살균 우유가 안전함을 알아내기 위해 도쿄 교외에 직접 젖소를 키우기도 했다. 정부를 상대로 싸워 일반 고온살균 우유의 유해성이 확인되었음에도 일본 주부들은 비싸다고 저온 살균 우유를 마시지 않는다고 아쉬워했다. 30%밖에 가격 차이가 나지 않는데. 아이들이 우유를 많이 마시는 때라 나도 관심이 많았다. 더구나 당시 저온 살균 우유 논쟁이 시작되고 있는 와중에 저온 살균 우유를 택하였기 때문에.

1999년 일본의 소비자연맹 사무국장 미즈하라 히로꼬 선생을 만나 물으니 지금도 역동적으로 일을 하고 있다고 한다. 30년이 넘도록 같은 일을 하고 계신 시로네 세츠꼬 여사를 한 번 더 보고 싶다. 내가 이 운동을 한 지 20년이 될 때쯤이 좋을까?

일본인 두 분을 만나면서 나는 또 다른 내가 되었다. 그 두 사람은 내가 누구인지 모른다. 그분들의 말씀은 민들레 홀씨처럼 세상으로 날아 흩어졌고 나는 작은 한 줌의 흙무더기에 그 말씀 씨앗을 키웠다. 그래서 어느 것도 두려워하지 않고 무엇이든 내가 아는 것은 다른 사람에게 친절하게 알리고자 노력했다. 그러면서 내 홀씨를 다시 날렸다.

이사장은 강의든 방송이든 글이든 섭외가 오면 닥치는 대로 내게 보냈다. 그리고 그 많은 걸 마다하지 않고 해내는 나를 보며 대견해 하고 흐뭇해 하셨다. 때론 나에게 너무 많은 짐을 지워준 것에 미안해서 잠을 설친 때도 있었다고 한다.

《여성신문》에 〈무공해 식탁〉을 연재하며 밀가루 이야기를 썼는데 그때 목사님처럼 나도 잡혀가는 꿈을 꾸었다. 총칼 든 군인들이 군홧발로 집에 들어와서는 나를 끌고 가니 아이들은 자지러지게 우는 무서운 꿈이었다. 이미 시절이 바뀌었는데 우리의 밀가루 같은 수입 식품의 상식은 형편없이 낮고. 그 얘기를 했더니 걱정이 대단하시다.

"내가 네게 못할 짓 많이 시키는구나."

오히려 내 마음 속엔 '내 아이를 위해 내가 할 수 있는 최선의 길은 좀 나은 세상을 만드는 것. 거기에 일조를 한다면 어떤 고난도 감수하겠다'는 강한 의지가 샘솟았다.

이사장은 회원 누구든 잘 끌어내어서는 한살림 사람으로 만드는 재주가 뛰어났다. 또 술이 거나해서 춤을 추며 생산자들과도 잘 어울렸다. 나는 이사가 되면서 이사장의 술 실력을 늘 부러워했다. 이제 많이도 가까워졌다. 나도 말술 한다. 소비자 회원 대표가 되면서 잔치 때마다 그분들께 한잔씩 권하다 보니 술이 많이 늘었다. 생산지에서 벌이는 풍농을 기원하는 단오잔치나 서울에서 생산자를 모시고 하는 가을걷이 잔치같이 큰 행사 때는 남편이, 어떤 때는 실무자나 회원 남편들이 곁에서 술시중을 도와준다. 내 말술은 말로 한 술 한다는 뜻이다. 술 권하는 것을 좋아하는 생산자라 하더라도 웃음으로 받아넘기는 사람에게 억지로 술을 권하지는 않는다.

사실 나를 키워준 이순로 이사장은 그런 일이 있었는지 기억도 못하실 거다. 나를 끌어들이고 얼마 지나지 않아 한살림을 떠났고 개인적으로 만나거나 연락이 닿았던 것도 아니어서, 한살림이 아니면 그분에 대해 아는 것도 별로 없다. 그래도 질기게 나를 여기에 붙들어 놓은 사람은 바로 그 분이다.

우리는 모두 한살림 한 식구

1990년 여름은 무척 더웠다. 게다가 공급되는 물품이 적어서 여름 내 허기증에 시달렸다. 큰맘 먹고 장보러 나서지만 돌아올 때는 역시 그저 그렇고 그런 것만 장바구니에 담겨 있다.

시중의 채소나 과일은 농약으로 오염된 것 같아 먹을 수 없고, 다른 가공 식품은 그 원료가 수입품이거나 합성보존료, 감미료, 착색제 등 듣기에도 메스꺼운 각종 화학물질이 첨가된 것들이니 아이들에게 먹일 수가 없다.

이것 빼고 저것 제하고 나니 오로지 한살림만 쳐다보고 있을 수밖에. 그런데 공급은 종류도 양도 적었다. 딸기 두 번, 수박 한 통, 토마토 두 번 그리고 포도와 사과를 공급받았다. 공급받은 포도 두 송이를 온 가족이 맛있게 먹었다. 껍질이 아까워 물에 헹군 다음 끓여서 포도 껍질 주스를 만들었다. 꿀물에 희석해서 아이들 아이스크림도 만들어주고 또 술에 몇 방울 떨어뜨려 분위기를 돋구기도 한다. 10여 년 만에 처음 대하는 저농약 사과 9개를 앞에 놓고 딸 아이와 통째로 와삭와삭 깨물어 먹으며 행복해했다. 정말 포도 한 알, 사과 한 절음이 소중하다.

그런데 9월 소식지에 실린 배추가 남아 돌았었다는 글을 읽으며 묘한 느낌이 들었다. 배추가 남는다는 것도 모른 채 우리는 공급량이 적은 한살림 배추 먹으려고 몇 주 간을 김치 없는 밥상을 대한 적도 있었는데…. 대부분 주문량보다 공급량이 적었기 때문에 항상 아껴 먹고 조금씩 나누어야 한다고 생각해 왔다. 유정란도 눈에 띄게 모자라는 눈치였다. 항상 그런 줄 알고 있던 터에 지난 2월 총회 때 남아도는 달걀을 걱정하는 생산자의 말에 깜짝 놀랐었다.

일본 생협의 시로네 세츠꼬 여사의 말이 생각난다. 일본의 소비자들은 생산량 전체를 책임진단다. 어쩌다 우유가 좀 많이 생산되면 그걸로 야쿠르트도 만들고 빵도 해먹고 또 한 컵씩 더 마시기를 권해서 3백 가구가 모두 함께 소비한다고 했다. 그들이 하는 것을 우리가 못할 리 없다. 우리가 진정 '한살림'이라면 뭐가 많이 생산되었으니 조금만 더 소비하자라든가 어떤 가공 식품을 만들까 머리를 맞대고 궁리를 하는 발전적인 태도를 가져야 한다.

열 달이 지나도 썩지 않는 시중 달걀과 달리 일주일을 넘기기 어려운 유정란이 남아돈다면 절임 달걀을 만들거나 기관지 천식에 좋다는 노른자 기름을 내어도 되지 않았을까? 밭에서 썩어버린 배추는 지금 생각해도 아깝다. 어렵고 귀찮지만 소비자 가운데 긴급 대책반을 만들어 배추를 수확했더라면 소비자가 김치를 조금씩 더 담고 나머지는 김치가 금치였던 때에 할머니들이 어렵게 사는 둥지 마을에라도 갖다주었으면 좋았을걸….

한살림 생산자는 아무리 뽑아도 뒤돌아보면 어느새 성큼 자라 있는 풀과 씨름하고, 주 단위 공급이라 한꺼번에 출하하지 못하고 매일 같은 일을 반복하며 밤을 새기도 한다.

고급 인력임에도 불구하고 막노동짐꾼과 같은 일을 마다하지 않는 한살림 공급자는 아침부터 서둘러 밤 9시가 되도록 공급을 하는데, 그나마 늦었다고 밥 한 그릇 얻어먹기보다는 욕 한 바가지 얻어먹기가 더 쉬운 수고를 마다 않는다. 사무실에선 토요일 늦게까지 잡일과 전화기에 매달려 있는 젊은이들도 칭찬을 받아야 마땅하다.

한살림 소비자도 한살림 것을 먹으려고 몇 주일을 꾹 참고 기다리고 주문량보다 적은 공급량을 나누어 먹는데 이력이 나 있다. 집 안이 복잡해져도 상자는 물론 사과 싸개 하나, 비닐봉지 하나 다 모아 되돌릴 줄 안다.

이런 우리이기 때문에 더 잘해 나갈 수 있다고 믿는다. 생산자, 실무자, 소비자가 서로를 알고 하나가 되어 모두 제 몫을 다할 때, 한솥밥을 먹는 한 식구 같은 마음으로 서로를 대할 때 참 한살림이 이루어지지 않을까. 가끔 사무실로 전화해 봐야겠다.

"뭐, 남아도는 것 없어요?"

두 살림 아닌 한살림

1991년 전주 가톨릭센터에서 생명 살림 운동을 위한 한살림 공동체 소개 강좌가 있었다. 서울 한살림은 조합원 수가 잘 늘어나고 활동도 활발하며, 또 비교적 일찍 시작했던 덕에 창원, 청주, 광주, 대구 등 지방 한살림의 모범으로 오르내리고 있다.

우연히 그곳에서 관악구 봉천동에서 활동하던 조합원 한 분을 만났다. 서울에서도 열심이었지만 남편의 전근으로 전주로 옮겨가서는 아예 친구들과 어울려 부안의 생산자와 직거래를 하고 있었다. 70가구가 매주 금요일 1만여 평의 땅에서 생산되는 쌀, 잡곡, 채소류 등 1백5가지나 되는 품목을 가져다 나눈다고 했다. 이 틀을 바탕으로 50만 전주 시민의 의식 변화를 요구하는 생명 살림 운동을 위해 그들은 서울 한살림의 성공담을 듣고자 했으나 나는 왠지 그곳의 모습이 오래도록 부러웠다. 소단위로 생산물을 같이 구매하고 생산자와 소비자가 바로 연결되어 있는 바람직한 직거래의 모습을 보았기 때문이다. 물론 몇 명이 중간 역할을 해야 하는 어려움이 있지만, 농산물이 적체되어 썩어버리거나 산지 사정을 몰라 소비자가 불평을 하는 일은 없을 것 같아 보였기 때문이다.

그에 비해 덩치가 제법 커진 우리 한살림을 생각해 보았다. 우리 모임 소개를 할 때는 '생산자는 소비자의 생명을, 소비자는 생산자의 생활을 책임지는 직거래 모임인 한살림'이라고 한다. 그러나 물건이 모자라거나 남을 때, 좋거나 나쁠 때, 싸거나 비쌀 때 종종 한 살림 아닌 두 살림이 된다. 지난번에도 그 지난번에도, 배추가 남아 돌아 농지에서 그냥 썩혀 버렸다. 그런데 소비자는 왜 배추를 안 주느냐고 성화였다. "소꼬리는 말 많은 강남 사람만 주느냐"는 강북 조합원의 호소도 "니 빽으로 소꼬리 좀 먹어보자"는 강남 친구의 하소연도 모두 바른 직거래의 모습이 아니다.

한살림의 공급 품목 대부분이 농산물이다. 그런데 예로부터 농정 관리, 즉 수요와 공급을 잘 맞추면 임금이 될 수도 있다는 말이 있다. 농산물 수급 맞추기가 그만큼 어렵다는 뜻인데, 자연에 의지해 짓는 농사라 비가 많이 오거나 해가 너무 쬐거나 태풍이 오면 생산량과 공급 예정일이 변동될 수밖에 없다. 또 공장처럼 철야 가동을 하여 물량을 채울 수 있는 것도 아니고, 그나마 수확량을 나누어 일주일 내내 공급하는 배려도 해야 한다. 더구나 작물이 누구의 욕심대로 크거나 결실이 있는 것이 아니니 이건 오로지 생산자와 소비자가 서로 이해

하는데서만 해결이 가능하다.

그렇다면 바람직한 직거래는 어떻게 해야 할까?

첫째, 조합의 움직임에 관심을 가져보는 것이다. 어떤 물품이 남거나 모자라지는 않는지, 실무자는 무슨 일을 하며 조합원으로 도울 일은 없는지 살펴야 한다. 그러다 보면 가령 우리 살림 규모로 매달 몇 마리의 소를 소모하며 그 꼬리를 5천 조합원에게 나누니 차례를 얼마나 기다려야 될지도 자연히 알게 된다.

생산자를 아는 것이 그 둘째 해결의 실마리가 될 수 있다. 끊임없이 생산지에 가서 무농약 고추 한 근을 얻기 위해 생산자가 얼마나 애쓰는지를 알아야 한다. 농약 한 번 줄이려고 몇 번의 결심을 해야 하며 그에 따른 작업이 얼마나 고된지를 직접 눈으로 보아야 한다.

셋째, 쌀 때 먹고 비쌀 때 안 먹고, 절여주는 배추는 사고 통 도라지는 안 사는 등 선별적인 소비가 아닌 꾸준한 이용이 필요하다.

넷째, 소비자도 공부를 해야 한다. 주경야독하는 농민을 볼 때 외적으로 더 나은 환경에 있는 우리 소비자가 그에 이르지 못하는 것에 대하여 부끄러움을 느낀다. 농업의 현실이나 농약의 위험성이 어느 정도인지, 유기농법은 가능한지, 왜 공동체 활동을 해야 하는지 책이나 신문, 방송에 눈과 귀를 기울여야 한다. 이렇게 함께 노력할 때 우리가 두 살림 아닌 진정 한살림이 될 것이다.

내 마음의 잡초를 뽑아야지

그동안 생산지 방문은 행사 위주여서 손님처럼 다녀오는 식이었다. 소비자로서야 생산자를 아는 것 하나만으로 많은 것을 얻을 수 있는 것도 사실이다. 가령 공급된 물품마다 생산자의 모습을 떠올리며 밥상을 대하면 기분이 좋다. 그러나 폐만 끼치고 오는 것 같아서 되돌아올 때의 느낌은 항상 개운치 않았다. 그래서 시작한 것이 주중 소규모 인원으로 생산지의 일손 돕기인데, 소비자들은 직접 일을 하면서 생산지의 현실을 조금이나마 알게 되었다.

1992년 초여름 우리 서초 지역에서 찾은 곳은 눈비산 마을(전 괴산 충북 농촌 개발회)이었다. 우리는 고속도로를 벗어나 음성으로 접어들면서부터 창문을 열고 향긋한 풀냄새 섞인 시골 내음을 맡으며 좋아했다. 언덕 위의 하얀 집에 이르러 몇 분께 인사를 드리고 곧바로 닭장으로 향했다. 크레졸 액 같은 소독약에 신발을 소독하고나서야 닭장에 들어갈 수 있었는데, 닭이 놀랄지 모르니 목소리를 낮추라고 안내자는 일러주었다.

작은 방에서 바구니 가득 담겨진 달걀을 판에 담는 일을 했다. 금방 꺼낸 듯 아직 따뜻하고 깨끗했다. 가끔 오물이 묻어 있는 것은 칼로 긁고 사포로 문질러 판에 담았다.

이어 닭장 구경에 나섰다. 수탉과 암탉이 어울려 지내는 닭장은 자동 시설이 갖춰져 맑은 날에는 천장의 문을 열어 햇볕을 쪼여주고 비가 오면 닫게 되어 있었다. 한창 모래 목욕 중인 닭들이 많았는데, 바닥 흙은 보송보송하고 냄새 하나 없이 쾌적했다. 이 흙은 거름으로 쓴다는데 우리 조합원에게 봄·가을 분갈이 거름용으로 공급해도 좋을 듯 싶었다.

닭에게 가급적 풀을 많이 먹이는 것이 원칙이었지만 한꺼번에 너무 많이 주면 다음번부터는 먹지 않기 때문에 알맞은 양을 조절해 주어야 한단다. 사료는 하루에 한 번 주는데 그 역시 먹을 만한 양을 봐가면서 주어야 하기 때문에 닭과의 꾸준한 대화가 필요하다. 그렇게 하기까지 보살피는 이의 정성이 대단하겠다.

생산자에게 폐를 끼치지 않으려고 우리가 싸간 도시락과 그곳에서 준비한 반찬을 서로 나누며 점심을 먹었다. 반찬 가운데 산란계로 만든 닭조림이 있었는데 질기지 않고 고소했다. 그 맛에 반해 알 낳기를 그친 닭을 분쇄육으로 만들어 공급하면 어떻겠냐는 의견도 나왔다. 채소와 함께 동그랑땡(돈저냐)으로, 수프로도 이용할 수 있을 것 같았다. 느긋하게 식사를 마치고는 뜰에 있는 앵두나무에 꽃처럼 열린 앵두를 후식으로 양껏 따먹었다.

숨 가득 들이마셔도 향기로운 공기, 한가로이 떠도는 구름 말고는 햇살을 가리는 것이라곤 없는 맑은 하늘, 식탁 가득 차려진 깨끗한 음식, 게다가 수도꼭지 틀어 그냥 마실 수 있는 맛있는 물. 사실 서울에 살면서 항상 그리워하는 것은 바로 그런 것들이었다.

이런 꿈은 바로 고추밭을 매면서 산산이 부서졌다. 훅훅 찌는 지열과 함께 햇살은 사정없이 내려 쬐여 등줄기에선 땀이 쉴 새 없이 흘러내렸다. 열심히 밭을 맸지만 서툰 호미질에 가뭄으로 굳은 땅은 꼬떡도 안했다. 억센 잡초는 어찌 그리 깊이 뿌리를 내렸는지. 두어 시간 하다 보니 더울 뿐 아니라 팔 다리도 아프고 허리도 심상찮았다. 여럿이서 여유롭게 하는데도 이렇게 고된 일을 매일 혼자서 하다니. 제초제 뿌리지 말아 달라는 무농약 고추 타령이 얼마나 현실감 없는 주문인지를 새삼 뉘우쳤다.

간간이 보이는 무당벌레에도 아랑곳없이 고추 잎에는 진딧물이 빽빽했다. 아직은 고추가 잘 견디고 있었지만 끝까지 이겨낼 수 있을까 싶었다. 무농약도 좋지만 그래도 고추가 살아야겠기에 생산자에게 물었다.

"약 좀 뿌려야 되지 않아요?"

"비가 오면 약간 씻겨 내려갈 거에요."

유기농법으로 재배하면 무조건 땅이 살아나고 생산자와 소비자가 직거래를 통해 서로의 생활을 보장한다는 말은 얼마나 허울 좋은 기대일 뿐인가. 그 땅을 살리기 위해 얼마나 오래 참았고 무참히 쓰러져 가는 작물들을 지켜보아야 했을까. 왜 그것은 항상 생산자의 몫이어야만 할까.

조희부 생산자의 말씀처럼 더 나은 것이 생산되면 좀더 나은 것, 그보다 더 나은 것을 계속 요구하는 것이 과연 옳은가 다시 한 번 생각해 보아야 할 것이다. 항상 얻는 것이 더 많은 생산지 방문, 나는 이곳에서 잡초를 캐내며 오히려 내 마음에 우거진 잡초 몇을 뽑고 왔다.

지역모임 꾸리기

　나는 오래 전부터 우리가 사는 지역 사회부터 할 수 있는 환경운동을 했다. 폐유로 비누 만들기, 폐건전지 수거, 아파트 게시판을 이용한 동네 물물교환 운동 등 정부에 정책 제안을 하며 함께 할 수 있는 일은 우선 동네에서 풀었다.

　작은 모임, 공동체는 잘 꾸리니 지역 모임을 하고 싶은 욕심이 생겼다. 지금은 잠원동이라 불리는 반포 3동 전 지역 회원들이 한 달에 한 번이라도 모여 한살림 물품 시식도 하고, 의견 제안도 하고, 환경 문제 공부도 하는 그런 모임을 하고 싶었다. 같은 공동체 회원이 아니면 이웃한 한살림 식구를 모르니 서로 알고 지내야겠다는 생각도 있었다.

　또 어떻게 하면 지역조직을 잘 꾸리고 그 안에서 만난 회원들을 끌어내어 적재적소에서 활동하게 할까 궁리하며 살았다. 그래서 이상국 전무, 윤희진 실무자와 머리를 맞대고 '어떻게 하면 지역조직을 잘 꾸려 지역자치를 이룰까' 하고 늘 고민고민했다.

1990년대 초, 한살림 운동이 사회의 큰 반향을 불러일으켜 대학원생들이 한살림을 연구하러 오기도 했는데, 서울대 인류학과 학생이 3개월을 따라 다니며 쓴 논문에 나는 백윤희라는 가명으로 연구 대상이 되기도 했다.

지역 모임을 하며 최고의 회원을 만났다. 그 회원은 알려주기만 하면 뭐든지 바로 행동으로 옮겼다. 한살림 사무실에서 하는 '하루 전화받기' 자원봉사 활동에 동참했고, 도배하려고 모아놓은 돈을 쌀 선수금으로 선뜻 내어놓은 회원이었다.

《녹색평론》이 좋다고 하면 얼른 구독하고 평생 회원인 후원 회원이 있다면 당장 따라했다. 한의원 민간요법 교실의 평생 회원 역시 함께했다. 다만 독실한 기독교 신자라 교회에서 보내는 시간이 많은 탓에 한살림 대외 활동을 하는데는 오랜 시간이 걸렸다. 지금은 한살림 고양을 끌고 가는 대표를 맡고 있다.

나는 조직 전체 일이 많으니 지역 모임에 온 힘을 쓰지는 못했다. 그래도 여건이 될 때마다 놓치지 않으려고 노력했다. 그래서 짬이 나면 지역 모임을 꾸리다가 유독 강남과 서초만 지역 모임이 되지 않는 원인을 분석했다.

모두 뭔가 배우러 나가기 때문이었다. 그렇다면 지역 모임에서 강사를 모셔다가 손으로는 작품을 만들고 입으로는 한살림을 말하면 되겠다는 생각이 들었다.

그래서 1995년 겨울부터 킬트를 시작했다. 시간이 지나고 작품이 모이자 회원끼리 항상 하던 아나바다 물품 나누기를 보태어 밖에서 전시회를 하면 어떨까 하는 의견이 모아졌다.

이듬해인 1996년 봄, 회원 한 명이 포스터를 그리고 나는 일주일 전에 자전거로 동네를 돌며 동마다 입구 게시판에 우리들의 잔치 소식을 알렸다. 다른 회원은 작품 설명표를 준비하고, 또 다른 회원 두 명이 현장 책임을 맡았다. 모임에 참여한 회원들은 모두 작품을 내놓았다.

우리 집 책장을 킬트 작품 전시대로 썼으며 큰 교자상 위에 각자 한 접시씩 해가지고 나온 음식을 펼쳐놓았다. 오전 수업을 하고 돌아온 아이들을 위한 것이었는데, 가까이 있는 경비 아저씨와 청소 아줌마와도 나누고 길 가는 동네 어르신께도 드렸다. 한 접시씩 해온 김밥, 나물 무침, 잡채, 각종 전 종류까지. 잔치가 따로 없었다. 아파트 앞 길거리에서 벌이는 한살림 모임은 아이들이 더 재미있어 했고, 젊은 엄마들은 미리 와서 살 물건을 찜해 놓고 벼룩시장이 열리기를 기다리고 있었다.

1994년 여름 독일 베를린의 한 빌라 촌에 갔을 때 그곳 아이들이 장을 벌이고 있었다. 10살 남짓한 다섯 명의 여자애들은 작은 돗자리에 집에서 쓰던 학용품이며 장난감을 펼쳐놓고 팔고 있었다. 물건에 관심을 보이니 제법 흥정도 잘했다. 그때 기억을 살려 아이들이 중심이 되어 벼룩시장을 꾸렸다.

궂은 날이었는데 사람이 많았고 아주 인기가 좋아 어느 놀이 못지 않게 재미있었다. 아이들은 내게는 필요 없지만 누군가에게는 유용한 것들이니 어떤 물건도 소중히 다루어야겠다는 생각을 많이 하게 되었다. 동네 어른들이 일을 하고 있는 아이들을 칭찬하고 집에서 쓰지 않는 장난감들을 기증해 주셨다. 그날 제일 물건을 많이 산 사람은 집배원 아저씨였다. 변신 로봇 등을 오토바이 짐칸 가득 싣고는 고맙다며 인사를 하고 또 했다.

하루 종일 아이들과 회원들이 재미있게 놀고 돈까지 벌었다. 그때 번 돈 4만여 원은 봄마다 하는 유기농 쌀 생산지에 제초 작업용 오리 보내는 성금으로 썼다. 정말 뿌듯한 일이었다.

그 다음해 봄에는 아예 1천 4백여 세대 주민이 함께 참여하는 동네 벼룩시장을 본격적으로 열었다. 함께 사는 세상을 꿈꾸는 초대의 글을 써서 아파트 게시판마다 붙였다. 동네가 다 장터가 되었고, 아이들까지 모두 쫓아 나와 명실공히 동네 축제가 되었다. 이웃 사람들까지 찾아와 인산인해를 이루었다. 벚꽃이 만발해 축제 기분은 그만이었다. 하루 종일 어디를 가도 함박 웃음꽃이 피었다. 질펀하게 놀았다. 이렇게 살 수도 있는 것을. 개개인 모두가 준비는 되어 있는데 그 판을 벌여주는 이가 없을 뿐이다.

그때도 아이들을 이끈 것은 지난 해에 벼룩시장을 연 바 있는 우리 아이들이었다. 아이들은 1년 동안 모아둔 물건을 깨끗이 손질해 물건마다 가격표를 붙여 자리 위에 진열했다. 물건은 눈 깜짝할 사이에 다

팔렸다. 기회가 없어서 그렇지 누구나 이런 경험을 한 번만 한다면 물건을 함부로 하지는 않으리란 생각이 들었다. 누구보다 재미를 보았던 그 집배원 아저씨는 이때도 장이 열리기를 학수고대하고 있었다. 이어서 이런 활동은 한살림 전 지역에서 알맞은 형태로 변형하여 진행되었다.

1998년 1월부터 서초구청 담을 따라 매주 토요일 상설 벼룩시장이 열린다. 우리 동네 잔치에 다녀간 복지과 사람들의 제안으로 이루어진 것이 아닐는지.

1997년 가을, 우리 가족은 아이들 학교 앞으로 이사를 하였고 거기서 다시 지역 모임을 꾸렸다. 요리 교실 등을 하면 인기가 있어 십수 명이 모이는 호황을 누리기도 하지만, 보통은 여섯 명 정도가 지속적으로 모였다. 그동안 학습한 것이 많아서였는지, 2001년 광역 지역 모임을 위해 특별히 만든 자료집에는 더 공부할 내용이 없었다.

그래서 이 모임은 좀 다르게 꾸리기로 했다. 다들 결혼한 지 10년 이상이 되었으니 아이 낳고 기르느라 못 입은 아까운 옷들이 있으리라. 그 옷을 새로 꾸미고, 한복 자투리 천을 모아다가 조각보를 만들고, 헌옷에 수를 놓거나 구슬을 달아 새 옷을 만드는 모임이다. 강사도 회원으로 모셨다.

한살림 전체와 지역 사람들도 참여할 수 있게 모임 장소를 반포종합사회복지관으로 정했다. 한살림 가을걷이 잔치 장소를 구하지 못해 구청에 날마다 출근을 하며 얻어내던 때와는 달리 이제는 동사무소든 어디든 지역 모임을 열 장소는 무궁무진해졌다. 따로 건물이 없는 한살림 이사회와 조직위원회를 반포 3동 회의실에서 한 적이 있을 정도로 지역 자치단체와의 유대가 정말 좋아졌다.

멀리 평촌과 일산에서도 회원들이 찾아왔다. 각자 한 가지의 자투리 천을 가져오니 뭐든지 만들 수 있을 만큼 천 종류가 많았다. 모두 구슬을 달고 수를 놓아 이 세상에 하나밖에 없는 옷을 새로 만들어 놓고는 탄성을 질렀다.

나는 그동안 집에 모아두었던 천을 모아 조각 이불을 꾸몄다. 멀쩡한 천을 잘라 이어 붙이는 것이 아니라 우리 조상들이 해오셨던 대로 볼품없는 천 조각을 이어 붙여서 만드는 친환경적인 조각 이불이다. 제 할머니 그리고 외할머니와 각각 똑같이 만들어 입혔던 아기 태경이 옷을, 침대와 커튼 그리고 아이 잠옷까지 일습으로 만들었던 천 조각도 있었다. 배넷옷까지 뭐든 다 남에게 주었으나 천조각은 정말 남에게는 쓸모없는 것들이어서 내게 고스란히 남아 있었다. 그 천으로 아이의 일생을 그림처럼 보여주는 앨범 같은 조각 이불을 만들었다. 마무리를 하며 밑단에 글씨를 썼다.

'17년 간 네 곁에 있던 조각 천을 모아 2001년 5월 23일부터 6월 18일까지 사랑하는 딸 태경이를 위해 엄마가 만들고 썼다.'

즐거운 고통, 이름 짓기

우리 아이 첫 이름은 명주였다. 시댁에서 이름이 오지 않아 이름이 없다는 뜻으로 친정식구들은 아이를 '무명' 이라 불렀다. 며칠이 지나자 무명보다는 그러니까 면보다는 비단이 낫다고 하여 아이는 다시 '명주' 로 불리게 되었다.

명주는 보름이 다 되어서야 태경이란 이름을 받았다. 형님 댁 질녀 이름이 지영, 지훈이라 그 정도로 만든다면 지은, 지수, 지희 등일 게 뻔했다. 그런 유행 이름은 좀 싫다고 생각하던 터였는데 그래도 태경이라 좀 다행이었다. 뜻도 좋고. 혹 안태경이라 안경테라고 놀림감이 되겠다 싶기기도 했는데, 오히려 아이가 자라자 먼저 친구들에게 그렇게 불러 달라며 제 이름을 각인시켰다.

받은 이름을 놓고 이 생각 저 생각을 했다.

'우리가 이름을 지었으면 어땠을까?'

나는 내 이름도 별로다. 할아버지께서 취업이 어렵던 때에 아버지께서 취직하던 해에 태어났다고 해서 내 이름에 형통할 형을 넣으셨는데 숙자가 못내 싫다. 너무 여성스럽고 발음도 별로다. 형자에다가 우리 돌림자인 원을 넣어도 좋았을 텐데. 형원이. 중성적인 이름. 시간만 나면 나는 내 이름자 형을 갖고 장난을 친다. 형은, 형희, 형미, 형경, 형선. 그나마 형자 하나라도 마음에 드는 게 다행이다.

작은 아이 홍원이 이름을 받으며 우리가 직접 아이 이름을 짓는 고민과 기쁨을 누렸으면 얼마나 좋았을까, 생각을 해보았다. 우리 아이 이름은 부모님께 받았지만 우리 아이들의 아이들 이름은 아이들에게 맡기자. 그 아이들이 제 아이 이름 짓는 것을 옆에서 지켜보며 그 즐거움을 누리리라.

뭐든 이름을 지을 때마다 한살림만한 이름이 없어 시간을 끈다. 모두가 하나이며 우리인 큰 살림, 더불어 사는 한살림이란 말이다. 오랫동안 골몰히 생각하던 박재일 회장께서 전철을 타고 가다가 번득 생각나서 지은 이름인데 너무 근사하다. 사무실 앞 사진점에 필름을 맡기면서 한살림이라고 하고 꼭 다음에 찾으러 가 보면 '한 살림' 씨 하며 사진을 준다. 사람 이름으로도 손색이 없겠다. 나야 다시 한씨와 결혼할 수 있는 것도 아니어서 실무자들 보고 그랬다.

"한씨랑 결혼해서 이름 한번 지어 봐요."

한씨 실무자가 들어왔을 땐 은근히 기대를 해보기로 했다.

한살림 물품에는 국적불문의 이름이 많다. 꼬마 군만두해도 될 걸 꼭 미니 군만두 식이다. 조금만 신경 쓰면 될 것 같은데 이미 나오고 나서는 어쩌지 못한다. 위원회와 부서가 구분지어지면서 점점 작은 교정은 어려워지고 있다.

잘 해낸 것도 있는데 달맞이가 그것이다. 90년부터 천 생리대를 쓰기 시작했으나 본격적으로 개발된 것은 98년으로 기억된다. 그때 머리를 맞대고 앉아 이름을 지었다. 처음에는 우리 몸에서 나오는 건강한 꽃물을 상징하느라 모두 빨간 꽃만 읊었다. 칸나, 백일홍 따위를. 너무 직설적인 표현들이었다. 좀더 부드러운 것, 좀더 은유적인 것은 없을까? 달맞이 꽃이 딱 들어맞는다. 다달이 하는 것을 상징하고 아름다운 것이 딱 맞는다. 그래서 한살림 생리대 이름은 '달맞이' 가 되었다.

또 한번 성당 영상실을 남도 민요 배움터로 빌렸다. 신부님께 성당의 일부를 지역운동의 공간으로 열어 주실 것을 수년간 부탁드렸다. 아주 오랫동안 애원했음에도 더럽힌다는 이유로 계속 거절당했었는데, 사회운동을 하신 바 있는 대학생 때 우리 지도 신부님께서 본당으로 오시고 문이 활짝 열렸다. 선생님을 구해 지역 사람과 한살림 회원이 함께 하는 민요 반을 꾸렸다.

여기도 한동안은 이름 없는 '명주' 씨였다. 몇 주 간 회원들에게 이름을 부탁해도 나오지 않았다. 어느 날 창밖을 보니 산수유가 활짝 피어 있었다. 자세히 보면 하나하나는 꽃 같지 않지만 뭉쳐서 무리를 이루는 꽃, 우리 산천에서 봄을 알리는 첫 나무 꽃. 산수유라는 이름이 제격이다. 천주교, 기독교, 불교 신자가 다 만나 꽃 무리를 이룰 것이다. 그간의 무슨 지부, 무슨 지역 노래패로 불리는 것보다 훨씬 좋다.

같이 목욕하는 생산자와 소비자

어느 날 박영천 실무자가 여성 생산자들을 모아 연수회를 하자고 제안하였다. 영동에서 여성 가공 생산 공동체를 이상적으로 꾸리고 있는 서순악 생산자와 10년이 다 되도록 소외된 여성 생산자 문제를 함께 논의하던 터였다.

사실 농민은 여성이 더욱 고생을 한다. 농사 같이 해야지, 일 끝내고 집에 들어와도 밥, 빨래, 청소, 아이 돌보기 같은 집안 일이 기다리고 있다. 훗날, 가장 보잘 것 없는 모습으로 오셨던 예수님이 재림하신다면 나는 알아 맞출 수 있겠다. 아마 흑인이고 여성이며 농민일 거다. 그것도 유기농 하는 농민일지 모르겠다.

한살림 여성 생산자들은 일반 농민에 비해 더욱 고생스럽다. 약으로 처리할 일을 손으로 풀 뽑고 몸으로 때워야 하니. 더구나 유기농이다 모임이다 해서 현장을 비우는 남성 생산자의 자리를 고스란히 채워야 한다. 남성들은 모임에 나와 소비자로부터 고생한다는 말이라도 듣고 위로도 얻는다. 또 교육이나 만남을 통해 유기농을 꼭 해야 한다는 의지를 새롭게 할 수도 있다. 본인의 의지가 확고해지는 배움의 기회가 많다. 하지만 대부분의 여성 생산자들은 어디로 가는지도 모르는 채 그냥 남편 따라 하는 경우가 많다.

남편들이 나가서 배운 내용이나 들은 이야기를 집에 가서 전하면 좋으련만, 시간도 여유도 없어 그냥 스치고 만다. 행여 혼자 보고 던지는 자료를 전해주더라도 고된 일 끝에 읽을 겨를도 없다. 그래서 그 노고를 다독이는 연수를 하자고 했더니 남성 실무자들은 그게 왜 필요하냐, 어떤 프로그램을 할 거냐고 반문한다.

하긴 우리에게 예산이라는 것은 다 생산자, 소비자, 실무자의 주머니에서 나오니 단 한 푼도 허투로 쓸 처지는 못 된다. 그래도 이제는 때가 되었다. 고생하는 여성 생산자들을 단 하루만이라도 설거지 물에서 손 빼게 하고 싶다.

첫 여성 생산자 연수는 1996년 1월 17일부터 1박 2일 동안 대전 신협 연수원에서 했다. 소비자들이 좀 참석했어야 하는데 춤 잘 추는 이종란씨와 나, 이렇게 둘 뿐이다. 미리 도착해 생산자들을 기다리는데 마음이 설레었다.

'얼마나 올까. 부담은 안 될까.'

산지 방문에서 보았던 반가운 얼굴은 서로 얼싸안는다. 생산지에서 일 가운데 만나지 않고 이렇게 오로지 만남을 위해 만나니 그것도 참 좋다. 새로운 얼굴이라 해도 이름표를 보지 않아도 남편 이름을 맞추도록 부부가 꼭 닮았다. 40명이 모였다. 첫 모임하기 딱 좋은 숫자다.

오후 모임을 시작하려고 보니 현수막에 '생산자 부인 모임'이라고 쓰여 있는 게 아닌가. 생산자 부인이라니. 모두 당당한 여성 생산자다. 현수막을 바꾸든지 당장 내리자고 했다. 우리는 그렇게 여성 생산자 모임을 시작했다.

같은 여자라는 것, 나이 먹어간다는 것이 이렇게 좋은가. 그곳의 우리들은 품고 보듬는 동지 자체였다.

각자 소개가 끝나고 살아온 이야기를 하는데 모두 넋을 놓고 들었다. 내가 말하지 않아도 모두 내 얘기인 셈이다. 보은의 강순희 생산자의 쌀 농사 짓던 고생담을 들으며 눈물 짓기 시작했다. 당진의 김남숙 생산자는 "우리는 감히 고생했다는 말도 못 꺼내겠시유"라며 이야기에 귀 기울이고.

압권은 봉화 최정화 생산자의 고생담이었다. 해마다 너무나 농사를 망치고 망치니 농촌에 살면서도 날마다 밥을 굶었다. 그때는 말하는 사람이나 듣던 사람 모두 같이 울었다. 갈 때까지 다 가서 더 이상은 내년을 기약할 수 없게 되었는데도 남편은 유기농을 고집하며 밭에 가서만 살고. 할 수 없이 가까운 영주에 나가 하숙을 쳐서 입에 풀칠도 하고 남편이 계속 유기농을 하도록 돕고 있다고 했다. 고등학생 장정 스무 남은 명 밥 해대는 게 얼마나 고되랴만, 그래도 그게 쉽다고 한다.

얌전한 생산자, 나서는 생산자, 모두 자기 소개를 하고 노래 자랑을 펼치니 아주 다른 모습이다. 가톨릭 농민 운동을 했던 김영희 생산자는 농민 노래에 이런 가사를 붙여 불렀다.

"남의 남편은 자가용 태워주는데 우리 남편은 논두렁만 태우누나."

흥겨운 가운데 또다시 눈물을 훔쳤다. 만남의 흥분과 동병상련의 마음이 하나가 되었다.

다음날 여성 생산자 회장으로 선출된 서순악 생산자는 말했다.

"우리도 세상을 살리는 유기농을 한다는 사명감을 갖자. 열심히 기쁜 마음으로 농사 짓자. 그리고 우리도 몇 년 뒤엔 비행기 타고 놀러 가자."

유성에서 온천을 했다. 하룻밤 같이 잔 데다 벌거벗고 만나니 정이 속속 깊어진다. 볼 것 다 보여주었으니 가릴 게 무어랴. 얼른 때수건을 들고 나이 든 생산자부터 차례차례 등을 밀었다. 땡볕에 그을린 거친 살과는 달리 박속처럼 고운 속살을 감춘 이도 있었다. 대부분 그리 건강하지 않다. 잘 할 줄도 모르는 기도가 절로 나온다.

'건강하세요. 마음 편하세요. 정말 고맙습니다.'

그간 남자 생산자들, 헛 공을 들였다. 소비자들과 그렇게 오래 만났는데 악수나 하고 잔치 때 어깨동무하는 게 고작이었는데, 여성 생산자들은 만나자마자 얼싸안고 난리가 났다.

첫 만남은 그렇게 아쉽게 끝났다. 내년을 기약하며.

논두렁만 타더니 비행기도 타네

1996년 첫 여성 생산자 모임을 계기로 여성 생산자들은 해마다 모였다. 땅만 들여다보던 여성 농민들, 바다 바람 쐬어야 한다며 다음 해는 강원도 강릉으로, 그 다음해는 전라도 부안 채석강으로 다녔다. 전국 각지에서 차를 대절해 중간에서 만나 관광을 하고 저녁에야 한 곳에 모였다. 만나면 모두가 그야말로 하나가 된다. 생산자끼리나 소비자와 함께도 견우직녀의 만남처럼 애틋하다.

이젠 이력이 나서 생산 공동체마다 먹을 것도 해와서 나눠 먹는다. 떡이야 술이야 김치, 오징어 안주까지 풍성하다. 마치 성서에 나오는 두 마리 물고기와 빵 다섯 조각의 기적처럼 모인 것이 돌아갈 때까지 먹고 남는다.

네 번째 덕산 온천에서는 주변 가까운 곳에 계시는 다른 남성 생산 자들이 저녁에 위문차 술과 과일을 싸 들고 오셨다. 처음에 조직에서 일삼아 준비했던 것에 비하면 얼마나 자발적인지. 이제는 중간 장소까지 혹은 집결지까지 마나님을 모셔다주는 생산자 역시 익숙하다. 모두들 흔쾌히 해준다.

처음 모임은 서로 만나는 것으로 족했으나 점점 구체적인 무언가를 좀 꾸려야겠다는 서순악 여성 생산자 회장의 말대로 이번에는 구체적으로, 농약만 뿌리지 않는 농촌 환경이 전반적인 생활환경에 까지 변화를 가져보자고 준비를 했다. 그래서 윤선주 환경위원장이 도시 소비자들의 환경운동을 정리 발표했다. 사실 생산지에 가면 놀랄 때가 한두 번이 아니었다. 논밭에는 목숨을 걸고 농약 치기를 멈추는데 집 안에서는 일상적으로 갖은 합성세제를 다 쓴다. 그런 모습은 보통 한살림에 관심 있는 소비자들보다 못한 모습이다. 확실히 여성생산자와 얘기를 나누니 바로 소통이 된다.

"합성세제 양을 어떻게 줄일까?"

"어떤 걸 쓰면 좋을까?"

"재생 휴지는 어떻게 구할까?"

한살림 생산자는 누구나 생산자이자 소비자이다. 어차피 공산품은 사 써야 하는 것 아닌가. 그러니까 한살림에 물품 보낼 때 사오든지, 아니면 이런 물품들은 장기간 보관이 가능하므로 가을걷이 잔치 때 1년치를 사두고 써도 좋겠다는 의견이 나왔다. 오랫동안 말만 하고 풀어내지 못하던 문제가 곧 풀릴 것 같다.

생활 속의 고민과 한살림의 나아갈 길을 걱정하는 생산자들과 그래도 정이 나는 이야기는 무엇보다 수다다. 여성 생산자들이 흥이 나서 집으로 돌아가지 않겠다고도 한다. 딱 하루만 더 있자고. 여성 생산자의 모습이 많이 달라졌다. 자신감도 있고 아주 활발해졌다. 여성 생산자 연수회를 계속 하면서 보니 남성들 뒤를 따라 일을 하던 것에서 벗어나 주도적으로 의지를 갖고 농사에 임하게 된 듯하다. 한살림에 대한 열정이 한껏 무르익었다. 살림도 잘 해내 이윤이 많이 났다. 이만큼 이루었으니 이제 첫 만날 때 약속처럼 비행기 타고 제주도를 갈 때이다.

처음 모였던 숫자의 배가 넘는 95명이 제주도에서 만났다. 지리적 조건 때문에 항상 도외시되던 제주도 생산 공동체 사람들을 만났다. 한림에서 감귤·양파·양배추 등을 생산하는 신두옥 생산자와 다른 여성 생산자들이 합류했다.

함께 다니며 정말 5년 만에 이룬 우리의 노력과 결실에 감탄했다. 열심히 농사 짓고 만나자던 약속을 이루었다. 쉬지 않고 앞으로 나아간 서로를 격려하고 포옹했다. 참 용하다. 그리고 장하다. 일출도 보고 비싼 돈을 들여 온지라 관광도 꼼꼼히 했다. 언제나 그렇지만 많은 실무자가 고생이 많다. 윤태수, 임병택, 배영태. 해마다 아줌마들 사이에서 노고가 보통이 아니다. 조금이라도 편안하게 조금이라도 맛난 것 먹게 하려고들 말이다.

나는 노래도 춤도 아니올시다인 죄인으로 생산자들께 기쁨을 못 드린다. 할 수 없이 다른 즐거움을 드리기 위해 깜짝 쇼도 준비하고 우스갯소리를 해드리기 위해 거의 1년 동안 준비한다. 소비자 가운데 잘 놀 기쁨조를 늘 물색하기도 했다. 과천의 이해정 씨는 예쁘기도 한데 놀기도 잘 논다. 말 재주는 개그맨을 무색하게 할 정도이고.

나는 그제야 알았다. 관광버스에 왜 커튼이 쳐 있는지. 시야 가리고 답답하게 이런 걸 왜 만들었나 했더니 다 깊은 뜻이 있었다. 버스에서 서서 노래 부르고 춤추자면 그게 딱 눈높이다. 사람들의 얼굴을 잘 가려준다. 처음에 어색하기도 했지만 놀 기회가 없었던 우리 어르신들의 문화인 것을. 흥겨우라고 잘 돌아가지도 않는 몸을 아무렇게나 흔들었다. 막춤을 춘 거다. 차가 달리니 내 생각에는 잘 추는지 못 추는지 보이지도 않는 것 같아 그나마 다행이었다.

'열심히 일한 당신 떠나라'는 한 광고 카피처럼 '우리를 먹여 살리느라 1년을 일한 당신 좋을 대로 놀아라!'

오래 되니 서로의 사이도 좋은데 떠나보낸 남자 생산자의 반응도 좋다. 동네에서 다 같이 아내들을 한살림에 보내고 혼자 집을 지키며 그간 아내들이 맡았을 일들을 하며 많이 느낀단다. 또 희망과 용기를 갖고 돌아오는 아내를 맞는 맛도 좋고. 더 자주 데리고 다니라고 할 정도이다.

생각 날 때마다 뭘 하면 더 기쁠까를 궁리하다가 청주에서 할 때부터는 연수회장에서 벼룩시장을 열었다. 참가하는 소비자들이 두 가방 정도씩 물품을 모아 펼쳐놓고 실비로 가격을 붙여 팔았다. 그냥 드리면 정말 필요한 사람을 찾는 게 곤란할 듯해서. 단돈 얼마더라도 필요 없는 물건에 욕심만 생기게 되니까. 수익금은 다 여성 생산자 기금으로 드렸다. 다만 새것과 특별한 기증품을 모아 경품 행사를 했다. 경품은 타도 좋고 남이 타는 것을 보아도 좋다. 그냥 웃음이 쏟아진다. 목걸이에 화장품에 프라이 팬에 냄비, 조끼까지. 잡화점이다.

깨끗이 세탁한 무스탕 반코트를 가져갔었다.

"이 옷은 신데렐라 거라서 당첨이 되도 옷이 몸에 맞아야 드립니다."

더 재미있다. 한 생산자가 나와서 입는데 맞춤 같다. 생산자들께서도 우리 소비자를 위해 바구니며 박 바가지를 준비해 주셨다. 농촌의 여성 생산자와 도시의 소비자가 함께 놀았다. 서로 살피고 감사의 마음을 전하며, 오래도록 하나가 되어.

나락 한 알 속의 우주

1997년 어느 더운 날 오후, 김종철 선생님께 전화가 왔다.

"요즘 뭐해요?"

"제가 한살림 빼고 하는 일 있습니까."

"아무래도 한살림 운동을 오랫동안 해온 주부가 쓰는 게 좋겠는데… 서형숙 씨가 써요."

나보고 장일순 선생님께서 이야기 모음집 『나락 한 알 속의 우주』의 서평을 쓰라는 말씀이다. 선생님의 말씀은 언제나 시처럼 간결하다.

나도 감격 감격하며 한 장 한 장 아껴 읽고 있던 터라, 글만 쓰면 끙끙대느라 생고생이지만 이건 꼭 써야 할 글이다. 대상도 내용도 그렇지만 병중에 계신 김종철 선생님께서 하시는 말씀이니 그대로 따르는 수밖에. 두말할 여지가 없다.

이 시대의 최고의 사상가, 생명운동가들의 정신적 스승, 장일순 선생님께서는 젊은 나이에 건강을 잃으셔서 많은 사람들이 안타까워했다. 선생님께서는 편찮으신 가운데도 우리에게 가르침을 주셨다. 암이라는 걸 알고 절대 수술 받기 싫어 하셨음에도 주변에서 원하니 몸을 내놓으셨다. 본인의 의지보다 다른 사람 맘 편하라고. 오래 전 선생님 수술 소식을 듣고 그렇게 유연하게 살아야겠다고 다시 생각했었다. 나는 서평을 다음과 같이 썼다.

어느 날 뜻하지 않은 책이 한 권 배달되었습니다.
《녹색평론》이 올 때가 아닌데 또 왔구나 생각하며 봉투를 뜯으니 거기에 선생님께서 환하게 웃고 계셨습니다. 무위당 장일순 선생님의 이야기 모음집 『나락 한 알 속의 우주』가 온 것입니다.
여간 반가운 일이 아니었습니다. 웃음 띤 선생님을 보고 있는 것이 하도 좋아 도무지 책장 넘길 마음이 없었습니다. 한참을 바라보다 표지를 넘기니 화보에서도 선생님께서는 매양 웃고 계셨습니다. 댁에서 사모님과 함께 찍은 사진에서도, 해월의 자손들과도, 원주 대성학교 교정에서도, 천주교 원주교구 재해대책반과도, 격려사를 하시면서도, 전시회 때도 웃으셨습니다. 선생님은 늘 그랬습니다. 얼굴을 한 쪽으로 약간 기울이신 채 웃으셨습니다. 체구는 작으셨으나 그 웃음 속엔 항상 넉넉함이 있었습니다.
『나락 한 알 속의 우주』에는 선생님 글은 단 둘뿐이고, 나머지는 강연기록과 대담을 옮겨놓은 것들이 들어 있습니다. 한참 세월이 수상

할 적에 필적을 남기면 괜히 여러 사람 다친다고 편지는 말할 것도 없고 일기도 쓰지 않게 되어 글을 남기지 않은 탓이라고 합니다.

선생님께서는 한결같이 생명공경과 공생에 관한 말씀을 하십니다. 너와 내가 둘이 아닌 하나이듯 모든 생명은 하나다. 여직까지 산업문명에 있어서 경쟁과 효율을 따지면서 일체가 이용의 대상이 되는데 그렇게 해서는 살 수가 없고 생명이 존재하기 어렵게 되고 생명이 무시된다. 그래서 모두 하나 되자는 운동을 해야 한다고 이르십니다. 또 운동은 혼자가 아니라 함께 연대하고 협동해 나가야 한다고 강조하십니다. 똑같은 얘길 때에 따라 이렇게도 저렇게도 풀어놓으시는데 읽어도 읽어도 좋습니다. 또 알지 못했던 선생님의 일상을 아는 것도 꽤 즐겁습니다.

어린 시절 우리 집엔 할머니가 꽤 많았습니다. 할머니가 많으니 옛 얘기 들을 기회가 퍽 많았는데, 특히 고조모께서는 '대호'라는 호랑이 얘길 자주 해주셨습니다. 옛날얘길 어찌나 잘 하셨던지 날마다 매달려 이야길 졸랐는데 어제 듣고 오늘 들어도 좋았고 하루에 몇 번을 들어도 재미있었습니다. 거의 똑같은 얘기였는데 말입니다. 선생님 말씀이 꼭 '대호' 이야기 같습니다. '맞아, 이렇게 살아야지' 하며 마음이 편해집니다.

참으로 신기한 것은, 무척 싫어했던 정권도 있었고 혁신정당을 만들기도 했으며 옥고를 치르는 정치규제를 당하셨음에도 하나도 변하지 않은 선생님 그대로의 모습을 유지하신 것입니다. 핍박과 고난으로 억울함이 있었을 텐데요. 살아가며 가장 두려운 것은 제 자신이 파괴되는 것입니다. 분노할 일이 생겨도 제가 일그러질까 봐 우선 겁부터 납니다. 선생님의 말씀을 듣고는 제가 헛 거라는 걸 알았습니다.

혁명이라고 하는 것은 때리는 것이 아니라 어루만지는 것이라고 생각합니다. 본래 만물이 위대한 것입니다. 풀 한포기에 대한 존경심이란, 마음에 들지 않는 사람을 만나면 사라져버리는 그러한 것으로는 곤란합니다. 잘못된 생각을 가지고 있는 사람도 또한 한포기의 풀과 같이 존경하지 않으면 안 됩니다. 본래 전부 위대한 것입니다.

아, 그렇습니다. 선생님의 이런 생각이 당신을 온전한 영혼으로 보듬을 수 있었던 것 같습니다.

같은 사람에게 번번이 사양하면 미안한 마음이 들어 낮술을 드시는 모습이나 풀벌레의 거짓 없는 소리에 놀라 평상생활을 되돌아보는 끊임없이 자기성찰하시는 모습에서 물처럼 되라고 하신 말씀이 떠오릅니다. 과연 큰 스승이십니다.

선생님께서는 일본에서 온 손님들에게 "저는 명함도 없고 명함을 주고받는 습관도 없습니다. 죄송합니다"라고 하십니다. 자신을 절대로 내세우시지 않으셨던 선생님을 보며 아무것도 아닌 저를 내세우고 싶어하는 저를 봅니다. 가정에서 무던히 살림 잘 꾸리고 살아가는 한살림 소비자 활동 위원들에게 명함을 한 통씩 만들어드렸습니다. 제 착상이었습니다. 아무개 엄마로 전락된 내 이름을 찾고 한살림 일원이라는 책임감을 갖게 하겠다는 등 의미를 한껏 부여했습니다. 보잘것없는 우리들입니다. 그러고 보면 제 생활이 그저 배우고 생각하고 바꿔나가야 할 일뿐입니다.

이 책을 보며 마음이 썩 좋지만은 않았습니다. 마음 한구석이 아렸습니다. 선생님께서는 우리에게 밥이 곧 생명이다, 자본주의의 상품 논리에 지배되고 있는 우리 밥상부터 바꾸지 않으면 안 된다, 사회가 변하기 위해서 가정주부들이 먼저 변해야 한다고 한살림 소비자교육에도 애를 쓰셨습니다.

한살림이 자리가 잡히는 듯하던 91년. 공동체 활동에 익숙지 않은 몇몇 사람들이 자기 권리를 주장하고 나섰고, 질이 저하된 유정란을 계속 공급하던 생산자에게 이기적 판단을 내리자 선생님께서는 무척 가슴 아파하셨습니다. 11년 서울 한살림 역사에서 가장 어려운 시기였습니다. 병중이셨던 선생님께서는 그때 '왜 한살림인가'를 말씀하셨습니다. 매우 답답하셨던지 유난히 질문을 많이 던진 강연이었습니다.

덮어놓고 자꾸 차원을 높이는 건 안 된다, 수많은 사람들이 한살림에 동참하게 해야 한다 이거야. 그러니까 유기농을 하는 분만이 아니라 농약을 쓰고 비료를 쓰고 그러는 농사꾼까지도 안고 가야 한다 말이에요.

누가 주예요? 여러분들이 주님이지. 하느님 아버지가 왜 하느님 아버지인지 알아요? 살려주는 분이고 매일 먹고 살게끔 해주는 분이기 때문에 아버지야. 이 운동이 그런 차원에서 되어야 된다 이거예요. 그러면 우리가 한 시기에 엄청난 자기승화가 있어야 되는 겁니다. 자기승화 없이 자기 노력함 없이 어떻게 이 운동을 해나갈 수 있겠습니까?

그때도 선생님께서는 웃으며 조용히 말씀하셨습니다. 우리가 주님이 되길 바라셨습니다. 새삼 이 글을 읽으며 몸보다 더 쓰렸을 선생님 마음을 다시 생각해 봅니다. 뿌린 씨앗이 꽃피울 땐 관여치 않으셨지만 어려움이 닥치자 바로 달려오신 선생님이 그립습니다.

선생님이 가르쳐주신, 쥐를 위해서 언제나 밥을 남겨놓고 모기가 불쌍해서 등에다 불을 붙이지 않는다는 묵암 선사 말씀을 염두에 두지 않은 건 아니지만 여름내 팔에 붙은 모기를 때려잡고 알집을 달고 있는 바퀴벌레를 보면 측은한 생각에 망설이다가도 잡아 죽이고 맙니다. 이럴 때마다 나는 뭘 생각하며 도대체 어떻게 살아가야 하나, 한살림의 화두는 무엇이며 우리가 과연 어떻게 이해하며 제대로 행동으로 옮겨놓고 있는지 늘 고민스럽습니다.

생산자와 소비자의 관계도 그렇습니다. 생명을 살리고 밥상을 살리고 농업을 살리겠다는 이 운동이 오히려 생산자만 죽이는 게 아닌가 하는 생각이 들기도 합니다. 충주 신효리에서 열린 지난 단오잔치 때도 그랬습니다. 많은 생산자들이 오셨는데 반가움과 함께 미안함이 가슴을 저몄습니다. 특히 보은의 이철희 생산자는 손이 많이 상해 있었고, 아산의 이호열 생산자는 건강이 좋지 않아 농사를 접고 계셨습니다. 좋은 세상 만들겠다는 것이 무농약 타령 때문에 오히려 생산자를 더욱 힘들게 하는 것이 아닌가 하는 자책이 듭니다. 다만 선생님 말씀대로 너와 내가 둘이 아닌 하나이며 서로를 생각하고 있다는 것에 이르면 조금 위안이 됩니다. 처음엔 제 밥상 잘 차리겠다는 생각으로 한살림을 하게 되었지만, 이젠 서울 한복판에 앉아 밥을 먹을 때 당진의 정광영 생산자를 생각하고 사과 한 절음 베어물 때 상주의 최병수 생산자를 떠올립니다. 이 모두 선생님의 가르침이었습니다.

그리고 우리들 생각이 얼마나 넓어졌는지요. 얼마 전 한 이사께서 헐벗고 굶주린 북한동포 걱정을 깊이 하셨습니다. 그러면서 통일이 되면 북한에 나무부터 심으러 가야 할 텐데 누가 묘목은 좀 기르고 있는지 궁금해 하셨습니다. 제 이름보다 한살림 글자를 먼저 깨우쳤던 아들은 9살 때 보도 블럭 사이로 다니는 개미를 보고 다행이라고 합니다. 그 사이로 다니면 사람들과 같이 걸어가도 밟히지 않기 때문이랍니다. 이런 말을 들을 때마다 선생님의 공생사상을 절감합니다.

책을 읽으며 다시 아쉬운 것은 그 넉넉한 웃음을 대하며 선생님 말씀을 들을 수 없다는 것입니다. 그래서 요시다, 쯔무라, 키무라 선생께 먹으로 '장난쳐주신' 선물, 저도 하나 받았더라면 하는 때 아닌 욕심이 이제야 납니다. 그거라도 보고 있었으면 얼마나 좋을까요. 이것도 부질없는 욕심임을 압니다. 혹시 다른 분이 갖고 계신 것을 한 번 보기라도 할까 하고 박재일 선생님, 천규석 선생님께 여쭤봤더니 역시 선생님 뜻과 같이 욕심 없이 사시는 분들이라 누구 하나 가지고 계시지 않았습니다. 소장품들을 한데 모아 전시회를 하면 좋겠습니다. 전시회를 통해 김지하 선생님의 시 「말씀」에서처럼 '하는 일 없이 안 하는 일 없으시고 달통하여 늘 한가하신' 조한알 선생님을 한 번 더 뵈었으면 하는 바람입니다.

아니어도 좋습니다. 읽고 또 읽을 선생님 말씀이 이제 바로 제 곁에 있으니까요. 이제 저만 그 말씀을 단단히 붙들고 살면 됩니다.

여하튼 『오래된 미래』 『우리들의 하느님』에 행복해 하던 때에 『나락 한 알 속의 우주』까지 얻게 되니 복 터진 요즈음입니다.

한살림은 회원 모두의 것

"김장거리 좀 주문해 줘요."

하루는 옆 단지에 사는 딸의 친구 엄마에게서 느닷없는 전화를 받았다. 내일이 김장 주문 마감이라며. 그동안은 같은 단지에 살던 한살림 회원 언니와 같이 이용했는데, 그 언니가 이사를 하자 이제부터는 내게 부탁해 물품을 받으려는 거였다. 말하자면 그 엄마는 수년간 비회원 이용자였던 것이다. 내 김장을 포기하고 그 집에 주어야 하는데 그럴 마음은 없었다. 그래서 "지금 회원에 가입해서 김장도 받고 계속 생명 살림을 해보자"고 했더니 "한살림 참 장사 못한다. 그게 아니지, 많이 팔면 되지 뭐 그렇게 빡빡하게 하냐"고 대꾸했다. '한살림은 장사하는 곳이 아닐뿐만 아니라 회원이 된다는 것은 한살림에서 공급되는 물품으로 온 식탁을 차리겠다는 약속이다. 해서 한살림에서는 지속적으로 한살림 물품을 이용할 회원을 필요로 한다'고 설명했다.

이런 어처구니 없는 비회원 이용자는 한살림이 생긴 후 계속되는 고민거리 중 하나이다. 한살림은 내 것인 동시에 우리의 것이다.

1990년에 한살림 쌀이 남아돈다는 얘기를 전해들은 엄마께서 좋은 마음으로 쌀을 사 드시겠다고 했다. 그때 가까이 사는 엄마께 나는 회원이 아니면 드실 수 없다고 말했다. 결국 엄마는 쌀 선수금(당시에는 생산지에 보낼 한 가마 분의 쌀값을 미리 내야 쌀을 먹을 수 있었다) 및 3명의 출자금에 가입비까지 내고서야 겨우 회원이 되어 공동체가 구성될 때까지 몇 달 동안 쌀만 공급 받았다. 지금 생각하면 좀 미안한 일이지만, 아직도 회원만이 물품을 이용할 수 있다는 원칙은 엄마도 나도 당연하게 받아들인다.

간혹 이런 이들이 있다. 좋은 물건이라면서 회원만 먹고 회원 아닌 사람은 먹지 말라고 하면 너무 야박한 게 아니냐고 한다. 그래서 비회원이 회원 수만큼 되는 공동체도 있다. 이건 야박하고 인심 좋고의 문제가 아니다. 한살림은 회원의 출자금으로 운영된다. 그리고 대부분 한살림 물품은 회원 수에 의해 계획되고 생산된다. 내 먹을 것을 포기하고 이웃을 위해 희생하는 것은 좋으나 회원들이 누려야 할 권리를 안면 있는 비회원 이용자에게 준다는 것은 무리가 있다. 한살림은 우리 모두의 것이라기보다는 '한살림 회원 모두의 것'이기 때문이다.

출자금 3만원은 가입 출자금이다. 앞에서도 밝혔듯이 한살림은 회원들의 출자금으로 운영된다. 출자금으로 창고도 빌리고 사무실도 얻고 차도 산다. 생산지에 보낼 돈이기도 하다. 그러니까 3만원은 최초 출자금이라 할 수 있고, 오히려 한 달 이용 액수만큼 차차 늘려가야 한다. 헌데 사라지는 돈이 아닌 출자금이 아까워 회원 가입을 꺼리는 이들도 있다. 그렇다면 이렇게 생각해 보자. 유정란 반 판을 다른 곳에서 매주 사먹는 비회원이 있다면 그분은 오히려 한살림 회원이 되어 이용하는 편이 이익이다. 시중 유명 유정란 값에 비하면 회원용인 한살림 유정란이 월등히 싸기 때문에 1년이 되기 전에 그 차액이 출자금을 넘는다.

또, 세 명 이상으로 구성된 공동체가 석 달에 2백만 원어치씩 꾸준히 이용한다면 공급액의 2%가 할인되니까 그 돈으로 1년에 10만 원 이상을 거뜬히 모을 수 있다. 말하자면 밥상살림, 농업살림, 생명살림을 하고도 세 사람 몫의 출자금 액수보다 많은 돈이 남는 셈이다. 그리고 이 어리석은 수셈으로 벌어지는 이익 말고도 엄청난 자연의 가르침을 선물로 받게 되는 것이다.

어려운 때에 한살림이 변함없이 서 있는 것은 묵묵히 한살림에 동참하는 많은 회원들 덕분이다. 또 어쩌면 그냥 물품만 이용했던 비회원의 도움이 있었을지도 모를 일이다. 이 좋은 일, 이제는 계획성 있게 해나가야 할 때이다. 이왕 좋은 물품인 것을 안다면, 또 좋은 일인지 안다면 회원이 되어 함께 하면 어떨까.

바지락이 말하는 좋은 소금

주부가 느끼는 문제를 알리는 글을 쓰던 1991년 6월, 잡지 《샘이 깊은 물》 지상 토론회가 열렸다. 농민으로 대구 한살림의 천규석 선생님, 의사로 서울대 황상익 박사와 주부로 내가 초대되었다. 긴 시간 더럼 탄 먹을거리를 이야기했는데 천규석 선생님과는 처음 만났을 때부터 뜻이 맞았다. 오래도록 여러 생명체가 같이 살 방법이 유기농이라는 인식이었다.

천 선생님은 이렇게 말한다.

"도시 사람은 때 꼴 못 보고 농촌 사람은 풀 꼴 못 봐 세상 다 버린다."

도시 사람들은 뭐든 눈에 보이는 것은 깨끗해야 한다. 그래서 몽땅 없애고 새로 사고 잠깐 입은 옷은 바로 세탁기에 넣고 하는 것이다. 촌사람들 역시 잔풀 좀 나도 농사짓는 데 별 지장이 없음에도 불구하고 모조리 죽여야 직성이 풀린다. 그 말씀 새기고 산다. 하긴 도시 사람들도 풀꼴 못 보긴 마찬가지이다. 가로수 아래 풀은 여지없이 구청 직원에 의해 뽑혀지고 동네 보도 블럭 사이에 핀 민들레도 경비 아저씨 손에 매몰차게 도려진다.

천규석 선생님은 양파 생산자였으며 죽염의 간접 생산자이기도 하다. 지금도 두레 공생농을 이끌고 있는 농부이다.

죽염은 비교적 안전한 서해 천일염을 유황 성분이 많은 조선 왕대나무에 다져 넣어 고온에 구운 것이다. 소금의 오염 독성을 제거하는 동시에 천연 약성을 돋우기 위해 송진 관솔불에 구운 뒤 숯이 엉겨 붙은 죽염을 골라내 다시 그런 방법으로 구운 것이 죽염이다. 아홉 차례를 반복하면 구죽염이 된다.

처음 죽염이 나왔을 때는 알갱이 상태였다. 국에 넣으면 녹지 않고 돌아다니다가 끝물이 되어서야 짜졌다. 해서 10년쯤 전에 가루로 만들어 주십사 부탁드렸고 지금의 죽염이 나왔다. 두 번 구운 것은 양치용으로 썼다.

아홉 번 구운 약용 죽염은 아이들이 참여하는 한살림 생명학교 상비약이었다. 벌레에 물렸을 때 침에 개어 바르면 금방 가라앉았다. 1997년인가 겨울인데도 유행성 결막염이 번지고 있었다. 겨울 생명학교에 참가한 목동에서 온 남매가 눈이 충혈되어 있었다. 40명이나 되는 아이들에게 번지면 어쩌나 걱정이 되었다.

도상록 실무자와 끓인 물에 구죽염을 타서 아픈 아이들 눈에 방울 방울 떨어뜨려 넣어주었다. 아침저녁으로 하루 하고 나니 씻은 듯이 나았다. 살균력은 그 무엇도 따르지 못한다는 EBS 실험을 본 적이 있긴 해도 대단한 경험이었다.

우리나라는 소금 자급률이 10%밖에 되지 않는다. 따라서 시중 소금의 대부분은 중국·사우디 등에서 암염을 수입·정제하여 염분만을 추출한 것이거나, 천일염이라 해도 바닷물을 3천도의 고열에 증발시켜 급속 냉각한 기계염이다.

유억근 법사님이 신안에서 생산하는 소금은 바닷물을 자연 증발시켜 만든다. 염도 80%, 84가지 미네랄이 살아 있어 맛과 영양, 질이 우수하다. 짜다고 다 소금이 아니다. 유 생산자는 볶은 소금을 개발하여 한살림에 내면서, 그간 한살림 회원들이 소금 대용으로 두 번 구운 죽염을 쓰고 있었는데 가격이 3분의 1밖에 안 되는 볶은 소금을 선택하게 되면 그 죽염이 팔리지 않을까 염려하였다. 나는 10여 년이 지난 지금도 그때 그 말씀을 잊지 못한다.

지난 여름 다이옥신 파동으로 생산자 두 분 모두 마음고생이 심했다. 시중 매장에서 죽염과 볶은 소금이 모두 사라졌다. 식약청에서는 죽염과 볶은 소금에 맹독성 물질 다이옥신이 들어 있다고 발표했다. 1그램으로 1만여 명을 죽인다는 물질이 그간 버젓이 팔리고 있었고 아무 의심 없이 먹어왔던 것이다. 식약청은 우리에게 정보를 알릴 의무도 있지만 국민을 안전하게 보호할 의무도 있을 것이다. 갑자기 터뜨린다고 그간 먹어온 것에 대한 불안감만 가중될 뿐 별로 달라질 것도 없는 것을. 미연에 방지하고 기준을 두었어야 하는 것을 놓친 자신들의 직무유기만 알렸을 뿐이다.

집에 있던 소금과 가게에서 파는 일반 소금을 사다가 아이들과 함께 바지락을 키워보기로 했다. 죽염과 볶은 소금, 천일염(한살림 신안 마하탑 소금), 시중 정제염(꽃소금), 맛소금 등 다섯 가지 소금으로 각각 유리컵에 3.5퍼센트의 소금물을 만들고 살아 있는 바지락을 다섯 마리씩 넣었다.

시간이 지나며 바지락들이 움직이기 시작했다. 발을 내어놓고 관을 길게 빼며 물을 뿜어댔다. 확실히 움직임이 다르다. 두 시간이 지나자 죽염, 볶은 소금, 천일염으로 만든 소금물에 넣은 바지락은 춤을 추며 온몸을 다 드러내놓고 노는데, 이에 반하여 시중에서 파는 맛소금, 기계염 물 속의 바지락은 물을 흐리며 힘을 잃어갔다.

그간 걱정을 같이 하며 지내던 생산자들에게 실험 결과를 알렸다. 바지락이 걱정 마시라고 말하더라고. 안전하다고. 나중에 다른 공식 기관을 통해 조사한 우리 소금류는 문제가 없이 안전한 것으로 판명이 되었다.

수십, 수백 년간 먹어오고 선조들이 몸으로 입증한 음식이다. 누가 뭐라 한다고 흔들릴 일이 아니다. 물론 요즘처럼 환경 오염이 심각한 상황에서야 만사가 예전같지 않겠지만, 그렇다고 그처럼 호들갑을 떨 일은 아니다. 소금 다이옥신 파동은 적어도 한살림 회원에게는 좋은 생산자가 있다는 것에 더욱 고마워하는 계기를 만들어주었다.

한 개비의 성냥불

　한살림 활동을 하면서 '내게 이런 자녀를 주소서' 하는 기도처럼 '내게 이런 생산자를 주소서' 하는 꿈을 꾸게 되었다. 열심히 농사 짓는 생산자, 이웃과 의논하며 서로 보살펴 더불어 사는 생산자, 미래를 생각하는 생산자… 전국에 이런 생산자가 촘촘한데 굳이 누구를 꼽기가 퍽이나 어렵다. 10여 년 동안 공동체를 같이한 생산자들 가운데 몇 분을 더듬으니 내가 감동했던 것은 물품이 아니라 늘 그들의 말과 행동이었다. 그것도 단 한 마디로 십 수년을 붙들고 산다.

　음성에서 채소와 고추장을 생산하는 최재두 생산자는 초기 한살림의 이상적 생산 공동체인 '흙'을 꾸리셨다. 흙 공동체는 공동 경작, 공동 생산, 공동 공급을 하였다. 당시 가장 감동 받았던 것은 쌀 한 말 한 말에 써넣었던 편지다. 왜 그거 한 장 보관하지 않았는지 후회막심이다. 열심히 일하는 모습과 우리 소비자를 향한 애정이 고스란히 밴 글씨 편지가 우리 식탁에 왔었다.

초창기 생산지 공근에는 옥수수 장학금이 있다. 타 지역에 비해 소규모 농사를 짓고 사정도 어려우나 어느 곳보다 더불어 살기를 잘하는 곳이다. 기쁘게 농사 짓고 옥수수 뻥튀기 수익금의 일부를 떼어 자체 장학금으로 쓴다. 존경스럽다.

2000년 1월 명실공히 지역의 생산 조직으로 총회를 하게 된 아산 공동체에는 몇 가지 전설적인 이야기가 있다. 그 하나는 오이 재배에 대한 것이다. 오래 전 소비자들의 애원으로 오이 농사가 시작되었다. 몇 년째 재배에 실패하자 농약을 조금 치자는 소비자의 제의가 줄 이었고, 이에 이호열 생산자는 그러겠다고 했다. 농약통을 들고 밭에 들어갔지만 처녀 몸 더럽히는 것 같아 차마 농약을 치지 못하고 돌아나왔다는 얘기다.

또 하나는 지역 한살림을 이룬 것이다. 아산 시내에 소비 회원을 조직하여 함께 꾸리는 일도 감당하고 있다. 어느 생산 조직도 해내지 못한 꿈 같은 일이다. 그리고 이곳에서 유기농 마을을 선포하기에 이르렀다. 이런 전설적인 일들이 다른 지역으로 퍼졌으면 좋겠다.

사과 하면 상주가 우리의 이상적인 공동체 산지다. 그러나 칠곡 역시 빼놓을 수 없다. '사과나무를 하느님 보시기에 좋은 형태로 하늘을 향해 초생달 모양이 되도록 해마다 조금씩 다듬어 만들면, 농약을 덜 쳐도 잘 견디는 사과나무가 된다'는 글과 그림을 사과 상자에 넣어 보냈던 장현기 생산자가 좋다. 저장 시설이 있는 청암농장 사과를 맨 나중에 출하하는 여유도 부리고. 그 역시 잊지 못한다.

항상 웃고 밝은 낯으로 농사 짓는 10자매 가족이 있다. 부여 초촌에
서 딸기를 짓는 강수옥, 조계숙 생산자와 아들 원율이. 처음 외지에서
들어와 남의 논을 빌려 농약을 치지 않는 딸기 농사를 시작했을 때 동
네에서 정신 나간 사람 취급을 당했다고 한다. 차츰 사람 좋아 인심을
얻은 데다 서울에서 버스로 소비자 회원들이 몰려와서 감사 인사를
하고 딸기 크기를 고르지도 않고 모두 사가는 것을 보고 마음들이 달
라져 곧 10여 농가가 같이 공동체를 일구게 되었다. 지금도 우리 딸
기 값이 시중과 비교해도 엄청나게 싸지만, 얼마 전에는 백화점 가격
의 3분의 1밖에 되지 않을 때도 있었다. 그런 가격 차에 개의치 않고
물품 자체가 가진 가격이면 적정하다는 뜻을 고수했다. 공동체 모두
의 뜻이어서 더욱 고마웠다.

당진군 신평면 매산리에 사는 정광영 생산자는 농부로 세상 어디에
서도 최고이다. 20여 년 간 농업 일지를 꼼꼼히 써왔는데, 그것은 항
상 소비자와 생산자가 함께하는 한살림 쌀값 결정 회의 때 기초 자료
가 된다.

쌀, 마늘, 당근을 그림처럼 가꾸어 내놓는다. 그곳은 다른 산지와는
다른 무엇이 있다. 그곳 사람들에는 온화한 기운, 평화가 깃들어 있
다. 바로 서 로벨또 신부님 때문인 것 같다. 2미터 키의 훤칠한 미국
인 신부님은 10년을 한결같이 그곳에서 농사 짓고 살아왔다. 밥은 손
수 지어 드시면서 동네 사람과 함께 움직이며 무보수로 필요한 곳에

필요한 일을 하시던 신부님. 오래도록 보고 싶었지만 한살림 일이 바쁘다고 미루다 끝내 한 번 뵙질 못했다. 신부님께서 돌아가신 지 1주기 되던 날에야 신부님을 뵈었다. 남의 나라 살이가 여러모로 어려우셨을 텐데 신부님은 농촌 사목, 정의 평화를 위해 애썼다. 마지막에는 내장이 다 녹도록 매향리 포격장 철회에 매달려 '양키 곰'이라며 "양키 고 홈"을 외치셨다. 나는 이제야 유작 『그리고 하느님 보시기에 참 좋았다』를 통해 신부님과 만난다. 신부님께서 말씀하신다. '동굴에서 어둠을 탓하기보다 한 개비의 성냥불을 밝히라'고.

무늬만이 아닌 진짜 운동가

날마다 우리 소비자는 더 많은 종류의 물품 타령을 했다. 1990년부터 충주 신효리에서 서원석 생산자가 중심이 된 공동체가 공급한 수박은 1년에 몇 번 받으면 끝이 났다. 사정을 알아보니 생산량은 많은데 날씨가 조금만 궂으면 물을 먹어 금방 터진다는 것이었다. 또 잘익은 것은 이동 과정에서 살짝 닿기만 해도 갈라지니 소비자에게 오는 양은 극히 적을 수밖에 없었다.

수박을 기르는 것을 보면 아까워서 덥석 한 자리에 앉아 먹어치울 수 없다. 조금씩 음미하며 나누어 먹게 된다. 수정할 때는 특히 밤잠 못 자고 어린 자식 돌보듯 안고 키운 그것들이다. 한 줄기에 하나만 남기고 솎아낸 어른 주먹만한 수박들도 아까울 지경이다.

생산지 걱정이 앞서던 차에 『무엇을 어떻게 먹고 살까』라는 책에서 서과당이란 걸 찾았다. 수박 살을 조청처럼 고은 것인데 급성 신장병에 특효이며 약을 쓸 수 없는 임산부나 환자에게는 그만이라고 쓰여 있었다. 만드는 법도 간단하고 3년 정도 보관도 가능하다고 한다. 책 저자에게 전화해서 자세한 내용을 물어 자료를 산지에 보내 파손되는 수박을 쓸모 있는 것으로 만들어냈다. 처음엔 생산자가 우리를 공부시켰는데 조금 지나니 소비자가 산지에 정보를 제공하게도 되었다.

부지런한 서원석 생산자는 물 좋고 터 좋은 그곳에 콩나물 공장을 차렸다. 1995년 봄 모내기와 공장 준공 준비로 바쁘던 어느 날 서 생산자는 일을 하고 돌아가던 길에 차 사고로 목숨을 잃었다. 모내기 하던 긴 장화를 신은 채 저녁도 거른 늦은 밤이었다. 부인 곽길연 생산자가 그 일을 맡았다. 자리를 잡고 콩나물이 나오기 시작했다. 그러던 어느 때부터인지 자꾸 결품이 되었다. 자금이 부족하여 나물 콩을 한번에 수매하지 못하고 때마다 사니까 품질이 좋지 않아 싹을 잘 내지 못했던 것이다. 담당 조완형 실무자에 의뢰하여 농소정 기금으로 추수 때 콩 수매를 하게 되었다. 그렇게 안정을 찾아갈 무렵 곽길연 생산자 역시 밤중에 교통사고로 남편을 따라가고 말았다.

달포 전 가을걷이 때 손을 잡으며 이번 콩 수매를 걱정하던 분이었다. 갈 때까지 한살림 걱정을 하고 있었다. 씩씩하게 자란 아이들에게 부모님이 이루신 한살림 일을 많은 회원이 기억하고 있다고 전했다.

1990년 경 미숫가루는 하월곡동에서 생산했다. 하월곡 4동 산동네에 위치한 동월교회 여신도회 회원들이 공동으로 해냈다. 한살림은 그곳 사정을 감안하여 수고스럽더라도 실무자들이 재료를 실어 나른다. 산 고개를 짐을 지고 오르내리는 것이 쉽지 않을 텐데 운동으로 풀고 있다. 도라지도 그렇다. 손질할 도라지를 싣고 일원동에서 월곡동까지 가깝지 않은 거리를 감내한다. 가끔 동네에도 손이 많은데 왜 거기까지 가느냐고 말하는 사람들도 있다. 그러나 실무자들은 도시 공동체 운동의 일환으로 묵묵히 해낸다.

동월교회는 통나무를 그대로 잘라 만든 십자가를 세웠다. 나무 껍질이 그대로 살아 있어 예수님 살던 시대를 보는 듯 착각에 빠진다. 교회 건물도 내부도 통나무 십자가처럼 단순하다. 이 교회 여신도들은 하루에 50kg 정도의 미숫가루를 만드는데, 작업을 해서 받는 품삯의 10%는 지역 봉사비로 적립되어 그 지역 발전을 위해 쓰여진다고 했다. 그분들은 점차 시중과 가격 차이가 없는 한살림 물품을 선별적으로 이용하는 소비자가 되기도 했다. 우리 실무자들 수고는 많지만 할 만한 일을 한다 싶다. 그저 고마울 따름이다. 생산자나 실무자나 무늬만이 아닌 진짜 운동꾼들이었다.

1991년부터 우유곽으로 재생 휴지를 만들어온 부림제지 윤명식 사장도 남다르다. 수십 억을 들여 재생공장을 꾸리면서도 정작 본인은 콘테이너 사무실 한 켠에 다 낡고 떨어진 의자를 쓰고 있다. 가장 깨끗한 펄프로 만든다는 우유곽은 이삼십 년 된 나무 한 그루로 겨우 1천 5백 개를 만든다니 날마다 3천 그루가 넘는 나무숲을 쓰레기 산으로 바꾸어놓은 것이다.

우리가 처음에 쓰던 화장지는 와이셔츠 상자와 헌책이 원료인 삼보제지의 검은 재생 휴지였다. 아무리 10개에 1천 원짜리라 해도 휴지가 치밀하지 못해 잘못하면 닦을 때 손가락이 삐져나올 때도 있었다. 품질이 떨어진다는 둥, 색이 곱지 않다는 둥, 핀잔만 받아 일반 판매는 포기했다는 우유곽 재생 휴지는 우리에겐 명품 같았다. 우유곽이나 종이컵에 내수 처리가 되어 있어 재처리할 때에 약품을 쓰기 때문에 색도가 선명치 못한 점도 있으나, 높은 온도로 살균하고 표백처리하지 않은 무형광이라 오히려 안전하다. 게다가 새 나무를 자르지 않고도 만들 수 있으며, 가공 또한 간편해서 에너지를 적게 써 환경 오염 또한 줄일 수 있는 데다 가격까지 저렴하다.

한살림을 하면서 좋은 사람들을 많이 만나는 기쁨이 있다. 그런데 그 좋은 사람들이 언제나 고생만 한다는 생각에 큰 잔치에서 멀리 서 있는 생산자들을 보며 눈물 지을 때가 있었다. 하지만 몇 해 전부터는 그러지 않는다. 우리처럼 생산자 소비자가 서로 사랑하는 데가 어디 있을까.

10여 년 전에 비하면 우리 소비자들은 생활이 많이 윤택해졌다. 실무자 역시 과거에 비하면 근무조건이 많이 나아졌다. 그러나 생산자는 그때나 지금이나 어려운 형편이다. 더 늙고 힘은 더 없어지고. 나름대로 긴 시간 애썼지만 소비자로서 무얼 해냈는지…. 늘 지금의 사정이 안타깝다.

한살림, 피라미드 회사예요?

1994년 기대하던 한살림 가을걷이 잔치를 하지 못했다. 전에는 대학을 빌려 잔치를 벌였었는데 대학들이 도무지 문을 열지 않아 다각도로 접근을 해도 번번이 거절을 당했다. 다음해는 어떻게 해보려고 미리 장소를 물색하고 다녔다. 길 가다가도 널찍하고 해봄직한 곳은 꼭 둘러보고 담당자를 찾아 만나보고 다녔으나 번번이 퇴짜였다. 한살림이 물품을 취급하고 돈이 오가고 또 음식을 해서 나눈다는 게 이유였다. 조그만 희망만 있어도 기대를 갖고 다니다가 한 해를 넘기고 그만 포기할 무렵 서초구청 마당이 눈에 들어왔다. 이미 구청 결연지와 비슷한 행사를 하고 있었다.

마음 급한 사람이 나서는 수밖에 없다. 어떻게 하면 빌려줄 거냐? 구청 총무과를 점찍어 아예 출근을 하다시피했다. 한살림 사무실과 창고가 양재동에 있고 내가 서초지역 이사이니 서초 지역 700여 가족 소비자 수를 대며 장소 이용을 요구했다.

'도시 생산 공동체 운동을 하는 우리 한살림이 가을에 감사 잔치를 할 데가 없어 두 번이나 못했다. 정말 이런 단체는 꼭 구청이 지원해야 한다. 그 지원도 별게 아니다. 장소만 하루 빌려주면 된다. 마당만 내놓고 행사는 우리가 근사하게 꾸릴 테니 열매만 따면 되지 않겠느냐. 여기 구청은 우리 구민이 꾸리는 곳 아닌가, 우리 구민을 위해 존재하는 곳 아닌가. 좀 선진적으로 생각해라. 구민이 원하는 일을 하는 게 구청에서 할 일이 아닌가.'

별의별 말로 설득하고 회유하고 애원했다. 봄에 운을 떼기 시작해 더운 날이 되도록 다녔다. 어느 날 나를 맞던 황병관 주임이 그런다.

"아니 그 한살림, 피라미드 회사예요? 교육도 남보다 많이 받은 멀쩡한 강남 사모님이 왜 그 일 하자고 이렇게 목을 매는 거예요?"

그래. 우리에게 한살림은 종교보다 더하고 피라미드 회사보다 더한 위력으로 다가온다. 많은 올곧은 실무자·소비자를 보며 힘이 솟지만, 생산자들을 보면 그분들을 위해서는 그 무엇도 할 수 있다는 각오가 생긴다. 또 이렇게 자신 있게 구민을 위해 내놓으라고 요구할 수 있었던 것은 네덜란드에서 그곳 공무원들의 친절함과 유연함을 보았기 때문이다.

그리고 이 일을 하면서 나도 놀랐다. 내가 이렇게나 적극적일 수 있다니. 내 자신을 위해서라면 부끄러워 내색도 못했을 일을 거침없이 하고 있다. 한살림뿐 아니라 세상을 위해서 한다는 생각도 한몫을 했다. 그런 각오가 있으니 뭐든 두렵지 않다. 그들이 아무리 홀대를 해도 마음이 상하지 않는다. 저들은 지금 모르고 있을 뿐이다. 그래서 내가 그냥 알려주는 것이다. 아마 훗날 그들이 우리에게 고마워할지 모르겠다.

몇 달이 지나자 무엇에 감복되었는지 황주임은 웃으며 "우리가 안을 올려도 위에서 인정되기가 무척 어려워요. 오래 걸리고. 오히려 위에서 결정되어 내려오는 것이 차라리 빠르고 더 가능성이 커요. 그땐 우리가 적극적으로 지원할 테니 구청장님께 직접 의뢰해 봐요." 하며 내게 권했다.

장소를 찾아 헤매던 1년의 시간이 내게 일을 푸는 방법을 가르쳐 주었다. 항상 원칙만 고집하던 것에서 벗어나 그냥 막무가내로 하지 말고 내 힘을 좀 모아 만나야겠다고. 그래서 그간은 오로지 한살림일 말곤 눈 돌릴 줄 모르던 생각을 조금 수정하였다. 하긴 집안일과 한살림 일만 제대로 하는 데 수위가 딱 목까지 차 있었다. 조금이라도 다른 일에 눈을 돌린다면 그 기본적인 일을 제대로 못하든지 아니면 금방 물이 올라와 숨이 찬다. 그래도 일을 조정하여 그 전에 제안되었던 구청 일을 맡았다.

지역 구의원이 여러 번 여러 활동에 추천을 하였으나 한 번도 응하지 않았었다. 일회용이나 개인적인 자료를 드리거나 하는 일은 그분의 활동을 적극 도왔으나 긴 시간을 끄는 것은 무리라고 판단했었다. 내 살아오면서 뭐를 바라서 하는 일은 이번이 처음이었다. 그 당시 구청마다 자원회수 시설을 만들어야 하는 급박한 일이 떨어져 있었다. 지난 겨울부터 그 심의위원으로 위촉되어 있었다. 이미 지난 일이라 물어보니 아직 참여하지 않은 채 진행되고 있다고 했다. 바로 회의에 참석하니 구민이며 오랫동안 그 일을 고민하고 풀어온 사람이라고 무척 반긴다. 관내 초등학교에서 환경보전반 수업을 하고 있고 선진국 사정도 좀 아는데다 다른 사안들은 미리 준비를 하고 가서 성실하게 회의에 임했다. 회의를 주재하는 부구청장과 알게 되고 신종식 시민국장과는 아주 뜻이 맞는 사이가 되었다. 두어 번 회의가 끝난 다음에는 한살림 이야기를 드렸고 우리 지역 다른 이사인 윤선주 씨를 모셔 함께 만나기도 했다. 바로 조남호 구청장과 면담이 있었고 시민국장이 옆에서 다 소개하니 일이 절로 풀렸다.

그해 가을 우리는 꿈에 그리던 가을걷이 잔치를 할 수 있었다. 생산자와 소비자가 모여 신명나는 잔치판을 보란 듯이 벌였다. 기다렸던 터라 모두 더욱 신나게 놀았다. 많은 생산자가 소비자들에게 보답한다며 돼지를 잡고 떡을 쪄오고 유정란을 삶아와 나누었다.

소비자들은 각 생산자 판매대에 가서 하루 도우미로 물품 판매와 소비자로 사용해본 경험을 설명했다. 손에 선물을 들고 온 이들도 있었다. 어젯밤에 올라와 소비자 집에 머물다 온 생산자와 소비자는 더욱 각별하다.

물론 실무자들의 헌신적인 노력이 없었다면 어느 것도 가능한 일이 아니었다. 당일 차량 안내와 행사 진행 등 많은 일뿐 아니라 전날 밤부터 주차장에 차를 빼고 준비했기에 가능한 일이다.

다음 해부터 우리는 자연스레 서초구 주차장을 가을마다 쓰게 되었다. 얼마 뒤부터는 사석에서 만난 구청장이 한살림 잔치 안 하냐며 날짜를 미리 확인하기도 하였다.

참 많이도 변했다. 그렇게 찾아 헤매었는데 이제 이렇게 쉽다. 또 일을 신속하게 잘 처리했던 우리 실무자들이 있어서기도 하다. 뭐든 시작은 어렵지만 잘만 하면 그 다음부터는 절로 되는 것 같다. 행사 때도 보고 감탄하지만, 얼마 후에 인사를 가면 거꾸로 진심으로 우리 같은 모임이 있다는 것에 대해 감사한다 하고 '세상 최고의 단체'라며 칭찬을 아끼지 않는다. 곳곳에 우리를 돕고 살리는 고마운 분들이 있다는 것에 새삼 감사한다.

유기농산물 먹고 금메달 땄어요

운동장에서 뛰어 놀기만 하고 훈련이라곤 단 일주일도 받아본 적이 없는 아들이 초등학교 때 달리기로 전국을 제패하고 나서 일간지와 인터뷰를 하기로 했다. 아이에게 이렇게 잘 뛰게 된 것은 유기농산물 먹어서 그런 거라며 말을 건네니 대꾸가 없었다.

"홍원아 알지? 엄마가 10년 동안 말한 것보다 네 한 마디가 훨씬 효과가 있어."

아무 대답도 않던 아들이 현관을 나서며 말한다.

"제가 누구 아들인데요."

나는 기회만 닿으면 우리 아이를 잘 키워준 한살림과 유기농 이야기를 해왔다.

사람들은 아이를 어떻게 키우냐고 궁금해 한다. 특히 태경이와 홍원이가 중학교 시절 전교 학생 회장 선거를 치른 후에 다른 엄마들이

"이 아이들 뭘 먹였어요?" 하고 꼭 물었다.

다섯 명의 회장단 후보가 같이 며칠씩 밤을 새우며 공약을 짜고 연설문을 쓰고 홍보판을 만든다. 다른 아이들은 지쳐서 오래 견디지 못하는데 우리 아이들이 오래도록 지치지 않는 힘을 보고 모두 놀란 모양이다. 그리고 싱글벙글 웃으며 사람들을 여유롭게 대하는 것 또한 어디서 오는지 궁금해 한다.

신기하게도 태경이부터 홍원이까지 두 해씩 4년 동안 해마다 똑같이 그 소리를 들었다.

"유기농산물 먹어서 그래요."

남하고 다른 것은 그것이 아닐까? 더 보탠다면 인스턴트 음식을 덜 먹는 것. 또 엄마와 함께 산지를 드나든 덕에 벌레나 세상에 대해 감사하는 마음을 갖고 있다. 우리 아이들은 음식을 먹다가도 1년 내내 농사 짓느라고 애쓰는 생산자께 전화를 하곤 한다.

아이들이 절로 큰다. 무엇을 먹다가도 감사하는 아이들로 자라니 밥 한 알 남기지 않고 잘 먹는다. 선물받은 새 학용품 모았다가 산지에 보내기는 예삿일이다. 제 것 사주지 않고 어디에 무엇을 보내도 당연히 흔쾌하다.

공부 공부하지 않아도 산지에 다녀 자연과 환경 공부는 절로 했고, 강원도에서 제주도까지 생산지를 두루 다니니 사회 공부도 따로 할 필요 없다. 같이 나누고 함께 사는 것을 공부한 아이들에게 무슨 교육이 더 필요할까? 모든 생명체를 자신과 동일시하고 배려하는 이런 아이들이 다른 사람들과 잘 지내지 않을 리 없다.

"그래도 유기농은 비싸잖아요?"

"당장 일반 재배 농산물과 단순 비교하면 가격이 높죠. 하지만 질이 다른 걸 나란히 놓고 비교할 일이 아니에요. 건강해지니 아플 일, 병원 갈 일이 없거든요. 알맞게 먹으니 살 빼려고 애쓸 일 없고요. 그거 다 따져보면 유기농이 더 싼 거 아닌가요?"

"어떻게 믿어요?"

"내 아이의 뼈와 살이 되고 심성을 만들어주는 먹을거리에요. 관심을 갖고 어떻게 생산했는지 어떻게 만들어지는지 공부도 하고, 산지에 가서 생산자도 만나봐요. 그러면 믿어야 할지 말아야 될지 판단이 설 거에요."

생산자를 돌보고 살피는 것, 생산자를 살게 하는 것이 내 밥상을, 우리 아이의 건강을 살리는 것이라고 깨닫게 된다.

과연 유기농이 가능하냐고 묻는 사람들도 있다. 우리나라에는 1994년 농림부에 유기농을 장려하는 환경농업과가 만들어져 있다. 그리고 현재까지 수십 년 동안 유기농을 해오는 사람들이 있다. 무엇보다도 과거에는 우리나라뿐 아니라 전 세계 어디에서나 해오던 방식이다. 지금 쿠바는 국가적으로 그런 기적을 이루어놓았다. 완전한 방법은 아니지만 벼농사는 우렁이나 오리를 풀어 넣어 제초 작업을 시키기도 하고, 논에 쌀겨를 뿌려 그늘을 만들어 풀이 자라지 못하게도 하는 등 다양한 방법으로 농약을 쓰지 않는 방법을 시도하고 있다.

저희끼리만 잘살면 무슨 재미냐고 말하는 사람도 있다. 유기농산물을 먹는다는 것은 우리만 유기농 먹어 잘살겠다는 것이 아니고, 다 같이 잘 살자는 것이다. 최소한 내가 아는 농민에게 농약통 들고 다니는 일을 시키지 않겠다는 결심이다. 벌레는 다 죽이고 나만 먹겠다는 욕심에서 벗어나는 방법이다. 유기농은 생산자도 어렵고 소비자 노릇도 쉬운 게 아니다. 그런데도 해나가는 것은 이 세상을 살려보겠다는 절실한 결심이 있어 가능한 일이다. 땅도, 농민도, 우리도 농약을 먹지 않는 세상이 되길 바라는 마음으로.

한살림 지향

1999년 1월 11일부터 매주 월요일마다 우리 집에서 윤선주, 유영희, 윤희진 씨가 모여 '한살림 선언'을 쉬운 우리 어휘로 풀어 정리하기로 했다.

처음 선언을 정리하기로 한 것은 작년 소비자 활동가들 연수회 때 한살림 선언을 읽으면서였다.

"너무 어렵다."

"쉬운 말로 해도 될 건데 이렇게 써 놓으면 어디 많은 사람이 읽겠나."

"더 간략한 요약본을 만들자."

말이 나온 김에 시작하자고 작업에 들어갔다. 우리는 그래서 선택되었고 일을 시작했다. 각자 내용을 읽고 나름대로 정리한 내용을 써 와서 같이 조합하고 수정을 했다. 사실 그때 나는 불과 20일 전에 돌아가신 할머니를 미처 보내지 못해 마음고생이 심할 때여서 집중을 할 수 없었다. 때문에 그 일에 별로 도움이 되지 못했다.

윤선주 씨가 아름다운 문장을 만들고 윤희진 씨가 요점을 집으면 유영희 씨는 특유의 재주로 그것을 한데 아우르는 일을 해냈다. 유영희 씨는 그것을 취합해 근사한 내용으로 정리해서 들고 왔다. 만날 때마다 더 보태기도 하고 빼기도 하며 매끄럽게 다듬어 '한살림 운동의 지향'이 탄생했다.

윤선혜 선배는 격려한다며 빵을 구워 와서 우리의 입을 즐겁게 하고 마음을 감동시켰다. 마지막 날에는 윤형근 씨가 바쁜 중에 들려 살피고도 갔다. 생각해 보면 이 지향은 많은 사람들의 지향으로 만들어졌다고 볼 수 있다. 그동안 그렇게 살아낸 사람들까지.

이것을 가지고 우리는 이제 더 명쾌하게 생명살림을 향해 나아갈 수 있겠다.

한살림 지향

1. 우리는 우리 안에 있는 거룩한 생명을 느끼고 그것을 실현합니다.
사람은 누구나 자신을 경험하고 자기의 잠재능력을 개발하여 자신의 삶을 창조하려는 욕구를 가지고 있습니다. 그것은 우리에게 자기를 자기답게 하는 거룩한 생명이 있기 때문입니다. 그러나 산업사회에서 사람은 소유를 통해서 자신의 존재가치를 느끼거나 집단행동을 통해서 삶의 의미를 확인하고 살아갑니다. 사회적 성공은 다만 도구적 가치일 뿐입니다. 그렇기 때문에 그 속에서 사람은 자기분열과 자기소외를 겪지 않을 수 없습니다.

사람은 자기 안에 모셔진 거룩한 생명을 공경할 때 자기의 자기다움을 실현할 수 있습니다. 이제 우리는 소유가치와 대중문화가 지배하는 사회에서 벗어나 나의 거룩한 생명을 공경하고 자기의 삶을 개성적으로 실현해 나가기 위해 노력합니다. 또한 우리는 이렇게 나를 모시고 공경하듯 다른 사람의 거룩한 생명도 공경합니다. 우리는 어린이, 노인, 장애우들을 모시고 공경하여 저마다 자신의 개성을 살려서 자기만의 고유한 삶을 실현할 수 있는 사회를 만들어 나가고자 합니다. 나아가 생명을 가진 모든 존재를 존중하여 그들이 우주 공간 속에서 자신의 의미를 실현해 나갈 수 있도록 합니다.

2. 우리는 우리가 딛고 사는 땅을 내 몸처럼 생각합니다.

산업화 이후 가속되기 시작한 경제성장은 우리에게 물질적 풍요를 가져다주었습니다. 그러나 지나치게 경제성장만을 추구한 결과 과잉생산, 낭비적 소비, 인플레이션, 불황, 실업 등과 같은 경제적 재해를 불러 왔고, 사람 또한 자신의 본성을 잃어버리고 상품의 소유와 소비에서 자신의 존재를 확인하는 등 몸과 마음의 건강이 위협당하는 지경에 이르렀습니다. 뿐만 아니라 지나친 화석연료의 사용으로 산업폐기물이 대량으로 발생하게 됨에 따라 대기, 바다와 강, 들과 산들이 오염되었고, 오염된 대기로 인한 산성비와 화학비료·농약 등을 너무 많이 사용하여 토양의 유기적 순환질서가 파괴되기에 이르렀습니다.

이러한 토양의 오염은 바로 지금 우리가 먹을 물과 먹거리의 안전에 영향을 줄 뿐 아니라 다음 세대의 미래를 위협하는 위기로 연결되기에 더욱 심각한 일입니다.

한살림은 내 밥상 살리는 일을 통해 비료·농약·생활하수·공장폐수·대기오염으로 인한 산성비, 오존층 파괴, 지구온난화 등의 오염으로 죽어가는 땅을 살리고자 합니다. 그것은 곧 오늘의 나를 있게 한 모든 자연 환경, 햇빛과 그늘, 바람과 도랑을 흐르는 작은 물까지도 귀하게 여기고 사랑을 나누는 일입니다. 그래서 우리는 공생의 농업에 중심을 두는 가치관과 생활양식을 지향합니다. 그것은 지금과 같은 물질주의 경쟁주의를 극복하고, 가장 소중한 생명계의 존재질서에 맞는 가치관을 확립하는 일이며, 또한 올바른 생산양식과 생활양식으로 전환하는 일의 시작이기 때문입니다.

3. 우리는 이웃과 생산자와 소비자를 가족으로 생각합니다.

노동의 분업을 기초로 이루어진 현대문명의 발달은 필연적으로 사람을 자신의 노동과 상품으로부터 소외시킬 뿐만 아니라 사회 문화의 환경을 악화시켜 사람과 사람 사이의 소통을 막아 놓았습니다. 그로 인해서 우리 사회는 우울증이나 분열증, 자폐증과 같은 정신질병과 폭력, 마약중독, 범죄, 자살과 같은 사회 병리현상이 널리 퍼지게 되었습니다.

한살림은 이처럼 소외가 만연된 우리 삶에서 이웃 간의 믿음과 사랑을 회복해 나가고자 합니다. 지금까지 생산자와 소비자가 서로의 이익을 추구하기 위하여 대치하는 관계에서 벗어나 생산자는 모두가 내 먹을 것이라는 생각으로 자연생태계와 조화를 이루는 농법으로 농사를 짓고 남든지 모자라든지 서로 나누어 먹는다는 각오로 짓습니다. 도시의 소비자는 이렇게 생산된 건강한 먹거리를 이웃과 나누면서 쌓인 벽을 헐고 서로에 대한 관심과 소통으로 공동체 정신을 회복해 나갑니다. 이렇게 한살림의 생산자는 소비자의 생명을, 소비자는 생산자의 생활을 책임지면서 더불어 사는 공동체를 이루려 노력합니다.

4. 우리는 우주 생명의 일원으로서 생태계에 책임지고자 합니다.

모든 생명은 전체의 일부분인 동시에 전체라는 구조를 갖고 있습니다. 그러므로 모든 인간, 모든 생물, 심지어 무기물까지도 서로 작용하면서 순환적인 구조를 가진 하나의 우주적 그물 속에 서로 연결되어 있습니다.

생명의 근본은 함께 사는 것입니다. 식물이 태양열과 빛과 공기와 수분과 땅 속의 무기 · 유기물을 흡수하여 광합성 작용을 통해서 하나의 유기적 생명을 창조하는 생산자라면, 동물은 생산자 없이 살아갈 수 없는 소비자이며, 더럽고 위험한 것으로 알고 있는 미생물은 생명을 다하고 죽은 식물과 동물의 사체를 분해하여 이 땅을 깨끗이 청소하고 그것을 다시 식물과 동물의 생명으로 되돌려주는 분해자입니다. 이들은 서로 순환하는 공생관계에 있습니다.

우리가 쓰는 한 장의 종이조차도 시간, 공간, 지구, 비, 땅 속의 광물질, 햇빛, 구름, 강, 열 등 모든 것이 함께 존재하듯이, 우리가 먹는 밥 한 그릇에도 무한한 우주와 자연의 협동 활동이 담겨 있습니다.

한살림이란 모든 생명을 함께 살려 더불어 살아간다는 '한 집 살림, 함께 살림'이라는 뜻입니다. 여기서 '한'은 하나라는 작은 뜻에서부터 모든 생명은 유기적 연관 속에서 더불어 무한하게 공생한다는 큰 뜻까지 포함합니다.

밥을 먹는다는 것은 우주의 생명을 먹고 나의 생명을 살리는 일입니다. 그러나 오늘날 우리가 먹는 음식에는 농약과 중금속, 각종 식품 첨가물로 오염되어 있어서 생명을 살리는 것이 아니라 죽이고 있습니다.

그래서 한살림은 밥상을 살리고 농업을 살리는 일을 통해서 온 생명이 더불어 사는 생명살림 세상을 만들어가려 노력합니다.

5. 우리는 더불어 사는 삶을 위해 나부터 시작합니다.

본래 모든 생명은 자기의 밖에 있는 환경과 물질, 에너지, 정보를 주고받는 신진대사를 통해 자신을 구성하고 있는 부분들 중에서 낡은 것은 내보내고 새로운 것을 받아들일 뿐만 아니라 자기 한계를 넘어 새로운 자신을 창조하기 위해 도전합니다. 새로운 자신의 창조는 자신에 대한 책임에서 시작합니다.

우주생명을 자각한 창조적인 사람은 성실함과 경건함, 그리고 믿음을 가지고 자기와 이웃과 자연의 생명을 자신의 피와 땀으로 살려야 하는 임무를 지니고 있습니다. 이러한 도덕적 각성이야말로 진정한 자아실현을 위한 길일 뿐 아니라 자기와 이웃이 협동하는 삶의 정신적 기반이 되고 사회정의와 생태균형을 실현코자 하는 출발점이 되는 것입니다.

한살림은 한 사람 한 사람이 자신의 존재를 넓혀 나감으로써 나를 넘어서 우리의 이웃과 자연 만물, 나아가 아직 오지 않은 우리의 다음 세대에까지 관심과 사랑을 가지고 서로 보살피며 돕는 운동입니다. 이것은 지금까지 이루어져 온 삶의 가치와 생활양식에 대한 전면적인 전환을 의미합니다. 이를 위해서는 먼저 개개인이 생명의 본질에 대한 근원적 각성이 선행되어야 합니다. 왜냐하면 모든 생명과의 조화로운 삶을 실천 원칙으로 하는 한살림은 나 하나만의 생활이라 도 공생을 실천한다는 윤리적 결단을 필요로 하기 때문입니다.

이렇게 하여 우리는 스스로 우리 자신의 생활을 계획하고 가꾸며 우리가 딛고 서 있는 지역을 이웃과 함께 살기 좋은 곳으로 만들어갑니다.

거꾸로 사는 엄마

개정 1판_2006년 11월 20일
개정 2판 2쇄_2012년 4월 16일

지은이_서형숙
펴낸이_김제구
펴낸곳_리즈앤북

등록번호_제22-741호
등록일자_2002년 11월 15일
주소_서울시 마포구 서교동 463-31 플러스빌딩 4층
전화_02)332-4037(代)
팩스_02)332-4031
이메일_riesnbook@paran.com

ISBN 978-89-90522-71-9